Table des matières

Le voyage du Graal

Prologue

Ma fascination d'enfant m'avait imprégné des contes du Graal. Plus tard mes études m'avaient donné la culture qui me permit de comprendre les enjeux de ces écrits. Ils existaient pour asseoir une religion dans un empire romain en perpétuel mouvement, acceptant et rejetant les influences des peuples conquis.

Le Graal était un objet mythique qui n'avait jamais existé. Pourtant des indices probants m'ont poussé à vérifier, chercher et approfondir.

J'ai découvert une vérité. Si le mot était une invention, l'objet avait existé. Je vais tenter de vous livrer son unique histoire. Je ne parlerai donc jamais d'objet sacré ou de Graal mais simplement d'un verre ou d'un gobelet ayant appartenu à un homme qui bousculera l'Histoire.

Je ne suis ni historien, ni scientifique, ce récit sera donc formulé sous la forme d'un roman bien que les faits décrits ici aient bel et bien existé.

Il m'a fallu plusieurs années pour retrouver la trace de la famille de Joseph d'Arimathie responsable de ce voyage à travers l'Empire des Césars à la naissance du christiannisme.

Je vous soumets à présent le fruit de mes recherches et traductions.

Concours de circonstances

7 jours avant Pessah.

Il avait retrouvé cette solitude qui l'accompagnait dans son atelier. Il avait quitté son lieu de travail quelques années plus tôt. Ce voyage dans le désert lui avait permis de pouvoir se parler à lui-même. Il réfléchit enfin sereinement aux événements et aux idées qui avaient accompagné son errance. Débutée à l'aube de ses 30 ans, sa mère en était à l'origine.

----

3 ans plus tôt.

Marie surgit donc dans son atelier :
- Jésus, ton frère veut écouter un nouveau prophète, accompagne-le.
- Maman, Jacques est bien assez grand pour parcourir Israël sans mon aide. Je préférerais continuer mon travail à l'atelier. Depuis que papa est mort, les commandes permettent à peine de nourrir la famille et je ne souhaite pas faire faux bond aux Galiléens qui m'ont fait confiance.
- Les commandes permettent à peine de nourrir la famille car tu prends trop de temps pour ces ignares. Tu respectes tous tes clients comme s'ils appréciaient la valeur de tes ouvrages. Laisse tomber cette bande de paysans. Quand tu reviendras, ils reviendront. Tu es le meilleur charpentier de toute la Galilée. Ton frère a besoin d'inspiration pour devenir un grand Rabbi qui nous rendra riches.

- Je ne veux pas être riche, qu'il le devienne lui ce grand penseur ascète. Quand il aura fait fortune, il vous emportera à Jérusalem et je serai enfin tranquille.

- Tu oses ! « tu respecteras ton père et ta mère » Pêcheur ! Je dirai même plus double-pêcheur car en tant que veuve je suis à la fois ton père et ta mère !

- N'importe quoi ! Bon, ai-je le choix ?

- Non ! lança-t-elle affichant son sourire victorieux. Bonne route vers le Jourdain.

- J'aurais préféré Jérusalem, au moins j'aurai profité de la ville.

- Merci, mon fils.

Elle l'embrassa.

Au moins, les eaux du Jourdain soulageraient son voyage et apporteraient une fraîcheur salutaire dans ce périple imposé. Heureusement, il n'avait pas de charpente ou de meubles en cours, il avait d'ailleurs commencé quelques éléments de vaisselle en bois. Il rentabilisait ainsi les chutes de son atelier. Il alliait l'utile au profit. Il n'était pas rare que les habitants du village lui achètent un peu de vaisselle connaissant cette habitude et la qualité de son travail.

Avant de partir dans sa chambre préparer son bagage, il se saisit d'une planche de bois, d'une cuillère et d'un gobelet. Il connaissait l'inconfort d'un repas dans ce pays parfois désertique et il ne comptait pas se faire piéger comme les premières fois où il avait accompagné Jacques.

Ce n'est pas la marche qui le fatiguait, son travail à l'atelier pouvait être bien plus épuisant physiquement et nerveusement. Mais les hommes l'avaient toujours déçu. Ils se retrouvaient entre Juifs et l'entraide ne trouvait pas sa place. La peur de mourir ou tout simplement d'avoir faim l'emportait souvent sur l'humanité.

Mais enfin, il était parti.

----

7 jours avant Pessah.

Avant d'aller dans Jérusalem, Jésus voulut passer à la ferme de Béthanie. Il savait qu'il retrouverait Lazare. Cet homme que l'on nommait désormais prophète ou Rabbi aimait retrouver ce fermier pragmatique qui, malgré les difficultés de la vie paysanne en Palestine à cette époque, avait le cœur sur la main.

Le Nazaréen savait qu'avec Lazare, il saurait sans ambages les dernières nouvelles de Jérusalem.

C'est le jeune Joseph qui l'accueillit.

- Bonjour Jésus, enfin arrivé ?

- Bonjour Joseph, comment ça « enfin » ? Tu m'attendais ?

- Rebecca a permis à tes compagnons de s'installer à la ferme il y a plusieurs semaines. Je crois qu'ils t'attendent.

- Ils sont là ? Pierre et les autres ?

- Ils ont dû aller à Jérusalem pour la journée. Je suis venu porter une commande pour les repas de la semaine de Pessah.

- Toujours aussi brave ! Tu remercieras ta sœur. Et ton père, sait-il que mes amis logent ici ?

- Je pense, il l'a reproché à Rebecca. Il me semble qu'il voulait te parler.

- Allez, continue ta mission en m'amenant à Lazare, tu passeras ta commande et il me renseignera.

Jésus ressentit une appréhension désagréable et il était désormais pressé de retrouver Lazare afin qu'il l'éclaire sur les propos du jeune garçon.

Joseph et son frère avaient été élevés par leur grande sœur Rebecca. Plus âgée qu'eux d'une dizaine d'années, elle avait remplacé leur mère morte d'épuisement à la naissance des jumeaux. Cette jeune femme admirait Jésus pour ses paroles généreuses et la valeur de partage qu'il prônait. Le presque prophète voyait qu'elle était sensible à son discours et appréciait qu'elle l'applique. Avec son père membre du sanhédrin, elle appliquait les valeurs du prêcheur mieux que d'autres bien plus riches. Ce Rabbin célèbre n'était autre que Joseph d'Arimathie[1]. Un des rares membres ouverts du sanhédrin qui permettait que cette assemblée ne devienne pas un simple regroupement de favorisés confortant leur position. Joseph et ses condisciples restaient minoritaires mais permettaient de limiter les abus.

L'éminent théologue était propriétaire de cette ferme. Peu enclin aux sciences agricoles, et aux travaux manuels en général, de plus fort occupé par son poste, il choisit donc de confier sa vie familiale à Rebecca, sa fille aînée, et ses terres à Lazare et ses sœurs.

Le fermier exerçait son art sur les oliviers de la colline. La saison était à la surveillance et l'ami de Jésus était plus préoccupé par ses arbres que par les fêtes qui arrivaient.

Joseph précisa les besoins de la maison comme un récitant. Avec l'enseignement religieux que lui prodiguait son père, il s'était habitué à apprendre des passages du pentateuque, doté d'un vrai talent de mémoire, il rendait ainsi

1   Personnage biblique cité dans les quatre évangiles. Mes recherches ont permis d'attester son rôle dans les événements décrits dans ce livre.

service à sa sœur pour les commandes. Son athlétique jumeau viendrait le lendemain chercher la commande.

Une fois le jeune garçon envolé vers une après-midi de jeu dans les rues de la sainte ville, Lazare jeta un regard sur son ami qui en dit plus long que d'habitude, pas assez aussi.

- Je suis heureux de te voir, lança Jésus avec le sourire de l'homme satisfait d'être arrivé.

- Pas moi ! répondit Lazare en serrant son ami dans les bras.

- Explique-moi ce qui se passe et ce que font mes amis ici.

- Tes amis t'écoutent, pourtant ils ne te comprennent pas.

- Ils ont tendance à s'emballer, il est vrai.

- Quand tu es parti durant l'hiver, tu savais que ta popularité devenait un préjudice pour toi ?

- Oui, Joseph m'avait expliqué que les autorités juives voulaient me faire arrêter par les Romains, j'ai suivi son conseil de me retirer quelques temps, mais je ne pensais pas que je dusse devenir ermite. Tu étais là d'ailleurs.

- Pas que moi, tous les Nazaréens qui t'accompagnent étaient là. Ils criaient à l'injustice. Tu les connais …

- Oui, oui, quel est le problème ?

- Pierre, Matthieu, Judas, … enfin tous. Ils n'ont rien compris. Tu t'étais retiré dans le but de ne plus faire parler de toi, tout simplement ?

- Je préfère vivre libre que patauger dans les prisons ou les galères romaines.

- Et bien, ils ont parlé pour toi. Maintenant, tout Jérusalem t'attend grâce à eux. Ils ont annoncé ton retour tous les jours dans toute la ville. Cet abruti de Judas est même allé devant le palais de Ponce Pilate afin que « même les païens profitent de sa bonne parole ».

- Oh, les … !

- Tu as le verbe moins assuré aujourd'hui répliqua le fermier en riant.

Jésus sourit lui aussi en voyant enfin Lazare rire.

- Où en sommes-nous alors ?

- Cela fait deux semaines que je n'ai pas quitté la ferme avec mes sœurs. Joseph est venu me voir il y a dix jours maintenant, je pense que tu devrais te rendre chez lui discrètement.

- Merci, je reviendrai ce soir.

- Sois prudent !

Sur la route de la plus grande ville de Palestine, Jésus se remémora le début de sa gloire.

----

2 ans et 11 mois plus tôt.

Lorsqu'il vit Jean, il eut presque peur. Ce corps déformé par l'ascétisme dévoilait une forme d'extrémisme pour Jésus qui se contentait d'accompagner son frère.

Ils l'écoutèrent des heures durant. Un tel flux de paroles sans manger et en buvant à peine était un exploit physique. Jean critiquait le pouvoir romain avec le mot d'oppression hurlé à la face de son auditoire. Il évoquait l'union des hommes mais la confusion régnait dans son discours. Cela n'empêcha pas son charisme d'opérer. D'un geste ample, il imposa le silence à la foule et commença à baptiser. Jésus suivit Jacques dans le seul but de remplir son gobelet au fleuve. A peine retourné, il s'aperçut que le demi-tour serait impossible et rejoignit son frère dont l'air béat l'énervait.

Lentement, patiemment, comme à son habitude, il se fit discret, piétina avec les autres. Le charpentier arriva donc dans les bras du prêcheur. De près son visage effraya encore plus l'artisan solide dont le physique dévoilait la force. Des yeux perdus dans des orbites profondes dévisagèrent Jésus.

- Que fais-tu là ?

- J'accompagne mon frère, Jacques, répondit Jésus désignant celui-ci.

- Tu ne crois pas en mes paroles.

- Elles ne m'ont pas semblé … claires.

- Tu ne partages pas mes … opinions ? Tu as pourtant l'air généreux ?

D'un pas assuré l'ascète prouva sa force au Nazaréen en l'entraînant vers la berge, loin du groupe d'hommes. Ils s'assirent au bord du Jourdain.

- Bien, reprit Jean, partage ton point-de-vue avec moi.

- Pourquoi moi ? Il y a tant d'autres personnes qui attendent pour te parler.

- Qu'ils attendent, ils ont bu mon discours sans réfléchir, j'ai besoin de me confronter.

- Bien, tout d'abord que reproches-tu aux Romains ? Ils nous laissent vivre notre religion librement !

- … en multipliant les impôts, en prenant nos meilleurs terres !

- Eux ou la famille d'Hérode, je préfère l'exploitation romaine, au moins ils ne se cachent pas derrière un esprit de communauté.

- Vu sous cet angle… Bon, et l'union des hommes, tu n'aimes pas ça ?

- Je dois reconnaître que c'est bien vu mais tu ne vas pas assez loin.

- Continue…

- L'union des Juifs est une première chose or il faut aller plus loin. Les légionnaires ne sont pas romains à l'origine, ils ont subi Rome et l'ont rejointe librement pour certains. Je dirais que l'union doit être celle de tous les hommes et femmes qui veulent stopper la pauvreté. C'est compliqué mais tu parles trop des bons pratiquants mais les Samaritains, les gens comme moi, même les Grecs ou les Romains doivent s'unir.

- Je vois la confusion dans mes paroles.

- Réfléchis, les mots « partage », « générosité » doivent transparaître dans tes propos. La critique des puissants ne suffit pas.

- Merci, je repenserai à Hérode, aux Romains, à une union des hommes et des femmes.

Peu importe la fin de leur discussion, Jean, en s'isolant avec Jésus avait lancé un deuxième prophète en Palestine.

----

7 jours avant Pessah, début d'après-midi.

Jésus entra à Jérusalem par la Porte de la Source. Dès son arrivée, il eut le sentiment d'être épié. Il pensa tout d'abord que son long séjour solitaire et les doutes de Lazare le troublaient. Pourtant, le fait que les gens le reconnaissent ne lui était pas étranger depuis trois ans qu'il prêchait. Il accéléra son pas afin d'arriver au plus vite chez Joseph d'Arimathie.

Son doute se transforma en certitude lorsqu'une vieille dame lui prit la main souriante :

- Rabbi, nous t'attendions, tu vas profiter des fêtes pour nous défendre. Tu seras notre Moïse.

Jésus la remercia la tête tournée vers l'entrée de la maison de Joseph qu'il apercevait au loin.

Il courut presque, effort oublié depuis quarante jours et s'engouffra chez Joseph sans frapper.

- Salut, l'interpella le petit Joseph.

- Salut ! lança Samuel à Jésus, puis regardant son frère, Dépêche, si on veut profiter des copains, c'est maintenant. Demain, on est bon pour le temple avec papa qui prépare les célébrations…

- Bonjour les garçons, votre père est là ?

- Dans sa chambre, entendit Jésus qui ne put déterminer lequel des deux lui avait répondu.

- Et leur sœur aussi est là ! fit une voix derrière lui.

Jésus se retourna et prit amicalement dans ses bras Rebecca qui lui faisait face.

- Comment vas-tu ? demanda sincèrement Jésus.

- Mieux que toi, je crois. Viens. Tu dois voir mon père. Tu le connais, il ne m'a pas tout dit, il oublie parfois que j'ai déjà vingt ans mais j'ai bien compris que tes amis n'ont pas tiré les bonnes conclusions de ce qui s'est passé cet hiver.

Jésus resta silencieux. Rebecca frappa légèrement à la porte de son père et c'est un « oui ? » inattentif et un Joseph concentré sur ses lectures qui accueillirent les deux jeunes gens.

Le rabbin leva la tête et quand il aperçut Jésus, son corps suivit le mouvement.

- Merci ma fille, tu peux retourner à tes occupations. Jésus, Jésus, Jésus, … Tu es trop bien entouré avec ta bande de Nazaréens.

- J'ai vu Lazare, c'est ce que j'ai cru comprendre.

- Quand je suis venu à la ferme pour vous annoncer la mort de votre ami Jean, le prophète du Jourdain, je voulais vous protéger…

- Je sais, j'ai eu peur à ce moment et j'ai dit à mes camarades que nos projets étaient partie remise. En plus, j'ai voulu profiter du moment pour m'isoler un peu. Je suis allé seul dans le désert me faire oublier. Je pense que je suis parti trop vite. En leur disant que je reviendrais, je pensais qu'ils en feraient autant et que nous nous retrouverions dans quelques mois. Si je suis revenu à Jérusalem c'est pour fêter Pessah avec ma communauté.

- Quel bon juif ! dit Joseph sans ironie. C'est bien la première fois que je dis à quelqu'un qu'il n'aurait pas dû respecter sa foi. Peu de gens savent que tu es là, après tout. Pars, reviens dans l'hiver. Ils attendront ton retour avec moins de ferveur, cela éviterait que tu finisses comme Jean. En plus, Judas a fait parler de lui et ce n'est plus Hérode ou le Sanhédrin qui t'en veulent mais les Romains, enfin ils ont d'autres chats à fouetter.

- Je vais me ranger à ton avis. Puis-je passer à la ferme prendre quelques prov… Qu'est-ce qui se passe ?

La rue, qui était encore calme au début de cette discussion, diffusait désormais une clameur indistincte. Rebecca surgit dans la chambre de son père sans frapper, événement insolite qui n'était jamais survenu.

- Je ne peux plus sortir de la maison ! Regardez à la fenêtre !

Rebecca venait de donner un ordre à son père ! Injonction dont l'incongruité marquait l'émotion de la jeune femme. Joseph s'approcha de l'ouverture et se pencha :

- Qu'est-ce que c'est que ce … !

Le mot qu'utilisa le rabbin appartenait à un vocabulaire que personne au monde n'aurait imaginé présent dans l'esprit de Joseph d'Arimathie, même Joseph Caïphe, son pire ennemi au sein du Sanhédrin, n'aurait envisagé cette éventualité.

Jésus, déstabilisé par la réaction de l'homme de lettres, le rejoignit. Une foule confuse encombrait la petite rue. Il vit d'abord une décade qui observait calmement l'agglomérat, la foule étant loin d'être vindicative. Puis en approchant son regard du bas de la fenêtre il reconnut ses camarades.

- C'est lui, il est là ! hurla Pierre.

La clameur se transforma en cris de joie

- Trop tard ! chuchota Joseph à son oreille. Fais quelque chose, s'il te plaît !

L'homme redevint prophète. Il leva les bras, le silence se fit.

- Hiérosolymites, je ne vous attendais pas si tôt. Mon voyage m'a fatigué. Je vous retrouverai dans deux jours sur le parvis des Gentils, ainsi pourrons-nous partager sans troubler l'ordre public.

La foule, à la fois déçue et compréhensive s'éparpilla lentement.

Jésus s'adressa à Pierre :

- Je vous rejoins à Béthanie à la tombée de la nuit.

Il vit au loin le décurion le saluer et disparaître avec ses hommes.

- Joseph, puis-je attendre qu'il fasse nuit avant de partir ?

- Bien sûr, c'est mieux ainsi.

- J'espère ne pas t'attirer d'ennuis. Je suis désolé.

- Caïphe sait très bien où tu loges, cela ne change pas grand-chose. Va avec Rebecca à la cuisine, elle te préparera un repas. Tu en as bien besoin.

----

6 jours avant Pessah.

Jésus passa la journée à reposer son corps mais pour son esprit, l'affaire fut tout autre. Si l'hésitation à honorer son rendez-vous avec les Hiérosolymites était forte, il savait aussi qu'on ne l'avait pas oublié. Ces disciples comprenaient désormais leur erreur. Leur ami avait eu peur et ils auraient peut-être tous dû être plus discrets.

Les paroles avaient été dites. Une promesse avait été faite. Ils ne pourraient pas revenir sur le passé.

----

5 jours avant Pessah.

Ayant omis de donner des précisions sur son rendez-vous, Jésus s'était donné la chance d'arriver avant tout le monde. En effet, il arriva sur le parvis des Gentils accompagné des premières lueurs du soleil.

Cet astre qui, durant 40 jours, fut sa seule compagnie.

Aujourd'hui, c'était tout autre. Il avait quitté Béthanie en compagnie de son frère Jacques. Si tout avait commencé par le devoir d'accompagner cet homme à la connaissance liturgique infinie, désormais c'est Jacques qui aidait l'idéaliste pour répondre à la foule.

Idéaliste était bien le terme qui définissait Jésus pour les Israéliens d'une époque troublée. Rome s'appuyait sur des souverains corrompus et des préfets surtout habiles en tactiques militaires.

Cette situation permettait aux personnes proches du pouvoir d'abuser de la population.

Oser critiquer la gestion de Rome avait plu à la population. Mais oser critiquer les fils d'Hérode alors que certains les soutenaient en tant que représentants juifs avait divisé. La majorité de la population voyait tout de même que ces rois juifs se préoccupaient surtout de conforter leur pouvoir. Les responsables de la pauvreté étaient nombreux et la colère des Israéliens visait des cibles diverses.

Jésus avait toujours ressenti et donc compris cette colère mais il avait sans cesse affirmé que la méthode pour améliorer le sort de chacun était l'entraide.

Jérusalem le comprit ce jour-là mais l'attente qui avait été créée par les disciples entraîna une lourde déception.

La journée entraîna de nombreux débats. Les critiques envers le pouvoir en place fusaient. Jésus finit par s'exclamer :

- Que désirez-vous ? Attaquer les palais de Ponce Pilate et des fils d'Hérode ? Nous mourrons tous avec ces méthodes. Devenons pauvres, abandonnons notre argent et aidons-nous simplement. Ceux qui n'ont rien à donner pourront offrir leurs services et aider les plus miséreux et les impotents. Quand ils n'auront plus rien à nous prendre nous serons libres.

- Tu nous proposes de vivre dans le dénuement. C'est cela ton projet ? l'interpella un marchand de la ville.

- Disons que nous devrons en passer par là.

- Dans mille ans serons-nous enfin libres de toute oppression ?

- Mille ans, je ne sais pas, mais il a fallu quarante ans à Moïse pour voir Israël.

Cette discussion eut lieu au petit matin avec les lève-tôt de la ville et ceux qui n'avaient pas encore rejoint leur lit. A ce moment-là, un comédien aurait appelé cette première discussion « générale » car elle se répéta cent fois ce jour-là. Dans l'esprit des gens, la précipitation insufflée par les apôtres avait été balayée par un projet de long terme qu'ils comprenaient mieux désormais.

A la fin de la journée tous ceux qui avaient voulu l'entendre étaient venus. Certains étaient galvanisés par les mots de Jésus. D'autres circonspects. D'autres déçus, car trop riches ou harassés par ce projet à l'ambition démesurée.

Jésus ne cacha pas sa surprise lorsqu'un dernier homme s'approcha de lui. Le décurion romain qui l'avait écouté à la fenêtre de Joseph d'Arimathie deux jours plus tôt.

- Vos histoires de judaïsme, je n'y entends rien. Mais j'aime ta façon de parler même si ton projet me semble un peu fou.

- Si c'est un compliment, merci.

- Oui, Oui, … disons que jusque là, la seule façon de devenir libre c'est vingt ans de légion. Pour une fois, le projet est différent. Bon, je suis aussi là en tant que légionnaire. Bravo pour ta gestion des événements aujourd'hui et l'autre jour. Je dois faire remonter un rapport qui sera disons positif pour ton comportement. Mais si je peux éluder le contenu de ton discours, méfie-toi car les Hiérosolymites qui quittaient la place étaient pour certains vindicatifs. Je sais que Joseph Caïphe et des représentants d'Hérode viennent régulièrement réclamer ta tête à Ponce Pilate. Ce préfet n'hésitera pas à accéder à leur demande si on lui rapporte certains de tes propos.

- Merci, mon ami.

- De rien, je te laisse rentrer et ne fais pas parler de toi.

Soulagé par cette entrevue franche et calme, Jésus prit le chemin du retour...

La décision était prise de réfléchir ensemble à la suite à donner aux événements.

----

4 jours avant Pessah.

Jésus avait dû élaborer un plan. Il réunit les douze dans l'étable. Il demanda à Lazare et à ses sœurs de se joindre à eux. Il avait confiance en cette famille pour son bon sens paysan. Il manquait à la bande une personne de la ville au fait des rumeurs.

Samuel, dont toute l'attention était portée sur le chargement qu'il préparait avec Lazare dans le but de remplir les cuisines familiales pour Pessah, suggéra tout de même :

- J'y vais. Je n'ai pas tout compris à votre discussion mais Rebecca peut vous rendre visite ce soir si vous le souhaitez. Elle va cuisiner toute la journée et elle ira se promener. Elle viendra volontiers par ici.

- Bien, nous pourrons prendre des décisions ce matin que nous modifierons en fonction des conseils de Rebecca, conclut Jésus.

Samuel s'éloigna, impressionnant les hommes et les femmes réunis par la force qu'il déployait pour son jeune âge. Il marchait d'un pas sûr vers Jérusalem, un âne peinant derrière lui.

Le silence se fit. Tous étaient songeurs. Pierre toussota et lança à Jésus :

- Que veux-tu faire ?

- Cela fait des mois, des années même que nous marchons ensemble. Pourquoi suis-je votre guide ?

17

- C'est Jean le baptiste qui t'a reconnu comme un homme d'exception, affirma Thomas.

- Mmm, oui. Enfin quand Jean m'a pris à part c'est que j'ai été le seul homme à lui répondre, à discuter …

- Effectivement, c'est ça ! s'exclama Pierre.

- C'est-à-dire ?

- Tu prends la parole et tu n'as pas peur. Tu ne te rends pas compte du courage qu'il faut pour invectiver la foule. En plus, tes discours ne sont pas obscurs. Ton message pour le partage et la générosité est clair. Je dois bien reconnaître que nous avions sous-estimé le travail et que nos actions le mois passé n'ont pas aidé à la situation.

- Vous me trouvez courageux ? demanda le prophète.

- Tu es charismatique Jésus, répondit Judas. J'avais mon petit confort, ma vie était simple et pas vraiment difficile mais tu m'as donné envie de bouger, d'agir, même si certains de mes actes sont d'une maladresse néfaste. Sans toi, je reste un paysan d'Iscariot et rien ne change pour moi ou les autres.

- Judas a raison, rétorqua Jean, le plus jeune des douze. Tu donnes une autre vision de la foi. Avec toi, on ne se sent pas coincé dans notre condition et on se sent utile.

- Merci, les amis, je comprends.

- Vous êtes vraiment têtus. Tout comprendre, tout expliquer. Vous ne pouvez pas vous en empêcher. Qu'est-ce-que vous faites ? les apostropha Lazare.

- Mon frère, tu es trop direct avec eux. Ce sont des penseurs. Aide-les, lui expliqua Marie[2] sa sœur.

- Ça fait des jours que notre frère ne quitte plus la ferme. Laisse-moi résumer la situation, lança Marthe. Hérode te déteste mais c'est un fat utilisé par les Romains. Si tu vas

---

2   Marie et Marthe sont les sœurs de Lazare. Elles avaient sollicité l'aide de Jésus lors de la maladie de Lazare. Jésus aurait ressucité celui-ci.

dans les régions qu'il contrôle tu es mort, ses espions te recherchent. Le Sanhédrin ne t'a pas à la bonne mais Joseph peut atténuer leur sentence ou tout du moins te prévenir si ça sent le roussi. Pour les Romains tant que l'ordre public est maintenu, tu seras tranquille. Ils préfèrent s'occuper des Zélotes.

- Quel esprit de synthèse, souligna Thomas.

- Je dois donc aider à maintenir l'ordre que nous avons troublé, conclut Jésus.

- Disparaître ne serait pas bon pour toi. Cela pourrait agiter une partie de la foule et conduire les Romains à te rechercher, affirma Pierre.

- Baladons-nous dans Jérusalem avec des prêches discrets d'unité, des propos rassurant en évitant de critiquer le pouvoir en place pour le moment, dit Jean.

- Rebecca nous éclairera mieux ce soir.

Jésus resta à Béthanie et aida Lazare dans ses travaux pour évacuer les pensées qui l'encombraient. En fin de journée, Rebecca apparut au milieu du troupeau que surveillaient Jésus et Lazare dos au soleil.

- Je me demande parfois pourquoi je ne viens pas vivre ici, dit Rebecca en s'asseyant à côté des deux hommes.

Le silence les accompagna encore quelques minutes et Lazare prit une outre qu'il tendit à ses compagnons. Jésus but précautionneusement pour ne pas renverser d'eau. Rebecca assoiffée par sa marche renversa du liquide par ses gestes trop rapides. Jésus se moqua et lança :

- La prochaine fois, je te donnerai un gobelet.

- Tu peux bien rire ! Ce n'est pas moi qui traverse le pays depuis trois ans avec mes petites affaires pour manger.

Les trois compagnons rirent de bon cœur.

- Samuel m'a dit que vous aviez besoin de mes lumières.

- Je pense que Jésus et ses compagnons devraient fuir, intervint immédiatement le fermier, mais ils ne m'écoutent pas.

- Pierre pense que les Romains pourraient me rechercher pour calmer la population si je disparaissais. Nous pensons rester à Jérusalem et faire des prêches pacifiques pour montrer notre bonne foi.

- Pierre a raison, dit Rebecca. Reste dans le coin. Par contre, pas de discours, tu réponds aux questions mais tu restes évasif et tes disciples font profil bas, pas de critique, pas d'attroupement. Jacques te conseillera pour que tes paroles restent dans le cadre des lois juives. Pas d'ambiguïté, cela pourrait servir les calomniateurs.

- C'est exactement ce que m'a dit un décurion l'autre jour.

- Tu connais un décurion ? demanda Lazare.

- Il connaît même un centurion, il l'a convaincu de faire construire une synagogue, répondit Rebecca.

- Bravo, s'exclama Lazare. Quel pouvoir de persuasion !

----

3 jours avant Pessah.

Cette tenue noire ne laissait aucun doute sur les fonctions du grand homme dont la finesse confinait à la maigreur. Son visage était connu des gardiens du bâtiment. Ce bâtiment dont l'architecture ne faisait que crier « Bienvenue à Rome ». Les colonnes, les ouvertures, les matériaux affirmaient tous « les décisions viennent d'ici ». La gloire d'une nation a besoin de s'étaler pour exister et Rome, malgré la jeunesse de l'Empire, ne l'avait que trop compris.

Joseph Caïphe demanda à rencontrer Ponce Pilate. Les deux personnages de Jérusalem se rencontraient souvent afin de s'accorder sur les besoins de la population et de leurs représentants. Rome savait très bien qu'une domination concertée avait toutes les chances de durer dans le calme et ne cherchait qu'une domination politique. La culture romaine était d'ailleurs spécifique dans les domaines politique et militaire, pour le reste, c'était une culture d'emprunts et d'amalgames entre les anciens peuples d'Italie.

Joseph Caïphe était le chef de l'assemblée du Sanhédrin. Même si ses vues divergeaient de celles de Joseph d'Arimathie, ce qui les rendait adversaires, il était aussi un éminent théologue.

Ponce Pilate, préfet et représentant de Rome en Palestine, avait eu sa petite gloire militaire dans diverses campagnes. Sa conversion restait difficile. Si Jules César avait été un génie politique et militaire, tout le monde n'était pas doté des mêmes atouts et Pilate ne comprenait rien à la gestion des peuples, du moins privé des moyens d'oppression qu'il aurait volontiers utilisé.

Les deux hommes ne se comprenaient pas, mais ils avaient besoin l'un de l'autre. Leurs relations ne s'expliquaient que par leur statut.

- Les préparations de vos fêtes s'annoncent-elles bien ? Toujours pas d'orgies ? Vous êtes sûr ? questionna le préfet souriant.

- Merci pour votre proposition mais nous ferons sans, répondit le rabbin sans sourire, l'humour n'étant pas son fort, surtout quand il s'agissait de religion.

- Cela m'arrange de vous voir. J'ai quelques informations à vous demander.

- Cela m'arrange de vous voir. J'ai un service à vous demander.

- Vous faites bien les choses à la place du hasard puisque vous êtes venus jusqu'à moi. Vous connaissez l'élégance romaine, je me permets de commencer.

- Bien évidemment, répondit Joseph souriant et ironique, l'humour retrouvé.

- Bon pour votre Pessah, je garderai les dispositifs des années précédentes, il n'y avait pas eu d'accident. J'ai eu quelques difficultés avec des Zélotes mais un de mes décurions, le fameux Julius, a trouvé une solution au problème. Jusque là, c'est mon domaine. J'ai trois rapports qui mentionnent des Nazaréens à la tête desquels un certain Jésus s'est fait remarquer. Ni positivement, ni négativement. J'aimerais bien comprendre ce que fabrique votre Rabbin avec ses amis.

- Le hasard fait les choses à ma place finalement, je voulais vous parler de ce Jésus, rétorqua Caïphe surpris. Tout d'abord, ce n'est aucunement un rabbin, tout au plus un orateur de talent. Je dois bien reconnaître que certains Hiérosolymites l'appellent « prophète ». Je voulais vous demander de l'arrêter durant les fêtes pour éviter qu'il ne les trouble.

La grimace du préfet fit office de réponse mais il précisa :

- J'ai un rapport qui date de quelques jours, il a su faire évacuer une rue dans le calme. C'est un atout pour moi. De plus, ce même rapport dit que le faire enfermer pourrait entraîner le mécontentement de la foule.

- Et ce rapport précise-t-il que cet homme n'hésite pas à critiquer le Sanhédrin et Rome ?

- Non, rien de tel. J'ai bien des informations sur un certain Judas qui aurait fait parler de lui devant mon palais en parlant de ce Nazaréen mais il a été libéré afin de régler le problème zélote. Sinon, on peut le proposer pour la grâce de Pessah, comme ça la foule choisit.

- Ton procédé est trop démagogue. Tu en feras un martyr ou un héros. Je pense que l'enfermer une petite semaine suffirait.

Le préfet trouvait son idée trop excellente pour revenir dessus. Il avait peur qu'un emprisonnement même temporaire agace la population. Leur laisser le choix lui offrait la possibilité de se dédouaner des problèmes qui concernaient les Juifs. Une arrestation au dernier moment empêcherait la nouvelle de se propager. La décision d'arrêter Jésus aux premières heures de Pessah fut prise à cet instant.

Joseph Caïphe s'en alla assez mécontent mais il connaissait suffisamment Pilate pour savoir qu'il ne servait à rien d'en discuter. Le rabbin dût révéler aux Romains le lieu de villégiature des Nazaréens contre son gré. Le fait qu'un membre du Sanhédrin loge ce groupe ne lui plaisait pas. Quoiqu'il advienne, son parti ou celui de Joseph d'Arimathie serait pris en défaut. Cela il ne le souhaitait pas car la réputation du Sanhédrin serait entachée.

----

2 jours avant Pessah.

Jour de paix et de préparation pour tous.

Le préfet prépara la sécurité de la ville et une arrestation imprévisible sur la colline de Béthanie. Il se méfiait de la réaction de ces Nazaréens.

Rebecca préparait sa maison pour les fêtes de Pessah et un repas pour les Nazaréens afin de les remercier de leur présence.

Joseph Caïphe, Joseph d'Arimathie et leurs fils préparaient la liturgie de Pessah, chacun de leur côté, évidemment.

Tout le monde serait prêt dans deux jours.

Veille de Pessah.

Qui n'a jamais vu le soleil couchant sur une colline de Palestine ne pourra soupçonner la félicité qui régnait dans le cœur des hommes et des femmes qui dormiraient à la ferme de Béthanie cette soirée d'avril 32.

Jérusalem avait offert son lot de discussions et de débats. Même si Jésus restait dans la mesure, il arrivait encore à convaincre. Jacques avait pu se mettre en avant et avait impressionné un grand nombre de gens par son érudition religieuse.

La fin de journée fut animée par l'aide apportée à la ferme de Béthanie. Les Nazaréens voulaient libérer Lazare, Marthe et Marie afin qu'ils partagent un repas convivial en cette veille de Pessah.

Enfin, le soleil emportait la journée vers l'Asie mystérieuse pour sonner l'heure du repos. Chacun mit la main à la pâte et un délicieux repas fut préparé dans l'étable. La petite maison qu'occupaient Lazare et ses sœurs n'aurait pas permis d'accueillir ces treize hommes ainsi que les enfants de Joseph d'Arimathie. Il faut dire que leur père finançait involontairement le repas, même s'il n'était pas dupe du fait que cette pauvre troupe qui logeait dans sa ferme s'y nourrissait.

Les kemias, légumes marinés et fruits secs, et les hallotes, pains du shabbat, étaient accompagnés de volailles grillées qui ravirent les convives. Au moment de verser les premiers vins accompagnant le repas, Rebecca demanda à Marthe et Marie :

- Nous n'avons pas de verres pour servir le vin. Allons à votre demeure.

- Non, rétorqua Jésus, c'est trop loin. J'ai une idée.

Il monta au fenil où se trouvaient ses affaires. Il redescendit avec son gobelet de bois.

Pierre rit :

- Môssieur Jésus nous prête son verre. Quel honneur !

Ce petit confort que s'était offert le charpentier était devenu un sujet de plaisanterie entre les Nazaréens.

- Nous sommes réunis ici car je vous y ai un peu entraînés, répondit-il, mais c'est Rebecca qui offre le repas, il fallait bien que je participe.

C'est ainsi que ce jour-là tous burent dans le même récipient.

Soigneux, Jésus remonta le ranger à la fin de ce repas d'une rare convivialité.

Quand il redescendit, chacun cherchait déjà son confort au dehors pour dormir, l'étable étant devenue une vraie fournaise avec ce monde.

Jour de Pessah.

Si les premières lueurs du jour réveillaient les courageux qui avaient dormi dehors, on ne voyait pas encore le soleil. Les préparatifs d'un frugal repas avant d'aller à Jérusalem pour les festivités de Pessah sortirent de leur torpeur les frileux qui s'étaient réfugiés dans l'étable au cours de la nuit.

Rebecca avait déjà rejoint son père qui avait besoin que l'on s'occupe de lui tant son sens pratique était inversement proportionnel à sa science de la religion et des hommes.

Les estomacs étaient encore vides lorsque deux décades de légionnaires surgirent.

La crainte que les Nazaréens avaient ressentie lors du repas de la veille refit surface.

Les deux décurions s'approchèrent du groupe, d'abord lentement. Soudain un regard d'aigle venant du plus grand se figea sur Judas.

Le regard habituellement si enjoué de cet affable compagnon de Jésus se ternit d'une larme.

Il avait reconnu, en la présence de ces deux Romains, celui qui l'avait mis en prison et celui qui l'en avait sorti.

Judas avait rencontré le premier décurion, Adonis, quelques temps plus tôt. Adonis était devenu légionnaire en espérant devenir citoyen. Cet homme fin, dans les deux sens du terme, et grand prenait son mal en patience. De garde durant la fin mars, il dut s'approcher de ce Judas qui, prêchant devant le palais de Ponce Pilate, créait un attroupement. Les légionnaires firent partir l'auditoire rapidement et Adonis dit :

- Prêcher ici ! Tu as toute la Palestine et tu viens devant le palais du représentant de Rome ! Suis-moi, imbécile ! J'ai autre chose à faire !

Enfin, si se reposer est en soit « quelque chose à faire ».

Judas finit dans une geôle, vite oublié par le décurion.

Ce premier souvenir désagréable n'était pas le plus effrayant. Le second souvenir se déclencha quand le massif Julius leva loin derrière lui, légèrement en hauteur, une main gauche dont la partie juive de l'assemblée ne soupçonnait pas l'existence incroyable. Les Romains l'ayant déjà vu à l'œuvre eurent une inspiration réflexe partagée avec les compagnons de Judas.

Le second souvenir refit surface et la vitesse de la mémoire permit de reconstituer cet étrange moment plus vite que le geste du second décurion.

Julius était devenu légionnaire pour l'aventure qui à l'époque comprenait souvent une belle part de violence. Cet homme massif, au point d'en être resté encore aujourd'hui la meilleure illustration, exécutait sa fonction avec plaisir. Nommé comme le premier empereur de Rome, il faisait toujours penser au fils adoptif de cet empereur. De garde le jour suivant son ami Adonis, il accompagna un Zélote en cellule. Il ouvrit la porte de la cellule de Judas avec fracas.

- Qu'est-ce tu fous là ?

- Ben… je… je prêchais devant le palais.

- Rien à foutre des bavards, l'autre abruti que j'amène a essayé d'attaquer une décade. Si tu veux partager son sort, reste.

Judas toujours prêt à la discussion comprit ce jour-là que le silence était d'or. Il avait à peine passé la porte de la cellule qu'il entendit pour la première fois les sons produits par un tabassage en règle. Il pleurait toujours en arrivant à la ferme de Lazare.

Les larmes, provoquées par ce souvenir, coulaient déjà quand l'arme naturelle du décurion s'effondra sur son visage telle une enclume. Le craquement de son nez n'empêcha pas l'air de continuer à se raréfier. Les poumons furent pleins quelques secondes plus tard, Judas ayant alors embrassé le sol y perdant quelques éclats de dents[3]. Seul Adonis respirait encore, flegmatique.

Lazare et ses sœurs avaient entraîné les jumeaux dans l'étable.

- Où est Jésus ? Parle, on t'a reconnu, tu blablatais devant chez Pilate, hurla ou demanda Julius.

- Tu t'attends à une réponse vu son état ? rétorqua Adonis.

- C'est moi, intervint Jésus, qui avait déjà compris que reculer ne servirait plus à rien.

- Tu as bien fait, lui dit Adonis qui faisait signe aux légionnaires de s'emparer de cet homme courageux.

Judas fut le dernier Nazaréen à s'enfuir, il fallut un certain temps aux sœurs de Lazare pour le sortir de son état. Ce jour signa la fin de sa carrière d'orateur. Les dents manquantes, quelque soit la puissance de l'esprit de Pentecôte, empêcheraient dans toutes les langues toute crédibilité, fi fous foyez che que che feux dire…

Lazare avait pris le visage de Samuel dans les mains et lui avait soufflé :

- Va prévenir ton père.

Quelques minutes plus tard, à Jérusalem.

Ce n'est pas le feu ressenti par sa voûte plantaire sollicitée à outrance qui marqua l'enfant.

3   Une autre vision du baiser de Judas

Ce n'est pas la transpiration, dont les gouttes n'avaient jamais autant troublé la vue, qui l'impressionna.

Ce ne sont pas les battements de son cœur, qui faisaient trembler tout son corps, qui déstabilisèrent l'enfant.

Ce n'est pas la démonstration de violence des Romains qui le choqua.

Il était même fier de la vitesse à laquelle il avait parcouru cette distance mais la larme qu'il avait vu couler sur le visage de l'imperturbable Lazare l'empêchait désormais d'expliquer clairement à son père et à sa sœur ce qui s'était déroulé devant ses jeunes yeux.

Au même moment à Béthanie, le jeune Joseph pleurait aussi incrédule devant l'efficacité des deux sœurs de Lazare à le cacher dans le fenil et à réunir à ses côtés tous les effets de Jésus et des siens.

Une fois l'étable et la ferme rangées comme si personne n'avait été accueilli durant plusieurs semaines, Marie prit la route de Jérusalem avec Joseph. Elle avait empêché Lazare d'y aller. Qui remarquerait une paysanne avec son enfant ? Joseph n'ayant pas sa tenue de Pessah pourrait tout à fait passer pour son fils. Pour la première fois dans la vie du jeune garçon, il avait l'autorisation, plus que l'autorisation puisque c'était une nécessité, d'appeler une femme « maman ».

Marie craignait que tout le monde fût parti mais l'arrivée confuse et tonitruante de Samuel avait arrêté tout préparatif.

- Qu'est-il arrivé ? l'apostropha Joseph d'Arimathie.

Marie décrivit calmement la scène qui avait eu lieu une heure plus tôt.

Joseph, le père évidemment, distribua les rôles. Rebecca irait trouver les connaissances des Nazaréens afin qu'elles restent cachées en attendant d'en savoir plus. Marie s'occuperait des jumeaux. Joseph, lui, partirait trouver Joseph Caïphe pour en savoir plus sur les Romains.

Marie se chargea de sa mission avec soin et prodigua une attention aux enfants qu'ils n'avaient jamais connue et qu'elle n'avait jamais pu témoigner, faute d'avoir vécu l'amour. Son grand frère avait bien soigné ses deux sœurs à la mort de leurs parents. Notamment grâce à leur maître qui avait osé donner de grandes responsabilités à ce jeune orphelin que fut Lazare. Il put les nourrir mais jamais il ne pensa à les marier.

Rebecca s'acquitta de sa mission avec une grande efficacité et l'arrestation de Jésus fut connue par tous avant midi. Tous les soutiens potentiels du prophète étaient cachés.

La vie de toute la maisonnée fut chamboulée par les choix qui se firent durant ce jour de Pessah 32, après la discussion qu'eurent les deux Joseph, Caïphe et d'Arimathie.

La journée de Pessah de l'an 32 de Ponce Pilate, préfet de Judée.

Ponce Pilate se réveilla bien après l'aurore. Les préparatifs effectués pour la sécurité durant les fêtes juives avaient été efficaces. S'il y avait eu un problème, il aurait été réveillé par un officier.

La vue du soleil déjà si haut dans le ciel le ravit. Ne profitant plus des gloires militaires, il s'était très bien accommodé des plaisirs terrestres. Bien dormir … qui plus est, il se rappela le début de sa nuit dans les bras d'une esclave dont il avait oublié le nom et l'endroit où il l'avait rencontrée.

Son seul rôle public de la journée consistait en la présentation des condamnés pour la grâce romaine. Il appréciait ce moment. Il ne pouvait s'empêcher de fanfaronner. Méprisant vis-vis des Hiérosolymites qui venaient le plus souvent demander l'abandon de la peine d'un ami ou d'un membre de leur famille ou tout simplement poussés par une curiosité malsaine.

Cette comédie devait se dérouler avant prandium, son déjeuner. Il ordonna donc à ses serviteurs de préparer au plus vite jentaculum, son petit-déjeuner qu'il recommanda simple et frugal, « un peu de pain et de fromage ». Pour son déjeuner, il ne comptait pas s'en tenir au léger déjeuner d'un Romain et souhaitait s'adonner à un avalement déraisonné qui compensait son manque d'activité physique.

Alors que Ponce Pilate rêvait devant son jentaculum, un serviteur lui annonça l'arrivée de deux décurions qui souhaitaient le voir. Le premier sentiment de contrariété disparut vite quand il reconnut Julius et Adonis. L'arrestation à laquelle ils devaient se livrer au petit matin ne le préoccupait guère mais son fruit devait pimenter un peu la grâce de Pessah.

- Alors ?

- Julius a utilisé ses méthodes habituelles, répondit Adonis. D'où une arrestation rapide.

- Ah ! Amenez-moi ce Jésus.

Les deux décurions se rendirent lentement dans le couloir, où les deux décuries qui les avaient accompagnés, attendaient autour de Jésus.

- Nous vous le prenons, dit Julius.

- Merci décurion, pouvons-nous nous retirer ? demanda un légionnaire.

- Non, qui le gardera après ? s'exclama le décurion avec férocité.

- Attends, l'interrompit Adonis, privilège qui était rare. Tu restes avec quatre hommes, les autres peuvent effectivement partir. A cinq vous pourrez surveiller le prisonnier ?

- Aucun problème.

Les légionnaires qui purent s'en aller remercièrent celui qui avait osé prendre la parole, risque avéré, celui-ci se retrouvant de garde.

Jésus pénétrait enfin dans le bureau du préfet avec les deux décurions, Pilate attendait debout devant sa table de travail. Il avait expédié son petit-déjeuner à une vitesse spectaculaire et avait pris la pose. Il voulait avoir fière allure devant cet homme dont l'aura lui avait été rapportée.

- Tu t'es fait des ennemis en Palestine, jeune homme, interpella le représentant de Rome.

- Pourtant, je ne veux que l'amitié entre les hommes.

- Pourquoi critiquer Rome alors ?

- C'est plus compliqué que ça. C'est un esprit que je critique qui est aussi présent dans la société juive aujourd'hui. Moi, je prône la solidarité.

- Rome ne protège pas assez ses conquêtes ?

- Le problème n'est pas politique. Payer un impôt contre un service d'accord mais pour être accueilli dans ce faste, non !

- C'est ce faste qui fait la sécurité des provinces de l'Empire.

- L'image, toujours l'image. Tu touches du doigt ce que je dénonce. Si toute la population des provinces s'unissait, l'Empire n'arrêterait certainement pas sa marche mais devrait faire une pause pour nous écouter.

- Fais des attentats comme les Zélotes si tu n'es pas content !

- La violence appelle la violence et je crois que Rome a plus de moyens que moi dans ce domaine. De toute façon, je n'aime pas ces procédés.

- Je vois, tu me sembles bien idéaliste. Et les gens écoutent tes histoires ?

- Si je suis là … Qu'en est-il de mon sort ?

- Tu seras proposé pour la grâce de Pessah.

- Et ?

- Quatre condamnés, un gracié. Pour les autres, la mort. Dans ce que Rome peut faire de mieux.

Jésus pâlit, chancela. L'attitude de Ponce Pilate annonçant la fin de l'entretien, les deux décurions ramenèrent Jésus sous la bonne garde des cinq légionnaires.

Chacun patienta. Alors que Rebecca rentrait chez elle, Jésus se vit rejoindre par trois pauvres bougres qui enduraient la prison depuis plusieurs jours. Les quatre hommes se parlèrent. Un assassin, deux voleurs et Jésus. Les hommes n'avaient guère entendu parler de lui et ne comprirent pas sa condamnation. Jésus remarqua un Barabas. L'homme accusé d'assassinat. D'après lui, il avait volé pour manger. Le marchand l'avait rattrapé et le pauvre homme l'avait poussé sur la route où un char romain l'écrasa. Barabas n'eut pas le temps de s'expliquer. Un des deux passagers habillé en militaire le frappa et l'emmena plus pour le risque qu'il avait fait prendre au char que pour la mort du marchand.

Barabas fut sauvé par la grâce de Pessah[4]. L'accident avait eu lieu trois jours avant Pessah et il fallait bien des prisonniers à gracier. Les derniers condamnés avaient été engouffrés par une galère en manque d'équipage. Afin d'étoffer

---

4   Tradition qui permettait à la poulation palestinienne de gracier un condamné à mort en l'honneur des fêtes juives.

le choix de la foule, deux voleurs le rejoignirent le lendemain et Jésus aujourd'hui.

Les quatre hommes furent emmenés derrière le parvis du palais romain.

Ponce Pilate se présenta, donna des ordres aux légionnaires et parla à la foule.

- Vous êtes venus afin de profiter du spectacle mais je vous réserve une surprise. Je vais vous présenter quatre condamnés.

Il fit signe et le premier condamné s'approcha, un des deux voleurs. Une voix s'éleva :

- Qu'il crève, il a attaqué ma boutique avec son cousin. J'espère que vous l'avez aussi celui-là !

Le préfet se retourna et un signal imperceptible permit l'avancée du second prisonnier. La voix reprit :

- Ouais, vous l'avez eu. Vive Rome !

Pilate, surpris, sourit et déclama :

- Je suis tout de même obligé de respecter la tradition. Je vous demande donc qui veut gracier l'un de ces deux personnages ?

Les interpellations du marchand et le fait que ces deux hommes avaient commis leur crime dans une ville où ils n'avaient aucune connaissance scella leur sort.

- Maintenant ma surprise, rit Ponce Pilate.

Jésus s'approcha de la foule.

- C'est le prophète de Nazareth !

- Ah ! Je me disais que je l'avais déjà vu !

- Oui, oui, c'est lui.

Le préfet coupa les commentaires.

- Est-ce que vous le graciez, cet homme ?

La réaction de la foule fut confuse. Quelques bonnes âmes réclamèrent l'indulgence de Rome mais la foule renvoya une certaine indifférence et quelques rires. Rebecca ne saura jamais que la mission qui lui était dévolue signa la mort de Jésus. Il aurait fallu des alliés pour sauver le prophète mais ils étaient cachés chez eux.

Lorsque Barabas s'approcha à la demande du préfet, le représentant de Rome eut un deuxième étonnement. La foule indifférente à Jésus réclama d'office la grâce d'un assassin.

Barabas était issu d'une vieille famille populaire de Jérusalem. Dans son quartier où il faisait l'aumône, il était connu comme un homme serviable et un peu simplet. De bon cœur, toutes ses connaissances vinrent le supporter. Barabas repartit libre du palais du préfet.

La perplexité de Ponce Pilate n'empêcha pas son appétit de se faire ressentir. Le prandium qu'il se fit servir aurait pu inspirer les plus grands banquets qui seront servis dans l'histoire. Il dégoûta même les esclaves qui ne purent finir ses plats. Le spectacle qu'il donna à voir marqua le début de sa disgrâce.

Mais au cours de l'après-midi, il était toujours préfet et reçut Joseph Caïphe contraint et forcé par sa position. La mort cruelle de Jésus obligea Joseph à importuner le préfet. La somnolence qui régnait dans le bureau du représentant de Rome répugna le chef du Sanhédrin. L'orgie de nourriture et la fainéantise se lisaient sur le visage de Pilate.

- Qu'as-tu fait, préfet ? Quels ordres as-tu donnés ? Des Hiérosolymites sont venus me voir pour dénoncer les scènes de torture qu'ils ont vues aujourd'hui. Pourquoi ce traitement vis-à-vis de ces condamnés ?

- Encore mécontent ? Tu voulais te débarrasser de ce Jésus, c'est chose faite.

- Je ne souhaitais pas en faire un martyr.

- Vue la réaction de foule à la cérémonie de grâce, j'ai cru l'amuser en ordonnant de faire souffrir ces voyous.

- Je ne crois pas que tu mesures le sentiment de la population. Les Juifs sont terrorisés. Ajouté au temps crépusculaire, la ville s'est vidée malgré les fêtes.

- Arrête ce comportement de demoiselle, va-t-en !

Joseph Caïphe partit déçu. Il n'essaya pas d'avoir plus d'explications. Ce qui était arrivé était le fait de sa maladresse et de la déchéance d'un homme de puissance.

C'est gêné qu'il rejoignit Joseph d'Arimathie à la sortie du monument romain.

- Cet immonde préfet a fini sa journée. J'ai dû arrêter l'entretien. Il a tout simplement voulu s'amuser.

- En mettant à mort Jésus ?

- Je ne crois pas qu'on puisse comprendre ces Romains, ils sont fous.

- Comment tout ça a bien pu se passer ?

- Écoute, tu es membre du Sanhédrin et tu accueilles des traîne-savates qui trahissent nos écrits sacrés.

- Peut-être mais je n'ai fait arrêter personne.

- Tu sais bien que je ne désirais pas sa mort.

- Tu as raison. N'en parlons plus. Le peuple d'Israël est divisé désormais et aucun de nous deux n'a œuvré pour cela.

- Tu pourras tout de même faire savoir aux amis de ces Nazaréens qu'ils ne sont pas recherchés.

- Cela sera fait quand le temps sera redevenu clément.

- Et toi ? Que vas-tu faire maintenant ?

- Partir, je suis encore jeune et cela fait longtemps que je veux quitter Jérusalem. Depuis la mort de ma femme. Mes garçons sont grands maintenant. Ils supporteront un voyage.

- J'ai une opportunité pour toi.

- Je t'écoute.

- La communauté d'Athènes a perdu son dernier rabbin et ils cherchent quelqu'un pour le remplacer. Sa maison est libre et grande. Les Juifs d'Athènes t'accueilleront volontiers. Ils ne s'attendent pas à quelqu'un de ta réputation.

- Es-tu content de me voir partir ?

- Sans opposition pas d'émulation.

Les deux éminents rabbins se quittèrent chaleureusement conscients que leur dernière rencontre touchait à sa fin. Au même moment, Pilate s'endormait misérablement dans son vomi après avoir vidé une amphore de vin.

Une nouvelle ère ?

Les derniers mois du printemps de l'an 32 de Lazare et Marthe.

Lazare faillit se morfondre mais son honneur le releva. Il comprenait les Nazaréens qui avaient fui. Son maître n'irait pas chercher le corps de Jésus. Il ne restait que lui pour montrer le respect dû au prophète.

Il n'attendit pas le retour du beau temps et contrevint à la loi juive en agissant jour de Sabbat.

Muni d'une charrette, d'un couteau et de deux poulets, il contourna Jérusalem et se rendit sur le Golgotha. Après quelques minutes il repéra les rares corps encore frais au milieu desquels figurait son ami, au sommet d'une croix.

Après une petite heure de recherche dans les alentours, il trouva deux pauvres hères qui ne furent pas rebutés par le travail proposé. Quelques soient les règles juives, leur situation ne leur permettait pas de refuser un poulet entier.

Lazare prit l'un des hommes sur ses épaules. Il rompit les liens qui attachaient Jésus à la croix. Les pieds et les poignets du Nazaréen se déchirèrent à cause de clous qui avaient été plantés. Lazare questionna les deux mendiants qui ne purent répondre, peu au fait des coutumes romaines.

Ils l'aidèrent à cacher le corps dans la charrette et disparurent, leur poulet sous le bras, à une vitesse insoupçonnée vu leur état pitoyable. Mais qui était Lazare pour juger des hommes qui vivaient sous la pluie depuis vingt-quatre heures dans cet endroit boueux.

Deux jours plus tard, Joseph d'Arimathie vint lui rendre visite en compagnie de Marie et d'une autre femme.

- Comment vas-tu ? Cela fait longtemps que nous ne nous sommes point vus, lança Joseph en le serrant dans ses bras.

Lazare n'était pas habitué à une telle affectivité du propriétaire de la ferme. Il ressentit immédiatement le trouble qui régnait chez ce rabbin. La dernière fois que Joseph avait laissé transparaître une émotion, sa femme venait de mourir.

A l'époque déjà, deux émotions résidaient en Joseph. Le terrible décès de sa femme s'accompagnant de la fabuleuse naissance de ses deux fils.

C'est le Joseph cachant péniblement ses sentiments qui rendait visite au fermier.

- Qu'est-ce qui t'amène ici ? Cela fait plaisir de te voir. Je ne t'ai pas vu depuis le solstice. Dommage que cela soit en de telles circonstances. Comment vont tes enfants ? puis se tournant vers sa sœur, et toi Marie, j'ai eu peur qu'il ne te soit arrivé quelque chose. Je n'ai pas osé rentrer dans Jérusalem.

- Tu es donc parti de la ferme ? s'enquit le rabbin.

- J'ai eu une affaire à régler, rien d'important.

- Ah ! Bon, nous avons beaucoup d'affaires à régler, que des choses importantes.

- Venez dans la ferme nous serons mieux pour discuter.

Marthe accueillit tout le monde chaleureusement et apporta quelques rafraîchissements. Elle s'adressa à l'inconnue.

- Madame, je suis Marthe, la sœur de Lazare et Marie. Vous êtes ?

- Marie, la mère de Jésus.

- Quel courage d'avoir entrepris un voyage après la terrible nouvelle.

- Merci. Dès que Jacques m'a appris pour Jésus j'ai décidé de gagner Jérusalem. J'ai hésité. Jacques avait l'air tellement effrayé. Il est d'ailleurs reparti se cacher. Mon amie, Madeleine, m'a encouragée à venir et m'a accompagnée. Elle se repose chez Joseph.

- Je croyais que les disciples de Jésus n'étaient pas recherchés, intervint Lazare. Pourquoi Jacques se cache-t-il ?

- Ils ont fui tellement vite, il faut que la nouvelle les rattrape. Seul Judas est au courant. Vu son état, il n'a pas pu partir bien loin. Il a été recueilli sur le chemin d'Emmaüs.

- C'est le seul dont vous avez des nouvelles ? demanda Marthe

- Oui, il faut encore attendre, ils reviendront. Sauf Judas, peut-être. Il a croisé des pèlerins. Il leur a appris la mort de Jésus. Ils sont venus à Jérusalem pour en savoir plus. C'est une chance de les avoir croisés. Ils nous ont dit qu'il en voulait un peu aux autres.

- Je le comprends, dit Lazare. Enfin, je comprends les autres aussi.

Après un silence, qui plongea le groupe dans ses pensées, la mère de Jésus intervint :

- Pardon mais je dois savoir.

Lazare la regarda interrogateur quand il s'aperçut que Joseph portait le même regard sur lui.

- Comment t'en es-tu douté ? demanda Lazare à Joseph.

- Dans toute cette ville, après la fuite des Nazaréens qui d'autre que toi aurait osé transporter un corps pour lui offrir une sépulture.

- Je ne l'aurais pas fait pour tout le monde. Je …

- Merci pour mon fils, l'interrompit Marie. Où est-il ?

Joseph, les deux sœurs du fermier et Marie suivirent Lazare.

Il les emmena auprès d'un figuier sauvage gigantesque.

- On dit que c'est ici que Jonas aurait attendu avant d'obéir à Yahvé.

Chacun se recueillait. Joseph récita le kaddish[5] afin d'honorer Dieu et le défunt.

Ils s'assirent tous sous le figuier, protégés par son ombre salutaire.

Marie, la sœur de Lazare, prit la parole :

- Mon frère, je vais partir, fit-elle d'un voix chevrotante.

- Où donc vas-tu partir, seule ?

- Je ne pars pas seule. Si je suis restée si longtemps en ville, une raison m'y a poussée. Je n'ai pas simplement rendu service à Joseph. M'occuper des garçons m'a permis de me sentir mère.

- Je comprends, répondit Joseph.

Son regard restait interrogateur. Le trouble perçu dans la voix de sa sœur indiquait plus qu'un emménagement à Jérusalem.

- Nous partons en Grèce, intervint Joseph. La communauté d'Athènes a besoin d'un nouveau rabbin afin de veiller sur l'enseignement religieux prodigué dans cette ville et chez les Hellènes. Nous ne reviendrons peut-être jamais et les récents événements nous poussent à découvrir de nouveaux horizons.

- Que vais-je devenir dans ta ferme ? demanda Lazare perturbé.

- J'ai fait le nécessaire pour que le domaine agricole soit le tien. La communauté d'Athènes viendra à mon aide pour mon installation et un logement m'est déjà réservé. Je vends tous mes biens à Jérusalem.

- Comment te paierai-je ?

5   Prière rituelle lors d'un décès

- Tu ne me comprends pas. Tu es déjà sur ton domaine. La ferme est tienne. Tu ne me dois rien. Je te demanderai juste d'être vigilant vis-à-vis de notre communauté et d'aider les Juifs qui en auraient besoin.

- Moi, propriétaire ? Je n'ai point de mots pour m'exprimer.

- Tu nous prépareras quelques victuailles pour notre voyage ? questionna sa sœur, Marie, souriante devant l'émotion de son frère.

- Si les deniers sont au rendez-vous, rétorqua Lazare riant, entraînant avec lui la compagnie.

Le soir tombait, tiède, sur la nouvelle exploitation de Lazare. Des embrassades chaleureuses conclurent les émotions de la journée. Marthe tendit un sac de toile à la mère de Jésus.

- Tenez. Ce sont les affaires des Nazaréens. Il y a peu de choses mais je ne sais qu'en faire. Peut-être trouverez-vous des souvenirs.

- Merci, Marthe. Merci, Lazare, pour ce que vous avez fait pour mon fils.

Les premières étoiles les attendaient déjà quand Joseph et les deux Marie arrivaient à Jérusalem.

La famille de Joseph d'Arimathie organisa méthodiquement son voyage. De nombreux débats furent nécessaires. Les garçons n'y étaient pas conviés mais cela ne les empêcha pas de donner leur avis.

La traversée de la Syrie, de la Cappadoce, la découverte de Byzance et des terres grecques les emballaient. Les routes pouvaient être sûres si on se joignait à une caravane commerçante.

Joseph choisit la sécurité, qui convenait très bien aux femmes, et la rapidité avec une traversée en bateau. Un convoi commerçant fut rémunéré pour ce voyage qui comprenait donc cinq voyageurs.

Un éminent rabbin qui quittait sa terre originelle afin d'assurer la stabilité du judaïsme dans l'Empire Romain.

Ses deux fils, Joseph le lettré et Samuel le puissant.

Sa fille, Rebecca, fort attristée par les événements de Pessah. Elle souhaitait quitter Israël pour oublier.

Une gouvernante, Marie, qui connaissait cette famille depuis toujours.

Les préparatifs furent simples. Il était prévu de renouveler une bonne partie de leurs affaires à Athènes. Joseph désapprouva le choix de sa fille d'emporter les affaires que leur avait données la mère de Jésus.

Elle avait tenu bon. A vingt ans, elle quittait les lieux où elle avait grandi et cela serait son seul souvenir. La jeune fille emportait donc les seules affaires qu'elle reconnut. Elles avaient appartenu à Jésus. Tout le nécessaire de repas du prophète était là.

A quelques jours du solstice d'été, Lazare laissa le travail de la ferme pour une journée. Avec Marthe, ils accompagnèrent Joseph et sa famille au port de Gaza.

Le regard triste, le frère et la sœur saluèrent pour une dernière fois les voyageurs. Peut-être Lazare pleura-t-il enfin en voyant le navire disparaître à l'horizon. Les dernières pensées de cet homme, dont la vie ne permit pas l'apprentissage de l'écriture, se sont, ce jour-là, évanouies dans l'inconscient.

Nouvelles vies

Qu'allait-il donc faire dans cette galère ?

Joseph était bel et bien ému. Ému en quittant Jérusalem. Ému d'entreprendre son plus grand voyage. Ému par l'appréhension. Il ne put se nourrir de ce sentiment car il vomit.

Il vomit tout le long du voyage qui l'emmena à Paphos. Arrivés à Chypre, les cinq Israéliens furent confrontés à leur choix. Barrière de la langue et différence de culture déstabilisèrent la famille.

L'île de Chypre offrait un avant-goût de la culture grecque. Seule Marie ne possédait aucun rudiment de la langue grecque. Habituée à suivre les décisions de Lazare elle se laissa porter par Joseph et ses enfants.

Les deux jours d'étape permirent de se préparer à la vie nouvelle qui s'annonçait pour eux.

Le ventre vide Joseph fut contrarié de ne point trouver de commerce juif. Il souhaitait évidemment manger casher. Il se contenta d'un peu de riz malgré les demandes des garçons. Il tenait à respecter les prescriptions religieuses même en voyage. De toute manière, il serait malade en mer.

Le jeune Joseph et Rebecca furent satisfaits d'eux-mêmes et rassurés. Leurs rudiments de langue grecque leur permirent de visiter la ville aisément. Samuel, qui les avait simplement suivis, fut celui qui intérieurement changea le plus.

Après cette courte étape, il voyait une autre Méditerranée, une autre culture. Il y prenait plaisir. Un plaisir nouveau et indescriptible. Cet athlétique garçon ne sut mettre de mots sur ce qu'il ressentait. Mais ce jour-là une soif naquit en lui. Celle de la découverte, du voyage et peut-être de l'aventure.

44

Le départ arriva vite pour Samuel. Il aurait volontiers approfondi la découverte de Chypre. Savoir que d'autres nouveautés l'attendaient à la prochaine étape lui faisait oublier les regrets.

Joseph, l'adulte, investit le navire avec appréhension. Le mal de mer l'attendait sur le pont. Les femmes et le jeune Joseph montèrent sur l'embarcation prêts à profiter de leur prochaine étape. Ils devenaient de vrais touristes. Les premières stupeurs du voyage passées, ils observaient enfin avec attention le manège des marins. Samuel, lui, s'en trouvait profondément inspiré.

Il attirait son frère vers les marins afin qu'il l'aide à traduire les paroles au vocabulaire obscur des navigateurs. Le ciel bleu de la Méditerranée plongeait les deux garçons dans un horizon enivrant que seul la mer peut offrir. Une nuit d'encre s'annonçait. Le capitaine exprima un vif intérêt pour les étoiles qui s'éclairaient une à une.

Les jumeaux découvrirent les constellations et leur importance. Ils avaient bien déjà vu des personnes qui se vantaient de lire l'avenir dans le ciel. Ces bonimenteurs attiraient toujours les critiques acerbes de leur père. Mais aujourd'hui, ces milliers d'étoiles prenaient un sens nouveau, une carte qui permettait au chef du navire de s'assurer de sa route.

Le phénomène semblait miraculeux pour ces jeunes âmes. Samuel se souvint des récits des Nazaréens. Ces mêmes lueurs merveilleuses les guidaient la nuit dans le désert.

Les côtes de Crète se révélèrent trop vite pour Samuel qui étudiait sérieusement pour la première fois.

Son père vit avec bonheur le port d'Héraklion. Son mal diminuait peu à peu mais il désirait fortement remettre pied à terre.

Sur cette île, ils étaient vraiment en Grèce.

Ayant déjà été confrontés à la vie insulaire, ils s'orientèrent immédiatement vers les commerces qui leur permettraient de subvenir à leur besoin.

L'architecture crétoise s'approchait de ce qu'ils verraient en Grèce. Elle était plus simple mais elle leur donna un avant-goût d'Athènes.

Les garçons furent émerveillés par les temples païens. Joseph n'apprécia pas leur enthousiasme face à ces monuments dédiés à des cultes sauvages, du moins, selon lui.

Marie repéra vite sur les étals des marchands de nouvelles saveurs qui agrémenteraient sa cuisine. Elle se montra tout de même prudente quant aux viandes proposées. Elle ne voulait pas commettre l'impair de froisser le rabbin.

Rebecca s'imprégnait de cette ambiance nouvelle. Elle fut rassurée par la riche éducation transmise par son père et quelques précepteurs. Elle ne comprenait pas tout mais ses rudiments de langue se consolideraient. Elle vivrait aisément dans une nouvelle grande ville.

Les deux jours d'étape permirent à la famille de découvrir aussi la nature crétoise. Si elle rappelait les essences palestiniennes, les couleurs étaient sensiblement différentes. Leur dépaysement se fit ainsi, progressivement. Avec une douceur accentuée par le bleu profond de la mer.

Les voyageurs mélancoliques se souvinrent des Nazaréens en voyant rentrer les bateaux des pêcheurs au port. La Mer Égée leur offrait un paysage bien plus spectaculaire que la Mer Morte.

Traverser cette étendue jusqu'à Athènes inquiétait Joseph, le père. Il avait ainsi parfois des sautes d'humeur qui l'empêchaient de profiter de son séjour avant de crouler sous les responsabilités. Il était celui qui devait relever la communauté juive d'Athènes. Son appréhension le rendait dur. Heureusement, Marie, qui venait sans autre enjeu qu'offrir son attention aux enfants, se montra prévenante et rassura toute le famille. Ses longues années d'expérience dans la ferme lui avaient appris à se débrouiller et à être efficace.

Sa gestion de l'intendance soulagea Rebecca. La jeune fille se sentit redevable auprès de cette femme. La prévenance de Marie apaisait toute sa famille. Peut-être était-ce la seule à ne pas douter.

Le lendemain, le départ se fit aussi rapidement que celui des deux précédentes étapes. Le capitaine aguerri montrait une aise déconcertante dans le maniement de son navire. Samuel crut, au départ, que le capitaine donnait une direction grâce à la carte des étoiles sans autre rôle. En discutant avec les marins, il comprit que chaque manœuvre ordonnée correspondait à un plan qui, s'il n'était pas respecté, pouvait entraîner la destruction du navire.

Samuel révisa son jugement suite à un événement que son père redoutait. Une tempête.

Les nuages arrivèrent avec la nuit. Pas d'étoiles, pas de carte. Le regard du capitaine se plongea dans l'eau. Il diagnostiqua une tempête légère. Pour des marins aux pieds sûrs. Samuel le questionna sur son inquiétude, la réponse le fit frémir.

Peu au fait de la géographie de la mer Égée, il ne soupçonnait pas l'existence d'îles minuscules nombreuses où le navire pouvait se fracasser.

Joseph d'Arimathie proposa de jeter l'ancre. Le capitaine refusa opposant le risque que le bateau ne résiste pas. L'équipage ne dormirait pas cette nuit et naviguerait en cercle. Le retour en Crète était jugé trop dangereux et précipiter le voyage au milieu des nombreuses îles encore pire.

47

Le courage du capitaine et de son équipage émerveilla les jumeaux. Ils eurent même un rôle à jouer. Ils attachèrent leur père sur le pont du navire. Joseph perdait connaissance avec son mal de mer et le capitaine craignait qu'il se noie dans une flaque ou passe par dessus bord. Joseph fut attaché au mat. Les marins grecs se souvinrent de l'Odyssée même si aucune sirène ne s'annonçait dans cette tempête.

Le soleil se leva et débarrassa le ciel des nuages. La pluie de la nuit l'y avait bien aidé. Les vents favorables et une mer d'encre permirent de rattraper le temps perdu.

Joseph ne se réveilla qu'en début d'après-midi, aveuglé par le soleil. Il vit son fils, Joseph, auprès de lui.

- J'ai récité la prière du matin, Cha'harit, pour toi, dit l'enfant.

- Merci. Peux-tu me détacher ?

- Heureusement que ce n'est pas Sabbat.

- Tu aurais eu le droit de rompre ton Sabbat. Exceptionnellement ! rétorqua le père en souriant.

Après avoir été détaché, il sentit les courbatures. Le mal de mer avait disparu remplacé par une faim intense.

Marie lui servit un repas frugal. Les épreuves endurées par Joseph incitaient à la prudence.

Le reste du voyage fut paisible. Joseph n'était plus malade ; son humeur maussade des jours précédents fut remplacée par un entrain prononcé pour sa future mission.

Le port du Pyrée et Athènes se dévoilaient devant eux.

Été 32, Athènes.

Personne n'attendait les voyageurs sur le port du Pyrée. Leur jour de retard n'avait en rien aidé à cet accueil. La famille n'était pas pour autant surprise. L'état de la communauté d'Athènes, selon leurs informations, était problématique. Elle ne pouvait se permettre de laisser un représentant au port.

Le capitaine fut d'une aide précieuse. Il commerçait avec quelques membres de la communauté juive athénienne. Il devait se rendre au cœur du marché romain dans la boutique de l'un d'eux. Les jumeaux profitèrent avec plaisir de sa compagnie sur les derniers lieux de leur voyage. Samuel le questionna sur la culture grecque et Joseph sur la langue.

Leur père remercia chaleureusement le marin après qu'il eut finit ses affaires avec le commerçant.

Joseph avait attendu patiemment que les négociations soient faites. Après le départ du capitaine, il se présenta au marchand. Celui-ci le salua, l'air soulagé :

- Vous voilà enfin ! Nous vous attendons depuis trois mois. Moshé a écrit à Jérusalem afin de s'assurer que tout était normal. Le courrier vous aura croisés. ÉLIE ! hurla le commerçant en direction du fond de la boutique.

Une garçon de l'âge des jumeaux arriva prestement.

- Oui, papa.

- Va quérir Moshé chez sa mère. Dis-lui que le rabbin est arrivé. Puis se tournant aimablement vers Joseph. Rentrez avec votre famille. Installez-vous dans mon arrière-boutique en attendant Moshé. Il vous expliquera tout. J'ai omis de me présenter. Je suis Jérémy. Avec les difficultés de la communauté, je suis le dernier commerçant juif d'Athènes.

Tout en se présentant, Jérémy prépara un appétissant panier garni de divers produits alimentaires que ses étals proposaient. Il l'offrit aux femmes. La famille pouvait se sustenter en attendant le fameux Moshé et pourrait apporter le reste pour leur installation.

Élie revint essoufflé quelques minutes plus tard.

- Il arrive, dit-il simplement.

Le garçon prit le temps d'observer les nouveaux arrivants et sourit aux fils de Joseph. De nouveaux venus en ville, il en espérait de nouveaux jeux.

Jérémy dut retourner à son travail.

Les adultes restaient calmes et les enfants en profitèrent pour échanger.

Élie proposa immédiatement aux jumeaux de partager sa science d'Athènes. Par sa pratique religieuse et le métier de son père, Élie maîtrisait assez bien l'hébreu et parfaitement le grec. Il annonça aux garçons qu'il leur apprendrait le grec utile pour « s'amuser en ville ».

Cette notion resta floue pour Joseph qui s'amusait déjà en étudiant les textes religieux. Pour Samuel, elle ouvra le champ des possibles.

Une petite heure plus tard.

Le jeune homme qui entra dans la boutique de Jérémy rayonnait par son sourire. Il échangea quelques rapides politesses avec le marchand qui lui désigna la famille qui patientait dans l'arrière-boutique.

Il se dirigea vers Joseph et le salua ainsi que ses compagnons.

- Enfin, Maître, nous vous attendions impatiemment. La communauté juive d'Athènes a besoin d'être relevée. Elle a perdu sa prospérité. Je suis Moshé. Disons que je suis le plus haut représentant religieux juif à Athènes.

- Quel âge avez-vous ? demanda Joseph surpris.

- Vingt-deux ans. Le dernier rabbin est mort il y a plus de six mois et mon enseignement n'était pas très avancé. Nous avons veillé au mieux au respect de nos traditions mais théologiquement parlant, je me sens un peu perdu.

- C'est normal. Vous êtes bien jeune pour tenir ce rôle. Nous allons bientôt nous atteler à la tâche mais nous sommes fatigués par le voyage. Pourriez-vous nous conduire chez nous ? Nous souhaiterions nous reposer.

Le chemin restant sembla pénible à la famille que la pause dans le magasin de Jérémy avait détendue. Les derniers efforts à fournir pour traverser l'Agora s'accompagnèrent de bavardages afin de les adoucir un peu.

Toute la famille se présenta. Une confusion fut levée puisque Marie précisa qu'elle était la nourrice des jumeaux. Elle veillerait également au soin de la maison. Moshé assura que sa mère était prête à aider Marie. C'est elle qui avait soutenu le dernier rabbin dans ses vieux jours.

En arrivant devant leur demeure, ils furent surpris par la blancheur traditionnelle des murs extérieurs en Grèce. Cette couleur leur rappela la Crète rencontrée quelques jours plus tôt. Mais l'architecture renvoyait bien à ce qu'ils avaient connu jusqu'alors.

Quand Moshé les quitta, femmes et enfants prirent une dernière collation grâce au généreux panier offert par Jérémy. Chacun prit possession d'une chambre et s'endormit du sommeil du juste. Seul Joseph eut du mal à s'endormir. Les propos de son futur élève, Moshé, malgré leur enjouement, annonçaient une situation difficile. Il savait que les responsabilités religieuses ne lui poseraient aucune difficulté.

51

Mais il n'avait jamais géré de problèmes économiques. A Jérusalem, sa ferme lui assurait une forme d'indépendance. En tant que membre du Sanhédrin, il aurait, de toute manière, été aidé par une communauté puissante.

Le soleil se couchait sur Athènes et le sommeil vint dans son esprit préoccupé.

Le lendemain en fin de matinée.

Moshé arriva accompagné de Jérémy et d'un troisième homme. Élie les suivait, curieux de revoir ses nouveaux compagnons.

Rebecca et Marie étaient parties en ville faire quelques courses avec Sarah, la mère de Moshé.

Très vite Élie repartit dans la rue suivi de Samuel. Le jeune Joseph avait préféré rester. Il avait bien ressenti la préoccupation de son père. Même si on ne lui laisserait pas la parole, il souhaitait en savoir plus et s'installa dans un coin de la pièce après avoir apporté un peu d'eau aux trois hommes.

La vaisselle était présente en petite quantité dans ce logement qui avait appartenu à un vieux rabbin célibataire qui recevait peu. Joseph dut prendre le gobelet en bois que Rebecca traînait dans ses affaires pour que chacun puisse boire. Son père le donna au jeune Joseph pour que ses invités n'eurent pas à boire dans cette piètre vaisselle.

Joseph d'Arimathie s'adressa à son fils :

- C'est le gobelet de Jésus ?

- Oui, nous manquions de vaisselle hier soir et Rebecca est allée chercher ça dans ses affaires.

- D'accord. Merci pour l'eau. Je ne veux pas t'entendre. Nous allons avoir une discussion d'importance capitale.

Puis se tournant vers ses convives :

- Bien, je compte sur vous pour m'orienter dans les besoins de la communauté. Nous habitons dans une région prospère et il n'y a aucune raison pour que la communauté juive soit dans cet état.

Finalement, la situation la plus préoccupante était la religion. Joseph balaya le problème certain de ses connaissances et de son savoir-faire dans l'enseignement rabbinique. Une école serait fondée et trois élèves déjà recrutés, Moshé et les jumeaux.

Jérémy pouvait à lui seul aider les quelques indigents de la communauté, du moins pour le moment. Les plus pauvres avaient déjà quitté la région et les plus malades avaient péri, faute de soins suffisants. Son maillage commercial était désormais assuré par des païens. La liberté religieuse était de mise à Athènes et si les Juifs prospéraient, le marchand était certain que les nouveaux commerçants juifs s'installeraient sans difficulté.

Le problème le plus profond était celui de l'agriculture et du travail. Une communauté forte à Athènes aurait besoin de se nourrir et de travailler.

Le dernier homme intervint. Simon était une des deux dernières personnes à nourrir les Juifs d'Athènes. Il avait une petite parcelle d'oliviers ainsi qu'un champ au rendement faible sur lequel poussaient les céréales qui lui coûtaient le moins cher. Son cousin était pêcheur. Il possédait une petite barque sur le port du Pyrée.

Tout était donc dans la capacité d'investissement de la communauté. L'investissement dans les champs et les bateaux permettrait de retrouver du travail pour les Athéniens juifs, de relancer des commerces …

Joseph avait bien des économies assez conséquentes. Acheter quelques terres autour d'Athènes et quelques barques ne serait pas un problème.

Les quatre hommes réfléchissaient au retour de la main d'œuvre et au lancement de nouvelles activités agricoles. Marie, qui était rentrée avec Rebecca et Sarah, se permit d'intervenir.

- Messieurs, j'ai une solution à une partie de vos problèmes.

Les quatre hommes la regardèrent interloqués.

- Joseph, à Jérusalem, deux hommes te doivent un service. Joseph Caïphe car tu l'as aidé à maintenir l'unité de notre communauté. Il est riche, il pourrait payer le capitaine du navire qui nous a amenés. Lazare est propriétaire grâce à toi. Je suis bien placée pour savoir que ses dernières récoltes étaient assez exceptionnelles. Il pourrait bien remplir les cales du navire avec des semences pour les champs que tu achèterais.

De nouvelles perspectives s'infusaient dans les esprits autour de la table.

Un courrier fut rédigé à destination de Joseph Caïphe, un autre à destination de Lazare.

Durant les semaines à venir, Moshé, Joseph et les jumeaux allaient parcourir les villages alentours afin de ramener les familles juives isolées à Athènes.

Simon et Jérémy se mettraient à la recherche de champs, maisons et commerces vides afin d'accueillir ceux qui les rejoindraient et de leur proposer du travail.

Une matinée avait suffi à mettre la petite communauté en effervescence.

54

Samuel et Élie qui arrivaient en pleine agitation furent envoyés au port du Pyrée. Le capitaine devait avoir les courriers destinés à Joseph Caïphe et Lazare avant son départ.

Un an plus tard.

Tous les efforts et sacrifices avaient payé.

Lazare et Joseph Caïphe avaient su démontrer à Joseph d'Arimathie leur reconnaissance.

Simon était devenu le gérant des domaines agricoles acquis par la communauté. Il avait régulièrement rendu visite à la famille de Joseph. Surtout pour voir Marie dont les connaissances permettaient d'améliorer la qualité et la variété des cultures.

Jérémy avait joué avec talent de ses relations. La fibre commerçante de la communauté juive était désormais reconnue par tout Athènes.

Joseph avait trouvé son bonheur théologique. Il ne se préoccupait plus que de la religion depuis quelques semaines. Certaines personnes avaient été convaincues par Joseph et Moshé de rejoindre la communauté. Elles avaient été ravies d'exercer leur métier d'artisan pour rénover la synagogue.

L'école juive accueillait désormais une dizaine d'étudiants. Moshé s'occupait des enfants afin de libérer du temps pour Joseph qui enseignait aux plus âgés auxquels son fils Joseph se joignait. Son érudition remarquable le mettait en concurrence avec Moshé mais son jeune âge ne lui permettait pas d'exiger plus de reconnaissance. Qui plus est Moshé était apprécié en tant que natif d'Athènes.

L'an 33 coulait langoureusement vers l'automne. Athènes avait offert un refuge agréable aux Hiérosolymites. Chacun avait trouvé sa place.

Les jumeaux et Rebecca appréciaient la compagnie de Marie. Elle savait prendre soin d'eux sans en faire trop. Rebecca découvrait enfin le quotidien d'une jeune femme qui ne supportait pas toutes les charges d'une maisonnée. Seule Marie s'en était rendue compte.

Le jeune Joseph avait développé une grande complicité avec son père. Son avenir de rabbin ne faisait de doute pour personne.

Samuel s'était fait un grand ami d'Élie. Les deux garçons partageaient une complicité forte. Ils étaient connus comme les coursiers les plus rapides d'Athènes. Les plus forts ne les rattrapaient pas et les plus rapides ne connaissaient pas la ville aussi bien qu'eux. Le père de Samuel avait difficilement admis la voie que prenait son fils. Marie lui avait fait admettre que tous ses fils ne deviendraient pas rabbins.

Si Joseph portait son nom, cela révélait peut-être qu'ils partageaient des points communs dans lesquels ne se reconnaissait pas Samuel.

Et Rebecca …

Les choses s'étaient faites si simplement.

Quand Joseph et Moshé étaient partis dans les villages autour d'Athènes, chacun avait été accompagné par un des jumeaux. Samuel prit la route avec le jeune athénien. Le fils de Joseph avait ainsi découvert une autre façon de vivre sa foi. Il profitait d'une certaine souplesse. Vivre le judaïsme en Grèce était sensiblement différent de la manière de le vivre en Palestine.

De plus, Moshé profita d'être seul avec l'enfant pour le questionner un peu. Les remarques formulées par son maître,

Joseph père, sur Jésus n'étaient pas passées inaperçues. Si Samuel connaissait les faits assez précisément, il n'avait pas développé de réelle opinion.

Pour le jeune garçon, Jésus était un personnage généreux et sympathique qui n'avait pas sa langue dans sa poche. Aucune explication n'éclairait les quelques ragots qui étaient parvenus à Moshé. D'après Samuel, Rebecca en savait plus.

Ce fut ainsi que l'apprenti rabbin profita des premiers mois d'école donnés dans la résidence de son maître pour se rapprocher de Rebecca. Si les thèses qui lui étaient présentées retinrent son attention, la finesse et la grâce de la jeune Hiérosolymite eurent raison de son cœur.

Joseph ne comprit pas immédiatement pourquoi sa fille attendait dans le couloir lorsque Moshé le sollicita pour un entretien.

Si le jeune homme s'était toujours montré loquace quand il s'agissait de théologie ou d'esprit pratique, sa maladresse se révéla.

- Maître, je souhaite vous entretenir d'un sujet de la plus haute importance. J'aurais souhaité prendre plus de temps pour parler avec votre fille. Je …

- Bon, si tu souhaites parler à Rebecca, elle fait les cent pas dans le couloir. Mon temps est précieux.

Moshé se montrait peu clair et Joseph ne comprenait pas les jeunes gens en général. Elle ne voyait pas quelle tournure la discussion allait prendre.

- Non, reprit Moshé. Enfin oui, votre temps est précieux ! Mais si sa chevelure brune et brillante m'a fait la remarquer, parler avec elle m'a permis d'apprendre à la connaître. La voir, chaque semaine, chaque jour, m'a révélé que sa compagnie me manquait. Son âme me l'a rendue indispensable. J'aime Rebecca. Je souhaiterais l'épouser.

- Ah ! dit simplement le père.

Puis après d'interminables secondes :

- Reviens demain. Ferme la porte en partant.

Les deux jeunes gens se quittèrent inquiets. Inexpérimentés dans ce domaine, ils n'arrivaient pas à prévoir la future réponse.

Marie était intervenue discrètement dans cette aventure mais toujours judicieusement. Elle fut surprise d'être sollicitée par un Joseph à l'air bien mystérieux.

- Marie, je compte sur toi pour tenir ta langue. Moshé a demandé la main de Rebecca.

- Enfin. De vrais empotés ces deux-là !

- Tu étais au courant. Il s'est permis de courtiser ma fille dans ma maison. Je ne pensais pas ça de lui.

- Non, ils se voient presque tous les jours depuis plus d'un an. Ils sont simplement tombés amoureux. Ils ne t'ont rien caché. Ils ont mis des mois à s'en rendre compte. Je n'ai jamais été mariée mais entre eux cela semble si naturel. Quelle chance ils ont.

- Je ne sais pas si je vais accepter.

- Pourquoi veux-tu gâcher la vie de ta propre fille ? Moshé est un jeune homme adorable et Sarah l'a élevé parfaitement. Oui, tu n'as pas arrangé ce mariage mais aurais-tu choisi un autre parti ? Avec l'homme dont elle est tombée amoureuse, tu ne peux pas lui dire non. Cela n'aurait pas de sens et elle t'en voudrait, à juste titre, d'ailleurs.

- Tu as raison. J'ai réagi en père possessif. Elle a tellement fait pour les jumeaux et moi. Sans elle, j'aurais été perdu et les garçons ne seraient pas aussi bien élevés.

La froideur de Joseph, la veille, avait créé une grande appréhension chez Moshé et Rebecca. Ils furent reçus après une courte nuit de sommeil. La surprise fut grande quand le rabbin commença par s'excuser pour sa réaction. Il les libéra par quelques paroles soufflées par Marie. C'est le cœur léger qu'ils allèrent retrouver Sarah pour lui annoncer la bonne nouvelle.

Des deux maisonnées, le plus attristé fut le jeune Joseph. Il ne s'expliquait pas ses sentiments contradictoires. Marie lui expliqua que sa sœur avait été une mère pour lui. Elle l'avait choyé autant que sa défunte mère l'avait fait pour elle. Mais il était temps pour Rebecca de fonder sa famille.

Il avait connu la peur au moment de Pessah de l'année précédente. Il connaissait aujourd'hui la tristesse.

Il avait écrit à Rebecca pour lui dévoiler ses sentiments. Il la remerciait aussi pour tous les sacrifices qu'elle avait faits et lui souhaitait une vie de bonheur.

Afin de prendre le temps de se relire, il avait recopié cette lettre. La première copie fut la première page de son journal. En grandissant il sentait le besoin de laisser une trace de ce qu'il avait vécu.

Son journal montrerait la complexité de sa vie comme le mariage de sa sœur. Cet événement à la fois heureux et triste pour lui.

Extraits du journal de Joseph d'Arimathie fils.

An 46. Premier janvier.

L'empereur a imposé un nouveau calendrier. C'est étrange, mais les Israélites ont toujours eu leur propre calendrier. Je m'y ferai. Au moins, cela ne me provoque pas d'émotion particulière. Cela fait remonter mes souvenirs.

Les événements n'y sont pas pour rien.

Revoir Pierre le Nazaréen a été une grande surprise. Je savais que les disciples de Jésus avaient porté sa parole. J'ai un peu mieux compris aujourd'hui.

Ce Paul qui l'accompagne doit beaucoup l'influencer. Père ne l'a pas apprécié. Développer ses théories blasphématoires, chez Père, alors qu'il était invité, était fort déplacé.

Ils étaient perdus dans Athènes. Les Athéniens ont vite compris qu'ils étaient juifs. Ils nous les ont envoyés.

Rebecca a vu Pierre dans la rue et les a immédiatement accueillis chez elle. Les deux hommes étaient accompagnés de la femme de Pierre et de son fils.

Moshé était ravi de rencontrer un des hommes qui avait porté la parole de Jésus. Nous avons eu des nouvelles de tous les compagnons de Jésus. Par politesse, mon beau-frère restait réservé sur les théories de Paul. Le mari de ma sœur lui avait dit de ne pas organiser de repas chez Père.

Ce Paul pense que Jésus serait le Messie. Samuel a ri comme lorsqu'il sort le soir en ville. Il essaye d'être discret à la maison mais la tête de Père l'a fait s'effondrer de rire.

J'ai vu pour la première fois mon père en colère. Il a mis tout le monde dehors. Sarah nous a recueillis Samuel et moi. Je viens à peine de rentrer. Je vais me reposer de la nuit mouvementée.

An 46. Dix janvier.

Les choses se sont accélérées ces derniers jours. J'écris maintenant car je peux enfin coucher sur le papier quelques bonnes nouvelles.

Ce fameux nouveau Nouvel An et ce repas raté ont soulevé des tensions.

En tant que personnage en vue de la communauté, Moshé a dû mettre dehors Pierre et Paul. La femme de Pierre est restée avec son fils le temps que ceux-ci trouvent un logement. Ils ont d'abord été accueillis par un membre de la communauté séduit par les thèses du Tarse, Paul serait né là-bas.

Le même jour Père et Samuel se sont vivement disputés. Père lui a reproché son attitude lors du repas. Samuel lui a rétorqué qu'il ne s'intéressait pas aux simagrées religieuses. Père l'a mis dehors en lui disant de rejoindre ses amis avec qui il traîne en permanence en ville.

Au Sabbat suivant, Paul a interrompu la célébration à la synagogue pour parler de Jésus au nom des Nazoréens[6] ou Chrétiens. Apparemment, ils hésitent entre les deux noms.

Pierre était hésitant. Je pense qu'il intervient avec Paul d'habitude. Je crois qu'il n'a pas osé déranger Père à qui il doit tant.

6   Ancien nom donné aux premiers disciples de Jésus

L'esclandre a été assez violente. Moshé et moi étions débordés. L'aura de père, qui a relevé toute la communauté d'Athènes, a permis de déplacer tout ce monde sur le parvis.

Samuel était au fond de la synagogue et est intervenu. Il a pris la défense de l'homme qui logeait les perturbateurs. Comme Pierre n'arrivait pas à contrôler Paul qui gesticulait dans tous les sens, Samuel l'a assommé. Enfin, mis une claque qui l' a assommé.

Une semaine est passée depuis. L'homme qui logeait Pierre et Paul a préféré leur demander de partir. Je ne sais pas où ils vivent mais on les trouve parfois dans le temple des Païens. Il paraît qu'ils parlent de Jésus ressuscité qui reviendra sauver tous les hommes.

Samuel s'est réconcilié avec Père qui a compris son peu de goût pour la religion. Le fait que mon frère soit venu à la synagogue malgré leur dispute a rassuré Père.

Moshé est encore inquiet. Il a peur que les Nazoréens convainquent des Juifs de les suivre. Il pense que les communautés en état de fragilité seraient aisément séduites par ce projet même nébuleux.

Rebecca va dans son sens. Elle se souvient que les pauvres suivaient Jésus en grand nombre. Elle a été déçue par Pierre car Jésus a toujours suivi scrupuleusement le culte alors que Pierre et les siens s'en écartent.

An 46. Quinze mars.

Pierre et Paul ont été rejoints par d'autres Nazoréens. Certains Païens se sont même convertis.

J'ai pu parler avec Pierre et ses adeptes. Ceux qui suivent Paul manquent de mesure. Il est inutile de discuter avec eux.

Pierre m'a expliqué posément sa démarche. Je la comprends un peu même s'il n'aurait pas dû renier certains principes de notre foi. Le prosélytisme enragé de Paul lui pose parfois problème. Il souhaite propager sa nouvelle religion, il repartira donc ainsi que Paul. Il laissera des Athéniens gérer la communauté.

Dans cette grande ville nous pouvons cohabiter. J'espère que cela ne soulèvera pas des tensions dans des villages plus petits.

Rebecca a eu un nouvel enfant. Son quatrième. Elle a désormais deux fils et deux filles. Elle est ravie mais épuisée. Moshé prend du temps pour s'occuper d'elle. Père s'occupe du culte et me laisse libre de gérer l'école. Sa confiance me touche.

Samuel travaille désormais avec Simon dans les fermes. Simon est content de lui. Mon frère est fort et astucieux. Père s'est montré content qu'il se range et qu'il travaille. Je crois que Marie lui a fait accepter son absence de vocation.

An 46. Vingt-et-un juillet.

La vie est plus calme à Athènes qu'à Jérusalem. Depuis des mois, l'arrivée de Pierre m'a replongé dans mon enfance. J'ai écrit tous les souvenirs que j'avais de Jérusalem. Rebecca et Père m'ont aidé à combler les trous.

Aujourd'hui, j'ai eu une nouvelle d'une grande importance et je reviens dans le présent.

Père veut que Samuel et moi nous trouvions une épouse. Marie a encore dû tempérer la discussion.

Pas avec moi, j'étais tellement surpris qu'aucune parole n'a pu sortir de ma bouche. Je n'avais jamais pensé au mariage mais maintenant que l'idée m'a été soufflée, elle me plaît. Je ne vais pas passer ma vie seul avec mon père et Marie qui ne sont pas éternels. La décision de mon père m'a renvoyé au choc du départ de Palestine. J'espère que les conséquences seront plus douces à supporter.

Par contre, Samuel a réagi assez violemment. Il ne veut pas se marier. Il nous a avoué qu'il n'était pas heureux. Il n'a pas réussi à nous expliquer. Je ne suis pas certain qu'il sache ce qu'il veut. Comme d'habitude, Marie a calmé tout le monde. Père s'est réfugié à l'école et travaille à l'interprétation des textes religieux avec les élèves plus âgés. Samuel est parti en ville.

J'ai revu Samuel avant de me coucher. Il est triste que nous partagions moins de temps ensemble. Nos différences nous éloignent, nous avons grandi.

En parlant de mariage, il m'a avoué avoir déjà connu l'amour physique. J'ai été fortement surpris. Il l'a été aussi en apprenant que j'étais encore vierge. Il voit les choses différemment de moi. Je lui parlais pêcher et religion et il pensait « nécessité de vivre ». Profiter de la vie pour Samuel n'est pas compatible avec tous nos interdits religieux. Il est tout de même fidèle à notre Dieu. Cela m'a rassuré.

Il souhaite peut-être revenir en Israël. Je lui ai prêté mon journal. Depuis des mois je décris notre vie là-bas. Peut-être cela l'aidera-t-il à prendre une décision ?

An 46. Vingt-trois juillet.

Samuel va partir. Il nous a tous réunis. Pour la première fois !

Rebecca, Père, Marie et moi. Moshé était à peine admis. Samuel n'a rien dit car il l'apprécie. Mais il s'est bien adressé à ceux qui avaient voyagé avec lui. Pour mon frère, Moshé ne pouvait pas le comprendre.

Lire mon journal l'a éclairé. Il manquait quelque chose d'après lui. Surtout dans la description du voyage. Il avait ressenti des émotions extrêmement fortes en découvrant d'autres régions. Il voulait se nourrir de ces sentiments.

Nous comprîmes ce qu'il nous exprimait. Durant notre traversée et nos étapes, nous avions ressenti tout ça mais avec de l'appréhension.

Chez Samuel, la découverte ne soulevait que des sentiments positifs et excitants.

A ma grande surprise, Père l'a immédiatement compris. Il m'a expliqué que refuser de se marier pour rester avec la communauté n'avait pas de sens et donnait une mauvaise image de la famille. Le démon du voyage, c'est autre chose. Il était trop puissant pour lutter contre. De plus, il serait mieux compris qu'un célibat forcené.

Alors que Samuel prépare son voyage avec effervescence, Père est revenu me voir. Il m'a simplement dit :
- « Démon du voyage », cette expression ne convient pas, je dirais plutôt « esprit d'aventure ».

Il est reparti souriant comme après un débat acharné sur un psaume où il a imposé son point-de-vue.

An 46. Trente juillet.

Samuel est parti. Il traversera la Macédoine et se dirigera vers la Thrace. Il souhaite voir à quoi aurait ressemblé notre voyage par la terre.

65

Rebecca lui a offert les affaires de Jésus. Elle n'a jamais connu de tel voyageur. Il a traversé dans tous les sens la Palestine, notamment les régions les plus arides. Cet homme qui a marqué l'histoire s'est toujours satisfait de l'aise que lui apportait son matériel.

An 46. Seize août.

Une semaine après le départ de mon frère, une autre nouvelle a agité la communauté : « Je désirais me marier ». La formulation fut soufflée par Marie. Faire croire que l'idée est mienne me fait passer du statut de garçon à celui d'homme. Quand les Juifs d'Athènes ont compris que je cherchais encore ma future femme, toutes les familles ont défilé à la maison.

Je trouve ça obscène. Heureusement, tout le monde s'adresse à mon père en pensant qu'il choisira ma femme. Il a accepté de garder le secret en attendant que je puisse faire un vrai choix. Il comprend mon besoin de connaître la femme que j'épouserai.

An 46. Vingt août.

Père en a déjà marre. Il est à deux doigts de me choisir la prochaine fille qui passera à la maison. Heureusement des deux dernières, l'une était d'une bêtise rare, l'autre était d'une laideur rare. Je dois sembler cruel de juger les gens ainsi.

De toute façon, les manières des familles qui passent à la maison ne plaisent pas à Père. Ce sont des marchands qui ont profité du travail de Père pour revenir à Athènes quand tous les risques avaient disparu.

Aujourd'hui, ils sont utiles à la communauté mais ils manquent de simplicité. Si Père vient d'une famille aisée, son rigorisme religieux l'a toujours fait se méfier des apparences.

An 46. Vingt-huit août.

Hier, Moshé est venu me voir. Sa mère a chuté dans une rue en se rendant au marché. Apparemment, rien de grave d'après le médecin. Sarah doit simplement se reposer. Pour être certain qu'elle reste au calme, il m'a demandé de rester à son chevet.

Moshé ne fait pas confiance à sa mère. Je dors dans la chambre qu'il a quittée en épousant Rebecca.

Je ne risque pas de trouver une épouse chez Sarah. Au moins, je serai au calme et cela me reposera de l'école religieuse quelques jours.

Ceci dit, après voir croisé de nombreuses jeunes filles de bonnes familles ces derniers jours, je me suis mis à regarder les femmes dans la rue. J'ai croisé une jeune fille avec un charme rare. Elle était habillée simplement, sûrement une paysanne, mais cette simplicité soulignait sa beauté sans fard.

Moshé, Rebecca et leurs enfants sont venus nous voir en début de soirée.

Rebecca voulait se dégourdir les jambes. Elle a également fait remarquer à son mari que je pourrai très bien veiller sur sa mère quelques jours mais que je ne savais pas m'occuper d'une maison. Je ne suis pas vexé par le manque de confiance de ma sœur. Elle a parfaitement raison.

Nous avons mangé tous ensemble. Ils nous enverront quelques personnes de la communauté pour nous aider.

An 46. Vingt-neuf août.

Élie nous a livré quelques victuailles. Il a trouvé des enfants d'un des fournisseurs de son père pour m'aider.

Dans le courant de la matinée, un jeune garçon a frappé à la porte. Il m'a rappelé Samuel quand nous avons quitté Jérusalem. Il est entré en soupirant et a embrassé Sarah. Elle le connaît bien. Elle l'a remercié de venir mais s'est montrée inquiète. Le jeune garçon l'a vite rassurée.

Sa sœur, Hanna, viendra aider Sarah. Il doit juste veiller à ce qu'elle ait tout ce dont elle a besoin pour cuisiner les jours à venir. Elle arrivera au milieu de la journée pour nous faire à manger. Elle finissait d'aider ses parents à la ferme.

Après cette interruption, je vais me replonger dans les textes. Quelques psaumes retors me questionnent.

Sarah s'ennuyait. Elle m'avait appelé afin de se distraire. Je lui ai lu les psaumes qui me posaient des difficultés à voix haute et nous étions plongés dans une discussion religieuse.

J'essayais de comprendre comment ces chrétiens voyaient la personne de Jésus dans le Messie. Les opinions de Sarah étaient pragmatiques. Elle s'éloignait des interprétations purement religieuses pour s'intéresser à la vie des gens.

Cette autre façon d'envisager les choses me permettait de comprendre mais aussi de mieux répondre aux arguments des Nazoréens.

J'étais plongé dans mes réflexions à voix haute quand Sarah m'a souri étrangement. Une personne m'a contourné et a embrassé Sarah dans son lit.

Sarah lui a demandé si ses bras ne manqueraient pas trop à la ferme. La fameuse Hanna l'a rassurée. Moshé avait déjà dédommagé sa famille. Sarah apprécia la vigilance de son fils. Elle ne voulait pas que sa blessure ne dérange trop de monde. Elle nous a ensuite présentés.

Quelle surprise ! Hanna était la jeune fille si belle croisée hier dans la rue.

Si Hanna ne s'est aperçue de rien, le rire de Sarah quand nous nous sommes retrouvés seuls m'a confirmé qu'elle a perçu mon trouble.

An 46. Cinq septembre.

Je ne pensais pas que je serais si triste de quitter le domicile de Sarah.

La mère de Moshé a retrouvé toute sa forme et je ne puis justifier en rien d'y rester encore. De plus, ma présence est sollicitée ailleurs, je dois m'occuper de l'école.

En partant de chez elle, Sarah a pris mon visage dans les mains, m'a regardé de ses grands yeux noirs et m'a dit « Parle à ton père, grand imbécile ! Elle t'aime bien aussi ! ».

An 46. Six septembre.

Je ne pouvais endurer plus de doute.

J'ai retrouvé Élie à la boutique de son père en fin de matinée. J'ai bien essayé de jouer de finesse mais Élie ne s'est pas laissé prendre.

Il a vite compris où je voulais en venir.

Élie n'a pas encore les rênes de la boutique, ce qui lui a laissé du temps pour m'accompagner dans l'après-midi chez Hanna. Enfin, près de chez elle. La science de la ville qu'il a développée en compagnie de Samuel nous a permis de trouver une cachette en dehors de tout soupçon.

Cette fille qui m'a envoûté en si peu de temps n'est rentrée qu'à la tombée de la nuit.

Elle a poussé un cri en apercevant deux hommes s'approcher d'elle avec des airs de conspirateurs. Puis, elle a ri en nous reconnaissant. Elle a fait remarquer à Élie qu'il avait changé de frère dans ses aventures.

Après avoir pris mon courage à deux mains, je lui ai tout avoué de mon projet. Elle a rougi et m'a confirmé qu'elle ne s'opposerait pas à une demande en mariage de ma part. Elle était surprise que mon père me laisse épouser une paysanne. Elle pense que ses parents n'oseront pas s'opposer à une demande du rabbin.

J'espère que Père ne sera pas offusqué par mon choix.

Sur le chemin du retour, Élie m'a dit que Hanna était une fille bien. Samuel aurait essayé de la séduire mais elle ne s'est jamais laissée avoir. Il m'a rassuré par ses paroles. Ensuite, il m'a parlé de sa relation avec Samuel et qu'il était triste d'avoir perdu son ami. Je lui ai promis de lui donner des nouvelles dès que nous en aurions.

Demain matin, je parle à Père.

An 46. Sept septembre.

Mes projets ont été légèrement contrariés. Ma nuit fut si mauvaise que Marie a dû me réveiller à l'arrivée des premiers élèves. J'ai dû remettre ma discussion tant attendue avec lui.

Au repas, j'ai pris mon courage à deux mains pour lui parler. Quelle frayeur j'ai eu avec ses premiers mots ! « Une paysanne illettrée ». J'ai cru que ce jugement était une fin de non recevoir. Puis, il a ri. Il imaginait la tête des grandes familles qui étaient venues nous voir en apprenant mon choix.

Un peu plus tard, il m'a dit que ce choix aurait plu à Jésus. Ensuite, il est parti dans des considérations religieuses critiquant les Nazoréens.

Me voilà bien soulagé.

Soulagé mais troublé. Heureusement que Marie est là. J'ai pu lui demander comment devait se dérouler la suite. Bien qu'elle n'ait jamais été mariée, elle est au fait des convenances.

An 46. Douze septembre.

Père a décidé que le moment était venu. Sachant que j'avais parlé à Hanna, il trouvait inconvenant d'attendre. Il ne l'avait jamais rencontrée mais il ne voulait pas faire languir une jeune fille.

Comme souvent, maintenant, dans ces situations de la vie quotidienne, Père a demandé à Marie de nous accompagner.

Nous avons suivi le chemin que m'avait montré Élie. Arrivés aux abords de la ville, nous sommes vite arrivés à la maison de la famille d'Hanna.

La simplicité extérieure de la maison révélait des difficultés financières pour ces paysans. L'extérieur permettait de découvrir une réelle rigueur dans le maintien de la maison. Père apprécia l'accueil respectueux que firent les parents d'Hanna.

Ils ont d'abord cru que Père venait pour des problèmes économiques. Il a souri en disant qu'aujourd'hui cela ne le concernait plus. Ils ont un peu parlé de Simon qui a aidé tous les paysans juifs d'Athènes à s'installer.

Hanna était d'un calme incroyable. J'espère que mon bouillonnement intérieur ne s'est pas vu. Ils n'ont parlé que quelques minutes mais elles m'ont semblé des heures.

Puis Père a fait la demande en mariage. Heureusement que sa réputation rigoriste l'a précédé. Le père d'Hanna a cru un instant à une mauvaise blague. Sa mère pleurait et riait à la fois.

J'ai compris à ce moment-là l'importance sociale de notre famille et le respect que Père avait su gagner en Grèce.

J'ai été aussi content d'avoir révélé mes intentions à Hanna car, effectivement, son père ne lui aurait pas permis de refuser ce mariage.

Quel bonheur de pouvoir désormais parler d'elle comme de ma fiancée.

An 46. Vingt-huit septembre.

Nos familles, à Hanna et moi, se rencontrent régulièrement afin de préparer le mariage. Si je reste en retrait des discussions, je profite de chaque instant auprès d'Hanna. Au-delà de confirmer mon choix, ces instants renforcent un sentiment que je pense pouvoir appeler amour. C'est de plus en plus fort.

La foudre tombée sur moi en découvrant sa beauté se transforme en passion en découvrant son âme.

La seule mauvaise nouvelle est l'attente que m'impose Père. Il a décidé de célébrer le mariage aux alentours des fêtes d'Hanoucca. La lumière du hanoukkia[7] protégerait notre mariage. Je suis surpris que Père soit sensible à une superstition mais le symbole est beau.

---

7   Chandelier à neuf branches utilisé rituellement à Hanoucca

An 46. Cinq novembre.

Je croyais souffrir de l'attente mais le quotidien a repris le dessus. Un quotidien bien différent.

L'absence de Samuel m'a rapproché d'Élie. Son père a été très malade et il est désormais responsable de la plus grande boutique juive d'Athènes. Son rôle est essentiel dans la ville et certains membres haut placés de la préfecture viennent se fournir chez lui.

Il apprécie nos loisirs communs qui sont surtout des promenades dans Athènes. C'est plus calme qu'avec mon frère mais cela lui convient mieux aujourd'hui.

Les principaux détails du mariage sont réglés et je peux voir Hanna uniquement pour le plaisir de la voir. Nous sommes toujours accompagnés. Si j'ai pu discrètement lui avouer le désir qui me dévorait, nous avons conscience tous les deux que notre patience sera encore éprouvée. L'un comme l'autre souhaitons respecter la tradition.

Père, lui, écrit des réflexions religieuses.

Moshé et moi sommes désormais aidés par deux nouveaux rabbins. Un homme de Byzance qui a décidé de parcourir les routes de l' Empire romain en réaction aux Chrétiens. Apparemment Paul a également fait des histoires là-bas et ce rabbin souhaite ramener les Juifs égarés dans le droit chemin. D'après Ismaël, c'est son nom, ce sont surtout les Païens qui sont sensibles à leur discours. Il s'est mis sous la protection de la communauté pour l'arrivée de l'hiver. Il s'était fait piéger par le froid l'année dernière et il a préféré être prévenant. Il a été ravi qu'on fasse appel à lui pour l'école. Il n'avait guère envie de devoir travailler la terre pour se nourrir.

L'autre rabbin qui nous aide est un peu plus âgé que moi, Moshé et moi l'avons beaucoup épaulé et nous sommes très fiers d'avoir participé à son éducation religieuse.

Je suis devenu rabbin plus jeune que lui. Père ayant débuté mon éducation religieuse à un très jeune âge, j'avais pris mes fonctions rabbiniques avant lui.

An 47. Premier janvier.

Quelle année !

L'année dernière a été une année de chamboulement pour toute la famille. Je crois bien que ce n'est pas fini pour moi. Avec Hanna, nous vivons une passion douce et surprenante.

Je n'avais jamais vu mes parents ensemble et Hanna avait toujours vu ses parents éreintés par la fatigue inhérente à la vie paysanne.

Nous avons tant de temps pour nous découvrir. Nous sommes chanceux. Chaque détail de son esprit, et je dois bien l'avouer, de son corps que je découvre me conforte. Je l'aime un peu plus chaque jour et elle a l'air heureuse elle aussi.

Elle m'a demandé de lui apprendre à lire. Elle a quelques notions de grec écrit et parle un peu l'hébreu. Elle a été surprise d'apprendre que je maîtrise aussi l'araméen parlé en Palestine. Enfin, elle voudrait lire seule des textes en hébreu ou en grec. Si son apprentissage n'en est qu'à ses débuts, ce projet nous rapproche encore plus.

Quand Père l'a appris, il m'a poussé à approfondir mon latin qui est bien faible. Ainsi, Hanna et moi apprenons les langues et les lettres ensemble.

An 50. Trois mars.

Aujourd'hui, Marie est morte. Ou peut-être hier, je ne sais pas.

J'ai un peu perdu la notion du temps. Père m'a fait chercher dans la nuit et nous l'avons veillée. Rebecca nous a rejoints avec Moshé.

Trois rabbins réunis ont évidemment récité quelques kaddishs.

Nous avons parlé toute la nuit. Père et moi avons découvert que Moshé ne connaissait pas la vie à Jérusalem. Si Rebecca et lui ont souvent évoqué notre voyage, la vie de notre famille ou les aventures de Jésus, ils n'étaient jamais venus à parler du quotidien.

J'avais oublié combien la ferme de Béthanie était belle. La Palestine me manque un peu. J'y retournerai peut-être un jour.

Cette nuit de souvenir et de mélancolie m'a montré que les événements se bousculaient à une vitesse que les hommes n'appréhendent pas.

La santé de Marie a décliné en quelques jours et Père me semble fragile. Quand je repense à l'homme qui a traversé la mer avec ses enfants pour relever une communauté dans un pays qui lui était inconnu, je me rends compte du courage et de la force qu'il a fallu à Père.

Dans la nuit, nos forces et nos esprits se sont soutenus. Maintenant que je suis seul et que j'écris, je pleure.

An 52. Premier janvier.

Enfin, nous n'y croyions plus ! Hanna est enceinte.

C'était la seule difficulté qu'avait rencontrée notre couple. Hanna m'a demandé d'attendre avant d'en parler. Cela vient juste d'arriver et sa mère, qui est la seule dans la confidence, est un peu superstitieuse.

An 52. Vingt juin.

L'été s'annonce harassant. J'essaye de prendre soin d'Hanna au mieux. La sœur d'Hanna est venue pour veiller sur elle.

Cela me permet d'aider Père à organiser le culte. Lui est déjà fatigué et il supporte de moins en moins cette chaleur.

An 52. Douze juillet.

Pierre, qui est désormais célèbre, a frappé à la porte de l'école ce matin. Il est venu avec sa femme et ses enfants. Il compte séjourner à Athènes le temps des fortes chaleurs.

Il souhaite rencontrer Père pour s'excuser de son précédent séjour. Il m'a demandé également d'accueillir ses enfants à l'école tant qu'il restera.

Sa vie de voyage dans l'Empire l'a poussé à négliger l'éducation religieuse de sa famille. Il reste juif même si ses choix le poussent à quelques entorses. Samuel doit être dans le même cas. J'espère qu'il est toujours en vie et que je le reverrai un jour.

Quand nous sommes arrivés chez Père, il avait quitté son bureau pour la chambre. Il était ravi de revoir Pierre et l'a laissé rentrer dans sa chambre.

La femme de Pierre nous a préparé un repas et je suis allé chercher Rebecca. Nous nous sommes retrouvés comme au temps de Jérusalem.

Père a bien protesté lorsque notre hôte lui a appris que Paul devait le rejoindre durant l'été à Athènes. Pierre a précisé qu'il avait obtenu de Paul qu'aucun prêche ne sera prononcé devant la synagogue.

L'âge avance pour eux aussi et Paul s'est adouci. Les algarades s'avèrent peu utiles pour leur cause et les Romains commencent à les surveiller. Pierre s'en est montré assez inquiet.

Ce fut une belle journée de réconciliation.

An 52. Quatre août.

Notre fils est né !

J'admire le courage d'Hanna. La nuit a été épuisante pour ma femme qui nous a donné le plus beau bébé du monde.

Nous ne sommes pas d'accord pour le prénom mais l'heure est au repos. Rebecca est venu nous expliquer comment faire. C'est une mère accomplie et savante.

Père, qui n'était pas sorti depuis des jours, est venu voir notre enfant. Il était lumineux quand il est reparti chez lui.

An 52. Six août.

La chaleur et le bonheur ont eu raison de Père.

Rebecca l'a retrouvé la tête posée sur son bureau. Elle a même cru qu'il dormait mais elle a vite compris.

Tristesse et joie s'entremêlent encore dans nos cœurs.

En voyant mon chagrin, Hanna a accepté ma proposition. Il y aura encore un Joseph d'Arimathie.

An 52. Vingt-trois août.

Rebecca et moi avons libéré le logement de Père. Elle m'a laissé tous ses écrits. Ce don est précieux. Les réflexions de Père étaient profondes. En parcourant quelques écrits j'ai même découvert son propre journal.

An 64. Quinze janvier.

Jusque-là nous assumions, Moshé et moi la direction religieuse de la communauté. Les choses vont changer.

La communauté de Rome a des problèmes. Néron est empereur depuis bientôt dix ans et les violences contre les Chrétiens sont de plus en plus courantes.

Si Claude, son prédécesseur, ciblait ses actions, Néron a, à plusieurs reprises, attaqué des membres de la communauté juive de Rome. Il ne tolère pas les actions chrétiennes dans la ville où se concentre son pouvoir. Les préjudices sont graves et la communauté demande de l'aide afin de temporiser la situation.

Certains rabbins que nous avons formés avec Moshé étaient prêts à apporter du renfort aux Juifs de Rome. Nous avions réfléchi aux attitudes à adopter et aux arguments à avancer. Mais mes responsabilités en tant que descendant d'un membre du Sanhédrin me poussent à faire le voyage.

Nous partirons dans quelques semaines avec Hanna et Joseph. J'ai l'impression d'être dans la position de Père trente ans plus tôt.

An 64. Vingt-cinq février.

Nous prenons le départ demain. J'emporte mon journal. J'aurai peu de temps pour écrire, je compte travailler mes arguments pour Rome.

Élie nous a trouvé une place dans une caravane commerçante.

Je reprendrai l'écriture à Rome pour laisser un témoignage de mon voyage.

Le voyage de Samuel d'Arimathie

Samuel remontait les routes grecques vers la Macédoine. Enfin, dans son périple, il trouvait sa place. Son regard se perdait dans tous ces paysages dont il ignorait tout mais qui manquaient à sa félicité.

Chaque village était l'occasion de nouvelles rencontres. Au premier abord, on se méfiait de ce voyageur solitaire. Cette envie de découvrir le monde était rarement réalisée par les jeunes gens. Par son travail dans les fermes, il acquérait la reconnaissance des villageois.

Lorsqu'il voulait de nouvelles victuailles, il passait quelques jours dans le premier hameau venu et son départ était toujours regretté.

Les paysages nourrissaient son âme. Mais son esprit rencontra un premier obstacle. Arrivé aux alentours de Thessalonique, il dut s'assurer de la route à suivre. Ses connaissances géographiques se limitaient à la traversée de son enfance et aux villes où il avait vécu. S'il avait bien une idée de la route pour aller à Rome, il désirait tout de même se rendre à Jérusalem.

Après avoir passé quelques jours dans une grande ferme, un vieil homme aveugle lui donna l'inspiration et lui expliqua comment continuer son voyage.

Nikon n'avait plus d'âge. Les attributs de la vieillesse l'avaient lentement recouvert durant sa longue vie. Fils d'un des anciens régisseurs de la ferme, il ne connaissait pas sa date de naissance. Il disait que ce voile sur le début de sa vie avait recouvert ses yeux devenus d'une blancheur éclatante. Comme si sa pupille n'avait jamais existé.

Le propriétaire de cette grande ferme, qui n'avait pas loin de cinquante ans, avait dit à Samuel que dans son enfance Nikon était déjà vieux et sa vue commençait à s'altérer.

L'humilité que la propre histoire de Nikon jetait sur ce personnage était d'autant plus grande que le vieillard avait cumulé des connaissances incommensurables.

En homme humble, il avait toujours su écouter. Aujourd'hui, il avait appris à raconter toutes ces histoires.

Quand Samuel révéla le voyage qu'il désirait réaliser, Nikon qui appréciait cette aventure lui demanda :

- Et après Jérusalem, où iras-tu ?

Samuel ne sut que répondre. Nikon sourit. Pas un sourire de mépris mais un sourire de gentillesse et d'admiration face aux idées de la jeunesse qu'il avait perdues.

Les jours qui suivirent, tous ceux qui participaient à la veillée de la ferme écoutèrent le récit des conquêtes d'Alexandre le Grand que Nikon fit à Samuel.

La décision était prise, après Jérusalem, la Perse, ensuite l'Inde, ensuite, … Déjà, il espérait arriver là-bas.

Si Nikon connaissait la route sur le bout des doigts, il conseilla au jeune voyageur d'aller à la bibliothèque de Thessalonique consulter un géographe qu'il connaissait.

Samuel en jeune homme organisé suivit scrupuleusement les conseils du vieux sage. A Thessalonique, il fut hébergé quelques temps par la communauté juive qui connaissait son père. Il reconnut même quelques marchands croisés à Athènes.

Une fois qu'il eut cumulé les connaissances suffisantes, il reprit la route. Son seul embarras était de trouver un peu d'argent afin de payer un marin qui lui ferait traverser le détroit à Byzance.

L'éclosion du printemps accompagna Samuel sur la route de Thessalonique à Doriskos. Le voyageur, dont les provisions étaient riches de son séjour auprès de Nikon, prit tout son temps. Ce temps qui s'écoula différemment de sa précédente vie.

Les obligations athéniennes rythmaient scrupuleusement sa vie. Enrichi de vivres et de connaissances, Samuel nouait enfin connaissance avec la sérénité. Sentiment qui n'était resté qu'un mot jusqu'alors.

La liberté du voyageur solitaire s'exprimait aussi dans les nouvelles expériences qu'il pouvait mener. A l'abri de tout jugement, il s'essaya à la chasse et à quelques essais de plantes.

S'il avait déjà goûté aux dattes fraîches, encore qu'à cette saison elles étaient surtout sèches, il testa quelques plantes à la réputation sulfureuse à Athènes.

La légende qui voulait que les Grecs mâchaient des feuilles de laurier resta un mystère pour Samuel. Au-delà du dégoût pour les saveurs de cette plante, il ressentit un vrai malaise pendant plusieurs heures.

Il fit un second essai, moins inquiétant mais tout aussi peu concluant.

Il cuisina son repas avec quelques coquelicots. Si le goût fut au rendez-vous, il perdit du temps. Cela n'avait point d'importance mais il s'endormit avant le coucher du soleil dont les rayons le réveillèrent lorsqu'il était à son apogée le lendemain. Samuel estima avoir dormi seize heures.

C'est un homme souriant qui arriva à Doriskos. Alors qu'il cherchait un commerçant qui accepterait de louer ses bras durant son séjour, il rencontra des connaissances de Pierre.

En apprenant que Samuel connaissait un disciple de Jésus, ces païens convertis acceptèrent de le loger. Samuel fut honnête sur ses opinions. Il ne voulait pas transgresser la promesse faite à son père de respecter sa foi.

Les Chrétiens de Doriskos se montraient assez intéressés par le culte judaïque. Ce fils de rabbin leur donnait des informations qui les éclairaient sur les paroles de Pierre et Paul qui visitaient toutes les communautés. Du moins, ils le pouvaient encore à cette époque.

Au fil des jours, des faits insignifiants pour Samuel, qu'il apprenait au détour de discussions anodines, lui démontrèrent l'importance qu'avait pris Jésus.

Samuel parla beaucoup de sa vie à Jérusalem. Il suscitait l'intérêt, toutefois les réactions restaient posées.

Quand Samuel évoqua des moments passés avec le Messie, du moins pour ses interlocuteurs, sa parole fut parfois mise en doute ou, peut-être plus gênant encore, il se trouvait auréolé d'une gloire injustifiée.

Lorsque le jeune homme décrivit l'arrestation de Jésus et la peur qui le submergea, les excès augmentèrent.

Sa décision fut prise de continuer sa route vers Byzance afin de s'éloigner de cette communauté envahissante.

En vérifiant ses bagages et les vivres qui lui restaient, une simple blague le mit en alerte. Alors qu'un homme saluait l'aspect pratique de son matériel de repas, il rit en expliquant la provenance de ses affaires. Heureusement peu de Chrétiens étaient là mais la plupart se mit à pleurer d'émotion. Il décida, ce jour-là, de cacher ses relations avec Jésus.

Le printemps avait désormais pris toute sa place et le froid n'était plus un problème.

Samuel continuait son voyage et s'approchait joyeusement de Byzance. Un matin, après un frugal repas, un homme se joignit à lui dans sa marche.

Pour la première fois, le jeune voyageur rencontrait une personne avec les mêmes aspirations au voyage que lui. Après avoir rapidement exposé son but, son compagnon de voyage le questionna sur ses origines. Samuel parla beaucoup d'Athènes, échaudé par son expérience à Doriskos.

Dans la fin de l'après-midi, ce compagnon se fit étrange, regardant au loin ou derrière lui. Samuel savait qu'il approchait de Perinthus. Il choisit de presser le pas pour dormir aux abords de la ville. Il en avait pour plusieurs heures de marche forcée et en informa sa nouvelle connaissance. L'homme lui souhaita bonne chance et s'interrompit dans ses salutations.

- Tiens, voilà des amis que j'attendais.

Il présenta Samuel à ses deux amis. Un costaud à l'air taciturne et un frêle personnage dont le visage n'était pas inconnu à Samuel. Celui-ci l'interpella :

- Nous nous sommes vus à Doriskos ?

Les quatre hommes se regardaient inquiets.

Le compagnon de Samuel le regarda :

- Tu viens d'Athènes ou de Jérusalem ?

Samuel ne détourna pas son regard du chrétien de Doriskos. Il laissa pendre son baluchon de manière à atteindre l'ouverture avec ses mains.

- Que se passe-t-il ?

- Écoute, rétorqua le Chrétien, tu possèdes des objets du Messie et tu n'en es pas digne. J'ai engagé ces deux hommes

84

pour les récupérer mais ils sont assez payés pour te tuer. Donne-nous tout et tu partiras sain et sauf.

Samuel se remémora ses plus belles bagarres de rue à Athènes et tendit son paquetage. Quand l'homme s'en saisit Samuel l'attrapa par les cheveux et enfonça la tranche de la planche de bois fabriquée par Jésus dans la pomme d'Adam du chrétien.

Alors que le commanditaire s'étouffait misérablement au bord de la route, Samuel fit volte-face. Le costaud riait :

- Merci de nous avoir fait le champ libre pour t'attaquer. Tu aurais dû garder cet abruti pour te protéger derrière lui.

Malgré toute sa force, ce vaniteux fut surpris par la rapidité de Samuel à lui coller le plat de la planche au milieu du visage. Son nez craqua comme une branche. Il chancelait quand notre voyageur vit l'homme qui l'avait accompagné un couteau en main. Il eut beau esquiver, il sentit une brûlure vive dans la cuisse.

Samuel comprit sa chance en observant le dernier adversaire debout. En immobilisant le costaud, il s'était débarrassé de celui qui savait se battre. La fuite fut surprenante. Son adversaire qui ne voulait pas risquer de blessure vit la colère dans les yeux de Samuel. Il courut.

Le costaud et le Chrétien étaient évanouis. Samuel récupéra ses affaires et continua sa route. L'entaille dans sa cuisse ne saignait pas mais elle était fort douloureuse et l'arrivée à Perinthus semblait compromise.

Éreinté, il s'arrêta au bord du chemin, but quelques gorgées d'eau, inquiet de passer une nuit à la belle étoile après cette mauvaise rencontre et blessé.

Une voix le sortit de ses pensées :

- Toi là-bas ! C'est toi qui a arrangé les deux hommes que j'ai croisés plus tôt ?

Samuel ne sut que dire ou que faire. Il avait peur d'être dénoncé.

- Écoute, je vois bien ton état. Je connais bien le sale voyou que tu as abandonné au bord du chemin. L'autre je ne sais pas d'où il vient mais il n'avait pas qu'à traîner avec ce sale type. Je te fais soigner et tu travailles pour moi jusqu'à l'hiver. Ça t'intéresse ? J'ai besoin d'hommes, il est tard, tu as cinq secondes de réflexion.

Trois secondes plus tard, Samuel remerciait le fermier en grimpant dans son chariot.

Giorgeou était fermier, vivait fermier. La personnification du fermier. En dehors de sa ferme, tout autre sujet lui était étranger. L'homme qui soigna Samuel était d'ailleurs celui qui s'occupait des bêtes de Giorgeou.

Le fermier et le voyageur étaient deux hommes de parole et une fois remis en état de travailler, Samuel mit en œuvre son savoir-faire.

Giorgeou, connu pour être méfiant, était ravi d'avoir obéi à sa première impression sur ce voyageur.

Les deux personnages avaient bien les mêmes valeurs mais ils ne pouvaient pas se comprendre. Samuel avait tout quitté dans le seul but de voyager. Giorgeou n'avait jamais parcouru plus d'une trentaine de milles romains afin de rester près de sa ferme. Il était entouré de gens efficaces, condition nécessaire pour demeurer à son service.

Il s'était lentement enrichi en trouvant les gros contrats. Il livrait des camps romains et était toujours là pour honorer ses engagements auprès des villages alentours lorsqu'ils organisaient des fêtes.

Giorgeou accepta que Samuel reste pour l'hiver. Il avait bien compris que reprendre les routes avec les aléas climatiques semblait risqué.

Samuel en était déprimé. Il avait mis deux ans pour arriver à Byzance. Giorgeou avec son esprit pratique lui conseilla de s'engager dans la légion. Lors de certaines campagnes, des légionnaires de sa connaissance affirmaient avoir parcouru soixante milles par jour durant une décade.

Samuel resta pensif. Il aurait donc pu mettre dix jours pour arriver où il était aujourd'hui. Mais aurait-il profité des paysages et des gens comme il l'a fait ? Non, il était mû par un idéal de liberté complète et l'attachement à la légion paraissait inapproprié.

Giorgeou et Samuel ne se comprendraient jamais et pourtant la tristesse fut au rendez-vous à l'arrivée du printemps quand ils se quittèrent. Giorgeou laissa quelques pièces à Samuel pour qu'il paye sa traversée du détroit de Byzance.

Trois jours suffirent au voyageur pour apercevoir Byzance. Il profita de la ville et de cette culture entre Europe et Asie. Dans cette ville son histoire résonnait. Jérusalem et Athènes se reconnaissaient à tous les coins de rue.

Il eut également la chance de voir une synagogue. Il se rendit au culte. Un des rabbins l'interpella. Il souhaitait s'assurer que Samuel n'était pas un vagabond qui organisait un méfait. En apprenant que Samuel était fils de Joseph d'Arimathie, le rabbin l'invita chez lui pour toute la durée de son séjour. L'homme de foi était un ancien élève de son père à Jérusalem et il avait lui-même voyagé jusqu'à Byzance. Impressionné par l'entreprise de Samuel, il lui donna quelques vivres pour que le voyage se poursuive au mieux.

Samuel hésita à faire la traversée à la nage mais les bateaux circulaient en permanence le jour. Et la nuit, il avait peur de la noyade s'il perdait le sens de l'orientation. Il ne pouvait pas posséder tous les talents et la nage lui était étrangère.

Il avait bien réussi à faire quelques brassées lors des baignades qu'il avait faites pour s'amuser ou se désaltérer mais la distance était fort longue.

Il se mit à la recherche d'une embarcation. Il en trouva une petite. Les deux marins qui chargeaient des amphores pleines de vin proposèrent à Samuel de l'amener gracieusement en Asie. Ils devaient faire la traversée pour leur commerce. Samuel aida les deux commerçants à charger leur navire et ils partirent.

Quand Samuel reprit connaissance dans la cale d'une embarcation inconnue, il sut qu'il avait changé de bateau.

Cette cale était bien trop grande pour correspondre au frêle esquif où il avait mis pied.

Ils étaient nombreux dans cet espace. Des odeurs l'agressèrent d'hommes et de femmes entassés. La lumière était absente de ce lieu, sous sa forme physique et d'autant plus sous sa forme spirituelle.

Il entendit une voix :

- Ne t'inquiète pas. Tes yeux vont s'habituer. La même voix s'adressa au loin. Oh ! Le dormeur s'est réveillé. Donnez-nous un peu d'eau pour nettoyer sa plaie et il doit boire.

- Si on peut en tirer quelque chose. Dans quel état est-il ?

- Il vient de se lever. Il est désorienté mais je crois qu'il va bien.

- Si ce n'est pas le cas, je te tabasse quand tu sors de là.

La première voix reprit vers Samuel :

- Bon t'as intérêt à t'en sortir, sinon je vais m'en souvenir.

La vue reprit doucement. Samuel se sentait ballonné et revit son père lors de la traversée de la Méditerranée. Il dit dans un souffle :

- Je crois que j'ai le mal de mer.

- Très bien, au moins tu t'en sortiras. Je nettoie ta plaie, tu vas avoir mal.

Effectivement, il eut mal. Cela le réveilla et il reprit :

- Que s'est-il passé ? Où sommes-nous ?

- Là, comme ça, je dirais qu'on t'a assommé pour te vendre. On est une trentaine dans la cale et on devrait nous vendre dans un port. Je ne sais pas si nous sommes partis en Méditerranée ou en mer Noire.

- Toi aussi tu as été attaqué ?

- Non, tu n'as pas eu de chance. Moi, je suis fils d'esclave donc le maître de mes parents m'a vendu. Je n'ai pas à me plaindre, mes premiers maîtres étaient bons, espérons que cela continue ainsi pour moi.

- Je ne suis pas esclave, il faut qu'on me libère.

- Tu diras ça à la sympathique personne qui a promis de me tabasser si tu ne t'en sors pas. Je ne sais pas d'où tu viens mais fais attention. Pour m'en sortir, j'ai toujours respecté les règles et le sort a été doux avec moi. Tu comprendras mieux ce que je veux dire quand on arrivera. Attends la démonstration de force qu'ils nous préparent au débarquement avant de réclamer quoi que ce soit. De toute manière, as-tu des preuves de ce que tu avances ?

- Non, je n'ai rien.

Marcus avait toujours vécu en esclave et acceptait sa condition. Il était confiant et croyait en une providence qui l'amènerait vers des maîtres raisonnables.

Samuel s'aperçut que ses affaires l'avaient accompagné dans la cale. Elles ne lui seraient d'aucun secours mais elles ravivaient sa force. Son cerveau élabora des plans et destins variés face à cette situation qu'il n'avait jamais envisagée.

La faim s'était calmée et le voyage n'avait pas duré très longtemps. Elle n'était pas revenue tarauder les voyageurs forcés lorsque le débarquement s'annonça.

Samuel était surpris par le peu de volonté des hommes qui l'accompagnaient. Marcus vit la tension affluer sur le visage de son nouveau compagnon. Ses poings fermés traduisaient aussi la colère qui l'envahissait. Marcus lui dit doucement :

- Calme-toi. Si tu es acheté par un bon maître, peut-être pourras-tu plaider ta cause. Par contre, auprès d'un marchand d'esclaves c'est peine perdue.

Samuel acceptait mal cet état de fait. Ils furent amenés devant un homme richement vêtu. Ce personnage qui semblait diriger toute cette assemblée prit la parole :

- Chez vous les esclaves, la caractère sournois domine. Vous serez très prochainement vendus, entre-temps pas d'histoire. Dans un but de clarté, sachant que certains d'entre vous ne parlent pas grec, une démonstration va vous être apportée.

Un cheval, tirant un homme attaché par les pieds, s'avança d'un pas lent. L'homme reprit :

- Je ne connais pas le nom de cet imbécile qui a voulu s'échapper. Voici sa fin !

Un deuxième cheval s'avança. On lui fixa un attirail dont pendait une corde qui fut soigneusement nouée sous les aisselles du malheureux.

Le chef des marchands saisit un long fouet sous sa toge. Il le déroula d'un geste vif et expert. Le fouet resta suspendu dans le vide durant une poignée de secondes qui s'étirèrent doucement et longuement pour permettre à Samuel de saisir l'horreur du moment.

Quand le fouet claqua, l'homme se déchira tel un morceau de papyrus. Ses viscères se répandirent sur le sol. Une jeune fille vomit. L'orateur lança alors :

- En voilà une qui a compris !

La vue de Samuel s'était floutée un instant, choqué par le spectacle qu'on lui avait offert. Il entendit des rires. A sa plus grande surprise, ce n'était pas les marchands d'esclaves qui riaient mais certains esclaves eux-mêmes.

Dans son malheur, la rencontre de Marcus lui permit de s'adapter au mieux à sa nouvelle condition. Son projet d'évasion fut renvoyé à plus tard. Ils étaient dans une ville nommée Odessa. Ils se trouvaient aux confins de l'Empire. Quelques dizaines de milles et il se trouvait hors des mains du pouvoir romain. Les connaissances qu'il avait accumulées grâce à Nikon lui permettaient d'envisager un autre itinéraire, bien plus long cependant.

Il souhaitait désormais contourner le Pont Euxin[8] pour récupérer une route qui le conduirait vers la Syrie.

8   Actuelle mer Noire

Les marchands d'esclaves qui parlaient de lui étaient satisfaits de son acquisition. Marcus lui expliqua qu'ils étaient tous deux des esclaves dont on pourrait tirer un excellent prix. Ils étaient jeunes, forts et pouvaient servir à des tâches diverses. Leur valeur leur permettait d'être relativement bien traités. On ne voulait pas les abîmer, ils étaient donc bien nourris et poussés à faire de l'exercice physique.

La situation qui le peina le plus fut celle des jeunes filles. Marcus lui apprit qu'elles finissaient souvent esclaves sexuelles. Inexpérimentées dans les tâches ménagères, leur sort était souvent sordide si elles passaient par les mains des marchands d'esclaves. Le mieux pour elles était de rester au service du même maître que leurs parents lorsque cela était possible.

Si des clients venaient parfois, personne ne faisait de proposition pour les acheter. Samuel questionna Marcus qui lui expliqua :

- Le prix de certains esclaves est simple à établir. On sait quels travaux ils peuvent faire et on connaît leur valeur. Pour différentes raisons, nous faisons partie d'un petit groupe qui sera vendu aux enchères. Certaines jeunes filles sont vierges ou très belles. Moi, je suis né esclave, je connais les travaux qu'on peut attendre de moi et je suis jeune donc un investissement pour une vie entière. Toi, tu as l'air plutôt fort. En plus, quand ils avaient fouillé tes affaires, ils ont vu un papyrus sur lequel tu avais noté des indications. Ils en ont déduit que tu savais lire et écrire ce qui est rare chez les gens de notre condition. Dis-toi bien qu'on n'est pas à l'abri de connaître le même sort que nos compagnes de voyage.

Le jour prédit par le clairvoyant Marcus arriva. Alors que Samuel s'attendait à une nuée de curieux, la foule était clairsemée. Le silence se fit à l'apparition de deux molosses et d'un nain. Le nain richement vêtu s'avança vers les esclaves à vendre du jour et les observa patiemment.

Le chef des marchands apparut, salua la foule et sourit à la vue de l'étrange trio.

La science de Marcus éclaira encore une fois le jeune Juif. La foule clairsemée s'expliquait tout simplement par le fait que seuls les gens susceptibles de payer étaient là. La présence de curieux n'était pas désirée et l'élégant marchand d'esclaves avait une réputation méritée dans la gestion de ses problèmes. Samuel se rappela le pauvre fuyard déchiré en deux. Pour le trio, rien n'était sûr mais ils étaient certainement des esclaves qui représentaient une riche famille des alentours.

La séance fut assez ennuyante pour les esclaves. Souvent gênés par le dévoilement de leur dentition ou de parties plus intimes de leur corps afin d'affiner les estimations des potentiels acheteurs. Deux heures suffirent pour écouler toute la marchandise.

Samuel fut rassuré d'avoir été acheté avec Marcus et une jeune fille. Les trois esclaves furent livrés aux bras des deux molosses. Le nain paya le marchand d'esclaves et fit un large sourire :

- Tu as encore demandé à tes amis de faire monter les enchères ?

- Les marchandises doivent partir au juste prix.

- De toute manière, ce n'est pas mon argent.

Les six esclaves arrivèrent à la tombée de la nuit dans une riche demeure au nord d'Odessa. Les deux chariots qui composaient le convoi étaient allés à un train d'enfer. La seule certitude de notre voyageur est qu'ils étaient partis droit vers le nord. Pour une fois c'est lui qui put éclairer Marcus sur le chemin parcouru grâce à son habitude du voyage, même s'il était rarement allé aussi vite.

Le nain leur parla en latin. Marcus et la jeune Elisheba n'osèrent répondre. Samuel choisit le grec pour s'exprimer :

- Désolé mais mon latin est limité et je ne pense pas que mes compagnons le parlent. Pourriez-vous nous parler en grec ?

- Bien, tu es effectivement cultivé. Tu apprendras le latin et tu l'enseigneras à tes deux compères. Tu seras aidé dans cette tâche par toute la maisonnée. Quelle langue parles-tu ou écris-tu ?

- Je parle grec, hébreu et araméen. Je comprends quelques autres dialectes et le latin mais je n'arrive pas à les parler. J'écris l'hébreu et le grec mais cela n'a jamais été mon métier.

- Je t'enseignerai ce dont tu as besoin. Nous allons vous conduire dans les chambres des esclaves et nous vous renseignerons dès demain.

Elisheba fut conduite dans le dortoir des femmes. Marcus et Samuel purent faire une légère toilette pour se débarrasser de la poussière du voyage. Exténués, ils s'endormirent vite malgré leurs inquiétudes.

Les trois esclaves avaient été achetés par de riches Romains qui possédaient une résidence sur les rives du Pont

Euxin. Leurs maîtres venaient chaque été dans le but de profiter de cette villa calme au nord d'Odessa. Ces citoyens romains désiraient mener à bien des affaires dans la discrétion de cette campagne éloignée de Rome.

Claude, le nain qui gérait les habitants en l'absence des maîtres, restait parfois évasif sur leurs activités. Pour Samuel, ces omissions étaient volontaires. Il devenait soupçonneux et se demandait ce que cachaient les silences d'un homme si précis.

La formation de Marcus et Elisheba s'orientait vers des tâches classiques d'esclave. Le ménage et la cuisine seraient leur quotidien même si un mystère demeurait pour la jeune esclave. Une insistance particulière était apportée au soin de sa personne. Elle se sentait fortement mal à l'aise.

L'espérance de Marcus de tomber sur de bons maîtres était de plus en plus mince. Il voyait d'un très mauvais œil la présence des deux colosses dans la maison qui épiaient les faits et gestes de tous les esclaves anciens comme nouveaux.

Samuel devait surtout apprendre à s'occuper de toute la maisonnée. Il comprit assez vite que Claude était malade et qu'il devrait le remplacer d'ici quelques mois.

Une terreur résignée s'installa parmi les hommes et les femmes qui vivaient ici au quotidien quand deux chars couverts, encadrés par la légion arrivèrent à la fin de l'été.

Si les légionnaires partirent dès le lendemain, les quatre nouveaux habitants se firent bruyants et exigeants. Les deux maîtres de la maison étaient enfin arrivés, accompagnés d'un couple d'amis.

Les esclaves qui avaient accueilli les trois nouveaux-venus les guidèrent au mieux. Leurs maîtres étaient exigeants et ils souhaitaient que leurs ordres soient respectés fidèlement.

Le seul esclave auquel on montra un peu de respect fut Claude. Samuel le suivait partout et faisait l'effort de retenir le plus d'informations possibles sur son futur travail. Les tâches étaient nombreuses. Claude l'impressionna par sa mémoire et son sens du contact. Il s'adressait avec une justesse rare à chaque personne de la maisonnée et l'amenait toujours à adopter son point-de-vue.

Les autres esclaves lui devaient le respect mais il avait même su, parfois, influer sur les maîtres qui avaient des désirs clairs et des avis tranchés.

Les premières semaines passèrent vite. Samuel avait évoqué à Claude sa situation. La réponse fut incisive :

- Si tu veux te faire tabasser par les deux brutes, parles-en aux maîtres. Je ne les ai jamais vu libérer un esclave. Tu ne seras pas le premier.

Claude appréciait sa situation qui lui avait permis de survivre honorablement. Son handicap aurait pu le conduire à devenir une bête de foire. Son esprit l'avait sauvé. Il avait appris à lire seul, une prouesse qui se développa avec sa connaissance des hommes et des femmes.

Avant de servir dans cette villa, il avait eu une enfance difficile et cela l'avait rendu un peu misanthrope. Il détestait les gens qui abusaient de leur pouvoir dont faisaient partis les deux vigiles de la maison.

Si Claude était respecté, il restait tout de même surveillé. Il savait que pour ses maîtres libérer un esclave était une perte de capital, rien d'autre.

Le travail sous lequel croulait Samuel occupa pleinement son esprit. Il voyait brièvement Marcus qui se fermait de plus en plus. Samuel mit ce changement sur le dos de la fatigue et de la jalousie. Il n'osa pas demander de nouvelles d'Elisheba à cause de la froideur de son camarade.

Après quelques mois d'un automne doux, un froid saisissant se profilait sur les rives de cette mer qui symbolisait la prison de Samuel. Les préparatifs du départ des maîtres commencèrent.

Un soir, un des deux molosses vint chercher Samuel et l'accompagna dans la chambre de la maîtresse de la maison. Elle lui parla de tout et de rien. Elle critiquait ouvertement son mari. Quand elle comprit que Samuel maîtrisait bien mieux le grec elle changea de langue. Il comprit alors bien vite qu'elle souhaitait assouvir quelques désirs charnels. Son latin administratif ne lui avait pas permis de comprendre la situation.

Dans un premier temps le jeune Juif ne put s'empêcher de cacher sa surprise. Il apprit que la fidélité n'était pas un concept important dans la haute société romaine. Il fit même rire sa maîtresse qui l'embrassa.

Après plusieurs mois d'abstinence et à la vue du charme de sa maîtresse, Samuel succomba. Il prit du plaisir et s'endormit.

Au milieu de la nuit, elle le réveilla et le renvoya au dortoir. Peu habitué à être traité de cette façon, il se sentit vexé. Il parcourait lentement les couloirs. Quand le molosse de garde le surprit, il le reconduisit au dortoir.

La nuit était fort avancée et tous les hommes dormaient profondément. En arrivant à sa couche, il s'aperçut que Marcus le regardait silencieusement.

- Bonne nuit, chuchota Marcus.

Samuel s'approcha de lui et lui conta son aventure, le sourire aux lèvres, amusé par cette situation impensable pour lui.

Alors que les rires de Marcus étaient attendus, ce sont ses pleurs que Samuel entendit.

L'esclave expliqua confusément la situation à Samuel. Il avoua ses sentiments pour Elisheba. Malheureusement, l'aventure de Samuel était régulière pour la jeune esclave. Elle

97

avait été violée et frappée par le maître qui dévoilait des plaisirs particuliers et violents. Il avait même abusé d'elle avec certains de ses invités. Samuel comprit mieux certains propos de la maîtresse sur la fidélité et les goûts de son mari.

Marcus avait déjà préparé son plan. Il avait volé deux couteaux en cuisine. Il voulait tuer ceux qui l'empêcheraient de s'enfuir avec Elisheba.

Samuel souligna l'aspect fantaisiste et incomplet du plan. Il promit à son ami de tout faire pour l'aider mais il lui fallait attendre ses instructions avant d'agir.

Le lendemain matin, tout se précipita. Claude était extrêmement malade, il ne pouvait plus se lever de son lit. Cela contraria fortement les maîtres qui souhaitaient l'envoyer quérir des légions romaines afin de les escorter pour le début de leur voyage. Les légionnaires qui les avaient escortés à l'allée ne devaient arriver que dans une semaine et ils ne voulaient pas attendre jusque là.

L'humeur était maussade. Claude expliqua à Samuel la route à prendre le lendemain et les officiers à demander pour la requête des maîtres. Le nain insista sur l'aspect important de sa mission. Le fait que des légionnaires escortent ce couple révélait leur puissance. En tant qu'esclave, Samuel devait cependant faire preuve d'une grande humilité devant l'armée romaine.

Les plans de Samuel s'éloignaient. De plus, il devrait faire la route avec un des deux molosses, ce qui ne l'enchantait guère.

Claude, en fin observateur, remarqua le désarroi de Samuel :

- Raconte-moi ce qui se passe, lança-t-il à son jeune apprenti.

Lorsque Samuel eut fini son histoire, il fut encore plus surpris par la conclusion de Claude :

- Je vais vous aider. Je partirai de ce monde avec la certitude d'avoir fait une bonne chose en mettant fin à mes souffrances.

Et il exposa un plan qui montrait sa perspicacité et sa connaissance de la maison. La grande difficulté était que chaque personne qui les surprendrait devrait mourir ou les suivre.

En début de soirée, Samuel se remémorait le plan au calme dans le dortoir quand surgit Marcus qui avait visiblement été battu.

Pendant qu'il servait les maîtres, il avait entendu ceux-ci ordonner au vigile de service de tuer Elisheba après leur départ. Le maître pensait qu'elle ne pourrait plus lui être utile. Marcus en entendant ses paroles avait laissé tomber son plateau et avait été corrigé immédiatement.

L'esclave s'emparait de ses couteaux quand Samuel l'arrêta. Il prit les armes de Marcus et lui demanda de lui faire confiance et de le retrouver dans la chambre de Claude dans une heure.

Quand Marcus entra dans la pièce il eut un mouvement de recul. Claude gisait dans son lit les veines tranchées depuis suffisamment longtemps pour qu'une quantité non négligeable de sang inonde ses draps. Samuel le fit passer par la fenêtre pour se cacher. Marcus devait venir l'aider s'il y avait du grabuge pour la suite.

Samuel revint dans la chambre avec le molosse de service. Celui-ci observa le corps du petit homme qui avait encore à la main l'arme de son suicide. Marcus ne put s'empêcher de jeter un regard dans la pièce. Le molosse l'aperçut, il commença à lui crier dessus mais s'effondra assez vite.

Samuel avait planté le deuxième couteau dans le dos du vigile. Marcus vint l'aider à jeter son corps par la fenêtre.

Ils sortirent discrètement et fermèrent la chambre. Seul Samuel était susceptible de revenir ici et Claude avait ordonné avant son suicide qu'on ne le dérange sous aucun prétexte.

Alors qu'ils se remettaient de leurs émotions dans un coin discret, le deuxième vigile apparut.

- Si vous voyez mon compagnon, dites-lui que je m'occupe de la jeune esclave. Le temps de faire mon affaire et de la tuer. Vous voyez ce que je veux dire ?

Un rire caverneux et sinistre retentit. Marcus se projeta sur lui avec son couteau. Le vigile évita l'arme et le jeta contre un mur. Le colosse s'approchait de Samuel. Marcus, qui n'avait pas complètement perdu conscience, le fit trébucher et Samuel lui sectionna la jugulaire. L'homme se releva, un jet de sang jaillit et il s'effondra après quelques pas vers eux.

Si les deux complices avaient pu se nettoyer après le premier meurtre, l'affaire était désormais compromise. Samuel prit la dague que portait leur victime qui serait plus efficace que leurs couteaux.

Ils partirent à la recherche d'Elisheba qui était devenue méconnaissable. Samuel ne l'avait pas vue depuis des jours et des jours. Elle se laissait vraisemblablement mourir et ne s'alimentait plus. Les parties visibles de son corps recouvertes de bleus. Elle tomba dans les bras de Marcus, pleura et remercia Samuel de les aider.

Ils arrivèrent dans l'atrium dans le but de terminer leur plan. Ils devaient tuer les maîtres susceptibles d'exiger leur recherche par les légionnaires.

Mais ils arrivèrent alors que de nombreux esclaves étaient là. Tout le monde se tut en voyant les deux esclaves recouverts de sang et leur jeune compagne.

Le maître rit en appelant ses deux vigiles qui n'étaient plus en état de répondre. Personne n'avait remarqué qu'Elisheba s'était saisi de la dague de Samuel. Le premier à le comprendre fut le maître qui vit passer une lame devant ses yeux. La jeune femme mit toutes ses forces dans son geste et fracassa son crâne. Samuel eut du mal à récupérer son arme enfoncée dans la tête de cet homme si puissant.

La seule partie du plan que Claude n'avait pas prévue fut la bagarre générale qui suivit. Les mémoires de tous ceux présents lors de cette scène n'ont jamais permis de connaître l'intégralité des événements mais Samuel en déduisit une victoire. Tous les esclaves encore debout ne s'en prenaient pas à lui, ils étaient donc acquis à sa cause.

La maîtresse, dernière romaine et femme libre encore en vie, prit la parole :

- Nous avons donc été de bien piètres maîtres pour en arriver là. Je vous présente mes excuses. Elle se tourna vers Samuel. J'aimerais que ce soit toi qui conclût ma vie mais fais ça bien, s'il te plaît. J'ai profité de toi mais je ne t'ai pas fait de mal, il me semble.

Samuel posa sa dague, se dirigea vers elle, l'embrassa et lui planta un couteau dans le cœur.

Claude avait été clair sur un point. Ils ne pourraient pas fuir ensemble. Les provisions furent partagées, les chevaux distribués. Samuel partit à pied. Il n'y avait pas de montures pour tout le monde et le traitement qu'il avait subi faisait qu'il avait encore beaucoup de forces.

Samuel conseilla à tous de fuir hors des limites de l'Empire. Chez les barbares, au moins, ils ne seraient pas recherchés.

Il se souvint du conseil de Giorgeou. Il prit donc le chemin que lui avait donné Claude vers un camp de la légion romaine. Il voyagerait désormais en sécurité.

Après quelques jours de marche, Samuel arriva au camp que lui avait indiqué Claude. Harassé par la fatigue, il faillit exécuter les ordres que lui avait donnés son ancien maître, mort aujourd'hui.

Sa survie tint au réflexe qu'il eut en répondant à la question :

- Qu'est-ce que tu traînes ici toi ? Tu veux une raclée ? C'est pas un marché ici !

- Pardon, je viens m'engager dans la légion.

Son interlocuteur, passé sa première surprise, l'amena auprès d'un décurion qui resta lui-même interdit.

C'était bien la première fois qu'un homme se dirigeait dans ce camp pour s'enrôler dans la légion Romaine. Ce lieu permettait surtout de surveiller les frontières. Tous les hommes qui servaient ici s'étaient engagés dans des villes réparties dans tout l'Empire.

- Je crois que rien ne l'empêche. Je ne sais pas ce qu'on fera pour l'entraînement. Enfin, je préférerais que tu demandes à un des deux centurions. Va plutôt voir le Grec.

Le légionnaire qui l'avait accueilli, Antoine, était affable. Il avait bien compris que Samuel avait dû endurer de grandes épreuves. Il lui expliqua que les deux centurions qui dirigeaient le camp étaient complémentaires et que sa demande devrait passer par le Grec plutôt que par le Romain.

Ils arrivèrent devant deux grandes tentes similaires révélant la présence des deux gradés. Après s'être adressé à la vigie qui surveillait une des tentes, Antoine revint vers Samuel, embêté :

- Ils sont ensemble, ou tu tentes ta chance ou tu attends en dehors du camp.

- Ne laissons pas traîner les choses, je n'ai nulle part où aller.

Après quelques minutes d'attente, ils furent introduits auprès des deux centurions. Pour se donner de la contenance Samuel imitait un peu les attitudes d'Antoine qui salua, dans les règles, ses supérieurs.

Quand Samuel examina attentivement les deux hommes, il eut une impression de « déjà vu ». Pourtant ces deux physiques rompus à la discipline militaire n'évoquaient rien de précis pour lui.

Aucun des deux centurions ne s'opposa à la demande de Samuel. L'un pour des raisons pratiques, il avait besoin d'hommes pour répartir au mieux les tâches quotidiennes. L'autre fut plus vague mais Samuel comprit qu'il prendrait avec plaisir en charge son entraînement.

Dans la journée, on lui remit son équipement. On examina ses bagages. Un légionnaire se moqua de lui quand il vit sa planche et son gobelet de bois patinés.

- On ne mange pas par terre dans la légion !

Et il fut affecté à une décurie. Le centurion romain les envoya dans une mission d'escorte. Le ton et le vocabulaire utilisés dévoilaient son mépris pour cette mission. La décurie était choisie afin que Samuel puisse monter à cheval. Pour ce centurion, il fallait pratiquer pour apprendre.

La première surprise pour le nouveau légionnaire fut le mal qu'il ressentit au bas du dos après sa première journée de chevauchée. La véritable surprise arriva le lendemain matin lorsqu'il s'aperçut qu'il était revenu dans la villa où il avait été séquestré. Si sa prison avait été dorée, le souvenir des tortures subies par Elisheba le troubla.

Le décurion crut que cette gène était due au fait que les personnes à escorter étaient des connaissances personnelles de l'Empereur Claude.

Le silence qui régnait éveilla les soupçons du décurion. Samuel vit alors l'organisation de l'armée romaine. Après quelques ordres du décurion, deux groupes firent le tour de la villa.

Quelques minutes plus tard, la présence d'un corps fut rapportée au chef du groupe. La décurie se réunit et ils pénétrèrent dans la maison.

En arrivant dans l'atrium, Samuel ne put s'empêcher de vomir. Le décurion l'envoya dehors avec un camarade afin de ne pas le laisser seul.

Après une fouille précise de la villa, le décurion s'étant forgé son opinion, ils rentrèrent au camp.

La nuit fut agitée pour Samuel qui revit ses deux centurions dans ses rêves. Il comprit l'impression de « déjà vu ». Ce sont ces hommes qu'il avait vus arrêter Jésus.

Quand le centurion romain entendit le rapport du décurion, il rit et demanda à son homologue grec d'écrire à Rome pour les informer de la nouvelle.

Samuel fut rassuré de voir qu'aucune recherche n'était envisagée. Une révolte des esclaves expliquait pour tous la situation, personne ne fit le lien avec l'arrivée de Samuel. Qui se serait engagé dans la légion après pareille aventure ?

Il ne pensait pas qu'en rentrant dans la légion, il reverrait ces deux légionnaires. Les mésaventures qu'il avait connues sur la route le décidèrent à ne rien dire.

Désormais, il se consacrerait à sa formation.

Le centurion romain n'avait jamais été formateur. Les autres légionnaires le savaient et Samuel le découvrait avec douleur. Il ne pouvait pas prendre le risque de déserter et son supérieur semblait avoir décidé d'en faire un soldat d'élite par simple amusement.

La vie dans un camp aux abords des frontières de l'Empire pouvait être très calme. Surtout lorsque les régions alentours avaient été parfaitement romanisées. Les camarades de Samuel l'aidèrent à supporter au mieux son entraînement rigoureux.

Les seuls moments de repos de Samuel étaient lors des sorties sur le territoire vénète. Ceux-ci s'étaient beaucoup calmés depuis que Rome avait arrêté son expansion sur le territoire européen.

Après s'être habitué aux longues chevauchées, ses sorties lui permettaient de se détendre. Le centurion grec, plus fin que son homologue, avait su voir en Samuel un homme éduqué, du moins plus que les simples légionnaires habituels.

Le Juif qui se laissait romaniser par inadvertance fut envoyé pour tenter des communications avec les Vénètes[9]. Seuls quelques barbares possédant des rudiments de grec ou de latin avaient pu lui expliquer que ceux-ci ne souhaitaient pas développer de relations commerciales pour le moment car plusieurs d'entre eux avaient été emprisonnés par des trafiquants d'esclaves.

La remise des divers rapports sur ces rencontres permit à Samuel de comprendre la situation. Le centurion grec souhaitait à la demande de Rome développer des routes commerciales hors de l'Empire. Le meurtre des anciens maîtres de Samuel permettait de concrétiser ce désir puisque ceux qui géraient ce trafic étaient morts.

Au cours de sa formation, Samuel, le voyageur contrarié, révéla de grands talents de vélites[10].

Samuel avait acquis, sous la férule du centurion romain, un physique impressionnant. Il n'était plus un simple gamin dégourdi qui sortait des rues d'Athènes avec une connaissance des petites combines pour faire la belle vie en ville, il était désormais un homme d'expérience qui avait souffert et possédait une véritable expertise des peuples de Rome et du combat.

Il était très apprécié de ses supérieurs, le Romain et le Grec.

---

9   A ne pas confondre avec les Vénètes fondateurs de Venise. On dénombre plusieurs peuples Vénètes dans l'Antiquité. Ici c'est un peuple de l'est de la Pologne actuelle qui est évoqué.
10 Légionnaire romain équipé d'une longue lance, d'un glaive et d'un petit bouclier

Ils avaient des projets pour lui mais restaient vagues à ce sujet.

Leur priorité était de lier des contacts commerciaux avec les Vénètes afin d'améliorer leur image envers leurs propres supérieurs. Une mission de plusieurs semaines fut préparée avec un rôle central pour Samuel. Il allait enfin faire l'expérience de l'armée romaine qui parcourt soixante milles romains[11] chaque jour.

Le voyage en territoire vénète devait permettre aux militaires d'approcher de la mer Suebicum[12]. Les centurions étaient confiants. Les trafiquants d'esclaves qui harcelaient les Vénètes avaient cessé leurs activités depuis plusieurs mois maintenant. Ces barbares devaient être calmés. La troupe devait donc pouvoir continuer son voyage au nord pour voir ce que ces peuples avaient à offrir.

Les premiers jours se passèrent à merveille. Les Romains posaient des jalons commerciaux et les contacts avec les Vénètes permirent à Samuel de découvrir la culture celte. Il maîtrisa aussi quelques rudiments de leur langue dans le but de pouvoir échanger dans les territoires plus au nord où les rudiments de grec et de latin des autochtones seraient inexistants.

Samuel renouait avec le plaisir du voyage sans encombre. La troupe de légionnaires en imposait. Ce jeune légionnaire était fier du respect montré à son groupe. Il avait jusqu'alors voyagé avec une simplicité telle que le professionnalisme de cet équipage le rassurait et le flattait.

11 Presque 100 kilomètres
12 Mer baltique

Les décurions responsables de la mission se montraient, cependant, de plus en plus méfiants. Ils savaient que les dernières incursions romaines avaient laissé un mauvais souvenir et leur train rapide allait leur faire rattraper leur nouvelle réputation plus mesurée.

Après quelques semaines de voyage, le temps se montrait souvent moins clément et la densité des villages se faisait de plus en plus faible. La nuit allait tomber, les réserves étaient suffisantes pour envisager un repos complet d'une journée. Un campement fut installé au pied d'une colline qui coupait le vent froid qui balayait la plaine.

Des tours de garde s'organisèrent au haut du surplomb qui permettait de voir au loin. La vigie serait aperçue mais ils ne souhaitaient pas forcément cacher leur présence.

Après une journée de repos, alors que tous préparaient le départ du lendemain, la vigie descendit chercher son successeur.

- Que fais-tu là ? l'interpella mécontent un décurion.

- Je suis venu chercher Caïus, il devait venir me remplacer !

Les deux hommes se dirigèrent vers le fameux Caïus. Celui-ci se releva. Personne n'eut le temps de prendre la parole. Une pointe de flèche sortit de la gorge de Caïus, son sang coula le long de son cou et il s'effondra.

Les légionnaires virent alors une dizaine de chevaliers armés qui partaient à l'assaut. Les armes des légionnaires n'étaient pas à portée de main et le combat fut inégal. La confusion régnait tout de même chez ces attaquants mystérieux. L'un d'entre eux seulement avait l'air de donner des ordres.

Samuel ne comprenait pas tout mais quand il put se saisir de sa lance, il lança son arme avec une puissance prodigieuse qui propulsa le chef des barbares au sol. La moitié des assaillants s'approchèrent du chef afin de le protéger. Les autres sautèrent sur Samuel qui fut roué de coups.

Les derniers légionnaires survivants profitèrent de la confusion pour s'enfuir.

Samuel était à nouveau seul.

Le groupe arriva alors que le soleil laissait encore un léger voile lumineux à l'ouest, dans une nuit où les étoiles se comptaient à l'aide d'une main.

Samuel estima la distance au campement assez faible mais le cordage qui l'attachait à un mat extrêmement solide.

Épuisé, il s'endormit malgré ses légitimes inquiétudes face aux plans voués à l'échec qu'il élaborait.

Transi de froid, il se réveilla plusieurs fois dans la nuit. Il admira ainsi le lever du soleil sur la plaine vénète.

Il était fort éloigné des frontières de l'Empire et personne ne viendrait le chercher ici, ou nulle part, il ne savait pas trop comment parler de cet endroit.

Il essaya à plusieurs reprises de s'adresser aux habitants affairés dans le petit matin. Il avait bien pu échanger quelques propos avec les plus curieux mais leur langue était différente des Vénètes du sud.

Il restait dans un mystère complet, ses geôliers n'étant pas encore apparus.

Un étrange jeu de mot attira son attention. Il crut reconnaître des mots hébreux. Il interpella alors ces passants. Ceux-ci furent fort surpris. Ils voulurent appeler « le vieux » qui leur avait appris cette langue. Samuel les retint pour en apprendre plus sur sa situation.

Apparemment, il arrivait dans un village en conflit. Conflit qu'il venait d'accentuer puisqu'il avait tué un des deux chefs qui se disputaient le pouvoir. Un de ses deux interlocuteurs se montra tout de même positif. Après une citation approximative de l'Exode, il souligna le fait que l'ennemi de son ennemi pourrait être un ami pour Samuel. Un des deux hommes envoya son enfant lui amener un peu de pain et un peu d'eau, ravi d'avoir pu pratiquer un peu d'hébreu.

Le soleil était enfin à son zénith quand les hommes qui l'avaient capturé arrivèrent. Ils ne savaient vraisemblablement que faire de Samuel. Leur chef voulait tuer des légionnaires romains pour prouver sa puissance. Désormais mort, la question se posait de savoir qui le représenterait.

Une femme fut amenée devant Samuel. Après des propos confus, un homme la frappa et partit avec elle.

En fin de journée, les deux hommes qui lui avaient parlé le matin amenèrent un troisième personnage d'une maigreur effrayante. Celui-ci l'amena chez lui.

Samuel put observer l'architecture simple et pourtant solide de ces habitations. Il comprit que les matériaux étaient simples mais que ces hommes avaient su créer des maisons solides avec le peu de moyens et de matériaux qu'ils possédaient.

Le vieil homme le regarda :

- Tu es juif ?

- Oui, merci de m'abriter chez vous mais qui êtes-vous ?

- Tu ne me reconnais pas ? Cela ne me surprend pas, j'ai vieilli prématurément avec ce qui m'est arrivé. Es-tu Samuel ou Joseph ?

- Samuel, et vous ?

L'homme se contenta de sourire pour toute réponse. A l'apparition des gencives nues, Samuel s'exclama :

- Judas ! Vous êtes encore vivant. Pierre pensait que vous étiez mort.

- Tout le monde le pense. L'histoire de Jésus s'est répandue et transformée à une vitesse incroyable. En apprenant la rumeur de mon suicide par pendaison, j'ai décidé de fuir l'Empire Romain. Je suis arrivé ici après quelques mois. Ces gens m'ont bien accueilli. Surtout l'ancien chef, depuis qu'il est mort, c'est bien différent. Enfin, je n'ai nulle part où aller et je suis trop faible pour un nouveau périple.

- Je suis content de savoir que tu as trouvé de nouveaux amis. Ça fait du bien de voir quelqu'un de confiance ici. J'ai eu très peur quand ces hommes m'ont fait prisonnier. Sais-tu ce qu'il va se passer pour moi ?

- Déjà, je vais organiser une assemblée demain. Si tu prouves que tu es juif, certains habitants prendront ta défense. Ces hommes sont des sortes de polythéistes que ma foi a convaincus. Surtout les femmes au départ, je les ai convaincues avec les mots de Jésus.

- Tu es chrétien ou nazoréen alors ?

- Certainement pas ! Je suis juif avant tout mais dans ce pays païen, j'ai dû m'adapter. C'est là que le message de Jésus m'a aidé. D'ailleurs, tu étais un peu jeune, mais Jésus a toujours été un pratiquant pieu.

- Oui, mon père a eu ce débat avec Pierre, je connais tous ces arguments. S'il-te-plaît, tu as un idée pour que je sois accepté mais si je veux partir ?

- C'est simple, tu dois te débarrasser de la bande qui t'a emmené dans le village. Je t'explique. Quand l'ancien chef est mort, deux hommes ont prétendu lui succéder. Son gendre, Orgetorix, l'homme que tu as tué, excellent guerrier mais trop brutal pour être un chef. Il est suivi par les hommes forts du village mais son tempérament excessif lui assure une soumission sans adhésion. Un très bon ami de notre ancien chef, un vrai Salomon cet homme, avait également prétendu diriger le village mais la peur a empêché qu'il soit reconnu en tant que chef. Orgetorix manigançait pour se débarrasser de lui et tu as changé la donne.

- J'ai donc des amis dans ce village ?

- Des amis ? Non, des soutiens mais je pense que tout le monde veut te voir partir, tu es légionnaire romain et ils ont peur des représailles. Je suis le seul à avoir conscience que nous sommes bien trop loin de l'Empire.

- Que dois-je faire ?

- Je te l'ai déjà dit, te débarrasser de la bande qui t'a capturé.

- Je vais encore devoir tuer tout le monde ?

- Comment ça « encore » ? Tes propos sont bien mystérieux. Raconte-moi ton histoire, je pense que ton voyage a été moins monotone que celui d'un vieil ermite qui répand le judaïsme dans un petit village.

Athènes, Nikon, Giorgeou, l'esclavage, Marcus et Elisheba et la légion romaine. Quand Samuel eut fini son histoire, Judas était abasourdi.

- La chance n'est pas avec toi. Ton histoire d'amour entre Elisheba et Marcus me fait penser à une chose. Orgetorix avance une vieille loi de la tribu comme quoi le pouvoir serait héréditaire. Il légitimait donc son accession au pouvoir par son mariage avec la fille du chef. Si tu l'épouses, c'est réglé pour toi, tu pars, la loi devient caduque et les autres villageois vous aideront même pour éviter les représailles.

Les deux hommes s'endormirent. Si leur sommeil fut profond, leurs rêves les emmenèrent dans leurs souvenirs en terre d'Israël.

Judas réveilla Samuel à l'aube. Après un frugal repas, Judas annonça le départ pour le lieu qu'il utilisait pour le culte. Il n'était pas rabbin et se refusait à appeler ce refuge religieux une synagogue. Les années passées avec Jésus l'amenaient tout de même à pratiquer sa religion tout en professant la parole de son ancien ami et maître.

Les habitants du village qui étaient venus assister à cette prière matinale furent surpris de la connaissance des textes et de la langue hébraïque de Samuel.

Ces simples Vénètes éduqués par un homme de bonne volonté mais qui n'était pas maître à proprement parler ne pouvaient pas atteindre l'expertise des rituels qu'avait enseigné Joseph d'Arimathie à son fils.

L'adoubement du père au voyage du fils avait rassuré Samuel dont les pensées s'envolaient désormais vers Athènes et un père vieillissant.

Après cet instant de paix, les villageois vinrent échanger avec Judas, la discussion était sérieuse et portait sur la religion et la présence de Samuel. Judas devait avant tout expliquer les textes, qui avaient été lus, pour les convives qui connaissaient mal l'hébreu, et raconter les éléments opportuns de l'histoire de Samuel afin de donner une bonne image de ce légionnaire romain, synonyme de problèmes pour un village éloigné de l'Empire.

La seule chose qui amusa Samuel, c'était que sa perte n'amènerait aucune recherche. Il ne souhaitait pas rester coincé en territoire vénète. Son désir de revenir dans l'Empire devrait se faire par la légion. Il ne voulait pas être reconnu et désigné comme déserteur.

Le vieux sage édenté interrompit le soldat dans ses pensées.

- Un conseil se prépare. Les habitants veulent choisir un chef. Il y aura sûrement conflit entre la bande d'Orgetorix et Briavel, l'ami de l'ancien chef.

Judas avait tenu à être dans les premiers à l'assemblée. Ce signe de respect serait bienvenu quand le sort de son nouveau compagnon serait évoqué.

Faute de chef et sans la présence d'Orgetorix, Briavel choisit de prendre la parole. Il fut aussitôt interrompu par un homme vociférant tenant une femme par les cheveux. Il la jeta au milieu de l'assemblée. La confusion régnait pour Samuel et Judas l'éclaira. L'homme agressif revendiquait le rôle de chef car l'ancienne compagne d'Orgetorix aurait désiré l'épouser.

Celle-ci regarda l'assemblée et parla l'air implorant. Les pleurs empêchaient le légionnaire de comprendre quoi que ce soit. Mais son prétendu compagnon et deux hommes se précipitèrent pour la frapper.

Samuel, qui avait appris à se battre, espéra que sa technique l'emporterait sur la force de ces trois brutes.

La surprise fut son premier avantage. Pour la première fois une personne pouvait rivaliser avec cette bande et ils ne surveillaient pas leurs arrières.

Samuel savait que chaque coup devait être d'une efficacité redoutable car ils n'hésiteraient pas à se venger.

Pour commencer il choisit de traverser le groupe pour profiter de la mauvaise position de celui qui lui faisait face. Si le premier coup au visage ne fut pas fatal, le second coup donné du talon brisa le genou de l'homme qui s'effondra. Alors que son second adversaire allait le saisir, Samuel le frappa à plusieurs reprises sur les organes vitaux que son centurion romain lui avait appris à reconnaître. Le troisième adversaire se fit casser le nez immédiatement à cause de sa garde totalement ouverte et du coup de pied qu'il reçut au visage.

Quand Samuel regarda l'assemblée, il s'attendait à voir descendre le reste de la bande mais la démonstration faite était vraisemblablement suffisante.

Une femme d'un certain âge se leva et prit la fille de l'ancien chef avec elle. Des hommes et des femmes évacuèrent les blessés. Judas expliqua à Samuel que les familles se portaient à leur secours par devoir mais que la femme de l'ancien chef le remerciait d'avoir libéré sa fille de ces brutes.

Samuel s'inquiétait de la santé de ses opposants. Il craignait la mort de l'un d'entre eux. Judas le rassura, les agissements de ces hommes ne plaisaient pas à leurs familles non plus et leur décès serait vu comme un juste châtiment.

Une fois l'assemblée calmée, Briavel reprit la parole et invita les villageois à choisir leur chef. Samuel, encore abasourdi par son combat, comprenait mal ce qui les retenait de choisir ce Briavel s'il était si apprécié. Judas participait au débat et essayait de rassurer ses contradicteurs. Briavel s'adressa directement à Samuel. Il lui parla lentement quand il comprit les difficultés de son interlocuteur pour le comprendre.

Avec son pauvre vocabulaire, Samuel répondit :
- Partir à Rome.

- Bien ! Demain, lui répondit Briavel.

Judas lui expliqua que le village craignait des représailles avec sa présence dans le village. Briavel, qui était un riche paysan, proposa de donner trois montures à Samuel pour qu'il rejoigne au plus vite l'Empire dans le but d'afficher la bonne foi du village.

Samuel s'amusait de cette crainte du village de représailles de Rome sur un village si éloigné. Il demanda tout de même à Judas pourquoi trois chevaux.

Judas lui expliqua qu'un cheval devrait porter tout le nécessaire à son voyage pour qu'il arrive sain et sauf à Rome. Des éclaireurs étaient envoyés dans les villages du sud, ainsi Samuel trouverait l'aide et la sécurité indispensables à son voyage. Samuel voyagerait en toute sécurité avec un confort certain pour la première fois. Une question subsistait :

- Et le troisième cheval ?

- As-tu tout compris aux discussions ? répondit Judas.

- Non.

- Ça se voit.

- Tu pars avec Caletina.

- Il doit me guider ?

- ELLE ! Je t'explique. Briavel veut éviter que le pouvoir soit à nouveau réclamé par n'importe qui. Orgetorix utilisait cette femme pour expliquer son droit à la succession. Comme tu as choisi de la protéger, tu es responsable de sa vie et sa sécurité dépend aussi du fait que tu l'éloignes du village. Donc tu l'emmènes.

- Vous êtes gentils ! Que vais-je faire d'une femme blessée dans mon voyage ? Puis dans un camp de légionnaire ?

- Tu verras, c'est une excellente cavalière, elle ne te ralentira pas. De toute manière ton départ dépend de cette condition. Ceci dit, je connais ton éducation, je sais que tu ne l'abandonneras pas n'importe où sans être certain qu'elle est en sécurité. Du moins, j'en ai donné ma parole. C'est ma franchise qui m'a fait accepter et respecter par ce peuple, ne me fais pas mentir.

La nuit ne fut pas douce mais le sommeil du juste saisit Samuel au milieu de ses pensées.

Judas le réveilla à nouveau à l'aube. Le repas fut moins frugal, Briavel avait veillé à ce que le légionnaire soit bien nourri durant son voyage.

Judas invita Samuel à la prière. Le petit lieu de culte fut rempli ce jour-là. Judas remercia Samuel dont la présence soulevait la curiosité qui emplissait son refuge religieux.

Samuel comprit aussi que l'ensemble des villageois voulait être certain du départ de Samuel et de Caletina. La nouvelle voyageuse embrassa longuement sa mère qu'elle ne reverrait certainement plus. Samuel prit le temps de l'observer. Elle n'avait pas l'air trop blessé. Son corps portait de nombreux bleus mais il était fin et musculeux. Son visage était encore boursouflé des mauvais traitements qu'elle avait reçus ce qui lui donnait un physique singulier comme si une ruche lui était tombée sur la tête.

Ils furent accompagnés toute la matinée . Samuel retrouva les plaisirs du voyage. Il comprit vite aussi qu'ils seraient souvent accompagnés par des Vénètes des différents villages qu'ils croiseraient. Ce village si isolé avait su réveiller la solidarité d'un peuple. Samuel était certain de revenir au camp désormais, il approchait des zones vénètes où il avait négocié des accords commerciaux et chaque nuit un village leur proposait l'hospitalité.

Caletina s'était remise de ses blessures au corps et au visage, jour après jour, puis de ses blessures à l'âme, semaines après semaines. Samuel découvrit alors le charme de la jeune celte qui l'accompagnait dans son voyage. Il perfectionna sa maîtrise de l'idiome vénète et lui apprit des rudiments de grec et latin pour sa vie future.

En s'approchant de l'Empire romain, l'accueil se fit de plus en plus chaleureux dans les villages. Les habitants étaient reconnaissant envers ce légionnaire qui leur avait ouvert des commerces fructueux.

Caletina cerna un peu mieux ce sauveur inattendu. Elle souleva son inquiétude de la vie future après quelques jours dans ces contrées chaleureuses.

- Samuel, que vas-tu faire une fois arrivé à Rome ?

- Je vais retourner à la légion pour faire un rapport sur ma mission et continuer mon voyage. J'aimerais revoir mon père à Athènes ou la terre de mon enfance en Palestine mais je ne dirais pas non si l'opportunité de voir la ville de Rome se présentait.

- Je croyais que nous allions à Rome.

- Les frontières de l'Empire sont bien éloignées de la ville de Rome. Une fois arrivé dans mon camp, la distance à parcourir pour apercevoir la ville de Rome est deux fois plus grande que celle parcourue depuis ton village.

- Que va dire ta femme quand elle me verra ?

- Ma femme ? Je ne pense pas qu'un légionnaire soit suivi par sa femme. Je n'en ai pas de toute manière.

- Et moi que vais-je faire dans cet empire gigantesque ?

- Je ne sais pas, tu es libre, tu iras où tu voudras.

- Et les chasseurs d'esclaves dont tu m'as parlé ? Je ne voulais pas partir, je n'ai pas eu le choix.

Caletina pleura. Pas des jérémiades de jeune femme capricieuse mais les pleurs de la personne qui s'apprête à affronter des supplices déjà bien connus.

Samuel comprit qu'il n'avait pas assez réfléchi à la situation de sa nouvelle amie. Il se promit de trouver une solution pour la mettre à l'abri des mésaventures qu'il avait lui-même affrontées. Ses pensées s'envolèrent vers Marcus et Elisheba. Son sommeil fut agité.

Caletina était sereine en apercevant le camp de légionnaires. Son compagnon était plus inquiet. Il comptait bien tenir ses promesses sans avoir le début d'une idée qui lui permettrait d'y parvenir.

C'est avec plaisir qu'il fut accueilli par Antoine. Celui-ci lui annonça que la relève devait arriver dans les semaines à venir. La mission commerciale avait porté ses fruits et les deux centurions étaient appelés à des postes plus intéressants. Autorisés à partir avec leur troupe, ils demandèrent à être mutés avec l'ensemble de la compagnie. Ils avaient créé un lien avec leurs hommes et le centurion romain s'était chargé depuis longtemps de faire partir les mécontents.

Ce n'est pas sans une certaine appréhension que Samuel fut introduit dans la tente de commandement.

Le centurion romain se précipita vers Samuel. Celui-ci craignait un emportement de son supérieur qui le prit dans ses bras en riant.

Le Romain remercia son légionnaire. Il lui attribuait la réussite de la mission commerciale à laquelle il n'entendait rien. Seul un soldat était revenu de leur périple quelques semaines auparavant. On ne comptait plus sur le retour de personne et l'on crut même que la monture qui avait bravement ramené ce légionnaire allait mourir.

Le Palestinien raconta son voyage pour expliquer son retard bien qu'il omit volontairement d'évoquer la présence de Caletina dans le camp à cet instant.

Les aventures de son élève plurent au centurion romain, ravi que son entraînement révélât son utilité.

La froideur du centurion grec perturba le revenant. L'Hélène prit la parole :

- Je te félicite pour ta mission et la manière dont tu as su conclure ton aventure. Ton retour justifie ta bonne foi quels qu'aient été les événements de ces derniers mois. J'ai tout de même un problème et ce problème réside quelque part dans ton passé. Nous devons en savoir plus sur toi.

Samuel parla de sa jeunesse athénienne et de ses envies de voyage en édulcorant ses propos comme il décida de le faire suite à la mésaventure qui l'amena à rencontrer Giorgeou. Le centurion grec le coupa sèchement.

- Arrête tes histoires ! Je vais poser les questions, ce sera mieux qu'entendre tes âneries. Si tu as peut-être vécu à Athènes, tu n'es pas né là-bas. Je suis un vrai Hélène. Pas toi ! Cela m'est bien égal. Je vais te montrer des affaires que nous avons trouvées. Ces affaires sont liées à l'histoire qui nous a menés ici. A l'époque, cette arrestation était sans importance pour moi mais ce matériel incongru, je ne l'ai vu qu'une fois et je n'ai pas pu l'oublier.

Le centurion étala devant lui les affaires de Samuel parmi lesquelles le matériel hérité de Jésus fut placé au centre. Le supérieur reprit :

- Quand Ponce Pilate nous a demandé d'arrêter ce paysan, enfin pêcheur, pour ce que j'ai appris par la suite, personne n'aurait pensé que tout l'Empire romain en aurait entendu parler. Cette arrestation a entraîné des troubles en Palestine. Pilate s'est mis à manger à outrance au lieu de s'intéresser aux tumultes qui agitaient la région. La gestion de cette crise par ce porc de préfet a engagé la responsabilité de ceux qui étaient sous ses ordres. La disgrâce de l'Empereur d'alors nous a tous touchés.

« J'ai bien cru que notre carrière était fichue mais j'ai suivi mon seul ami, avec qui je commande ce camp aujourd'hui. Nous avons tout de même pu monter en grade mais nous sommes contingentés aux confins de l'Empire. Le plus incroyable dans tout ça, c'est que l'homme qui nous sort de cette disgrâce nous renvoie à un passé si douloureux. »

Samuel n'avait pas besoin de questions. Tous les problèmes avaient été posés.

Il raconta l'arrestation à laquelle il avait assisté, le traumatisme de l'enfant qui voyait pour la première fois maltraiter un homme et les souvenirs d'une époque troublée. Le départ pour la Grèce, son enfance à Athènes et son désir de voyage révélèrent l'origine de son éducation et sa présence dans des régions reculées. L'agression qu'il avait subie et l'esclavage expliquèrent ses mensonges. Ce qui suivait, ces deux supérieurs le savaient déjà, ils en avaient été acteurs.

Le crime commis par Samuel et les autres esclaves serait tu. Les deux centurions avaient indirectement profité de la disparition de cette famille qui trafiquait dans la région de leur cantonnement.

La franchise de Samuel éclaira Julius et Adonis, rassurés d'en savoir plus. Il crut nécessaire de reprendre la parole :

- J'ai une chose à rajouter.
- Encore ! s'exclama Julius.
- Nous t'écoutons, lança Adonis.
- Pourriez-vous me suivre dehors ?

Les trois hommes arrivèrent face au soleil et la surprise se lut sur le visage des deux centurions lorsque leurs yeux purent enfin voir la jeune Vénète qui s'occupait des trois chevaux. Samuel donna les détails qui l'avaient obligé à aider Caletina.

Adonis ne fut pas surpris, il se tourna vers Julius et souffla :

- Son retour ici prouve sa fidélité. Ça ne me surprend pas de la part de ce Palestinien.

Julius regarda Samuel et lui dit en riant :

- Nous partons dans quelques jours. Tu iras dès aujourd'hui à la ferme voisine pour qu'elle y loge. Soit elle reste là-bas, soit elle nous suivra au moment de la relève. Ce sera à toi de te débrouiller avec elle, je n'en veux pas au milieu du camp. Tu verras ce que tu souhaites en faire à Vieunum[13].

Caletina dormit en cachette près du camp. Elle s'était inspirée de ses jeux d'enfant et avait su trouver un lieu qui la cachait des regards.

Celui du soleil parvint tout de même à la réveiller.

---

13 Vienne dans l'Autriche actuelle, dans la province de Noricum à l'époque.

Son sauveur lui avait expliqué les possibilités qui s'offraient à elle. Elle ne souhaitait pas devenir tâcheronne dans une humble ferme d'une région qui n'était déjà plus la sienne.

Elle opta donc pour le dépaysement et décida de suivre Samuel. Elle lui trouvait une certaine froideur mais il avait prouvé son courage et sauvé sa vie. Elle se sentait redevable. Elle voulait vraiment l'aider à son tour mais elle était aussi mue par un sentiment de dépendance vis-à-vis de ce jeune légionnaire.

Il avait l'air si sûr de lui qu'il la rassurait.

Quand la colonne se mit en mouvement, elle se mit en vue. Elle devait voyager seule et Samuel pouvait ainsi garder un œil sur elle. Elle vit Samuel interpellé par l'homme qu'il appelait Antoine. Son sauveur tourna la tête vers elle et la salua. La jeune Vénète suivit alors le régiment. Elle savait que sa présence était tolérée grâce à la présence de Samuel.

Le rythme de la chevauchée serait moins soutenu que le voyage terminé quelques jours auparavant. Elle se sentait en sécurité mais elle savait qu'elle allait se sentir terriblement seule les jours à venir. Samuel aurait peu d'occasions de venir la voir.

- J'avais raison Samuel, elle est là.

Antoine sortit inopinément son compagnon de ses rêveries. Le Palestinien était heureux d'entamer un nouveau voyage en sécurité. Personne n'oserait attaquer un régiment romain au cœur de l'Empire. Il s'éloignait d'Israël et il serait obligé de se détourner de la route de la Grèce. En se dirigeant vers Vieunum, il espérait mettre un pied vers la route de Rome.

123

Son trouble s'accentuait. Il pensait que Caletina serait présente au petit matin aux portes du camp. Il s'était attaché à cette jeune Vénète, associant les difficultés qu'elle avait connues à son traumatisme de l'esclavage.

Il releva la tête, l'aperçut, et la salua, rassuré.

Il fut surpris du choix fait par la jeune femme. Il était effectivement judicieux de rester en retrait pour ne pas froisser les officiers. Samuel fut surpris de la clairvoyance de Caletina qui avait bien saisi les enjeux relationnels auxquels il était soumis.

Le voyage fut paisible et Samuel observa avec plaisir la nature se modifier. Ce n'est pas la force des saisons qui en était la cause mais le régiment s'approchait des Alpes. Les paysages étaient merveilleux et laissaient la place à une nouvelle végétation, les animaux restant invisibles devant le fatras provoqué par le déplacement d'un régiment qui aspirait au repos.

Les nuits se firent froides avec l'influence de la montagne. Il avait peu vu Caletina ces derniers temps et toujours en présence d'autres légionnaires. Ses amis fourbus par la montée vers Vieunum laissèrent Samuel s'éloigner seul du camp.

Caletina lui sourit et fut surprise de le voir seul. Il confirma que l'arrivée à Vieunum serait pour le lendemain. Il s'enquit des besoins de la jeune femme. Celle-ci regretta de n'avoir pas prévu de vêtements pour se protéger du froid, elle avait dû les abandonner chez sa mère. Samuel lui laissa son manteau.

Il hésita à lui parler plus franchement de ses sentiments et la peur d'importuner une femme qui avait trop souffert l'arrêta. Il partit en la saluant avec un sourire atténué par un regard plein de regrets.

Ce soir-là, en s'endormant dans l'odeur de Samuel, Caletina comprit qu'elle devrait engager les premiers gestes d'amour pour que son légionnaire se révèle.

Vieunum était une parfaite ville gallo-romaine. Le régiment avait forcé l'allure afin d'arriver avant la tombée de la nuit. Des garnisons accueilleraient tous les légionnaires sans difficulté mais la disparition du soleil avait fortement inquiété Samuel qui ne savait comment aider Caletina.

Celle-ci arrivait seule dans une grande ville avec ses deux chevaux dont elle ne pourrait pas s'occuper, le troisième ayant été donné au fermier qui l'avait recueillie près du camp.

C'est Julius qui régla le problème. Il vint voir Samuel :

- J'ai besoin de toi pleinement dans les jours à venir et te connaissant, tu vas penser à ta femme sans arrêt …

- Mais, ce n'est pas ma femme.

- Comme tu veux, enfin, je t'amène avec elle chez un marchand de chevaux de ma connaissance, cela lui fera un petit pécule, ensuite nous la ferons loger dans une auberge que connaît Adonis. Bon, j'en connais d'autres, elle pourrait même y faire commerce de ses charmes mais je ne pense pas que tu sois intéressé.

- Effectivement, l'auberge d'Adonis est plus appropriée.

Julius voulait en finir vite et Caletina trottait derrière les deux hommes pour ne pas se faire distancer.

Une fois les chevaux vendus et arrivés à l'auberge, Julius se dirigea vers le tenancier :

- Une cervoise s'il-vous-plaît. Puis se tournant vers Samuel. Tu l'installes et on part vite.

Samuel aida Caletina à monter ses quelques d'affaires dans sa chambre.

- Désolé, tu as entendu le centurion, je dois partir vite.

Caletina l'embrassa et lui murmura :

- Je comprends, merci encore et reviens dès que tu peux.

Troublé, Samuel redescendit, il remercia encore Julius qui lui dit dans un rire :

- J'attends beaucoup de toi alors accélère et dors-bien, dès demain, nous irons voir le préfet.

Adonis fut prêt dès l'aurore. Il planifiait la rencontre avec le préfet. Aucun détail ne sortirait de son contrôle et il avait toute confiance en son impétueux condisciple pour gérer les imprévus.

Les deux groupes de légionnaires constitués par les deux centurions avaient le potentiel de devenir des troupes d'élite de l'armée romaine.

Il fut tout à fait satisfait de voir les légionnaires convoqués déjà lorsqu'il sortit de ses quartiers. Alors qu'il inspectait ses hommes pour une présentation parfaite, Julius arriva dans son armure rutilante. Malgré son retour tardif dans la nuit, il avait veillé, à sa manière, à être prêt pour ce matin. Seules les deux grandes poches grises sous ses yeux trahissaient le rythme effréné de l'homme qui avançait en âge.

Le dernier préfet fréquenté par les gradés du groupe avait donné une piètre image des Romains en Palestine.

L'homme qui leur faisait face montrait que Rome savait parfois choisir ses représentants. Après une entrée en matière cordiale et quelques félicitations méritées pour les routes commerciales ouvertes aux portes de l'Empire, l'âpreté du personnage se fit sentir.

Il fit comprendre à l'assemblée qu'il tenait leur avenir entre ses mains. Il serait juste et les récompenserait au mieux mais son image lui était essentielle et ceux qui la terniraient retrouveraient des confins de l'Empire bien plus lugubres que la région d'Odessa.

Le préfet accepta la proposition de Julius et Adonis.

Une semaine de repos se transforma en semaine d'entraînement. Le seul moyen de valider la proposition des deux centurions était un essai sur le terrain des deux groupes.

Pour gravir les échelons de la légion, l'excellence était un accélérateur non négligeable mais le droit à l'erreur disparaissait alors.

Samuel devait diriger un groupe de cinq légionnaires spécialisés dans la protection des hommes importants de la ville.

Son ami, Antoine, lui, devrait, à l'inverse, exécuter des hommes pour le bien de l'Empire.

Samuel ne connut pas de suite la mission confiée au groupe d'Antoine. Sa mission à lui serait de protéger un chef marcoman venu négocier la Paix Romaine. La démarche de ce germanique ne plaisait pas à tous les représentants de son peuple et les menaces sur sa vie était grande.

L'entraînement dispensé par les deux supérieurs se spécialisait chaque jour un peu plus en prenant en compte les qualités de chacun. Samuel et ses hommes étaient d'excellents combattants au corps à corps désormais avec une connaissance aiguë de l'anatomie afin de savoir où frapper.

Le voyageur put mettre à profit son expérience des hommes et son sens de l'observation. Il s'aperçut qu'il savait désormais observer une foule et reconnaître les intentions des uns et des autres.

Quand il observait Antoine, il comprit que chaque membre de son groupe se spécialisait dans le meurtre à accomplir. Du couteau enfoncé dans le dos à l'utilisation d'huile ou de pétrole pour détruire des maisons entières.

Une après-midi entière fut consacrée à éteindre un incendie lors d'un essai raté. Les légionnaires avaient craint la colère des centurions mais ceux-ci étaient satisfaits :

- L'entraînement sert à ça, il vaut mieux que ça arrive aujourd'hui. Un accident de ce type dans une ville et on tue la moitié de la population.

Cet entraînement d'élite leur conférait la liberté de leur soirée hors du camp.

La douzaine d'hommes s'était soudée et une solidarité forte naissait entre eux.

Cette liberté pour Samuel consista à découvrir la ville en compagnie de Caletina. Les sentiments qui les unissaient faisaient d'eux un couple maintenant. La soirée précédant les missions des deux groupes, les légionnaires durent dormir au camp auprès des centurions pour accroître leur concentration.

Bien avant l'aube, Samuel et ses compagnons étaient présents au nord de la ville pour accueillir le chef marcoman.

Le préfet arriva une heure après eux avec son escorte. Il se montra satisfait de leur présence.

Le chef marcoman arriva dans une tenue qui contrastait avec les habits du préfet car chacun portait les marques de respect dû à un hôte de marque.

Quand Samuel fut présenté au chef marcoman avec ses hommes, ils furent invités à l'appeler par son prénom, Didrik, car ils veilleraient sur sa vie comme des amis.

La tension pesait sur Samuel et ses hommes. Après quelques heures, ils s'apaisèrent grâce à un pauvre voleur.

Après les premières discussions qui donnaient satisfaction au préfet et au chef marcoman, ce dernier souhaita visiter la ville. La délégation marcomane profitait du marché et les richesses affichées par ces hommes attiraient l'œil. Un voleur choisit de délester le fils du chef de sa lourde bourse.

Didrik était mécontent de l'inaction de Samuel. Il venait vers lui pour le prendre à partie. Il ne se sentait plus en sécurité. Il n'eut pas le temps d'ouvrir la bouche qu'il comprit que Samuel avait prévu ce qui se passerait. Un légionnaire rendait sa bourse au fils et un autre tenait le voleur le visage ensanglanté.

Didrik n'avait rien entendu, rien vu. Il rit, s'approcha du voleur et l'assomma avec la plat de son glaive.

- Espérons qu'il retiendra la leçon, dit-il dans un latin approximatif.

Au cours de l'après-midi, tout le monde avait l'air satisfait. Les Romains raccompagnaient les Marcomans aux portes de la ville. Ville que commençait à connaître Samuel et le calme régnant dans les rues ne présageait rien de bon.

Son instinct avait fonctionné à nouveau. Une dizaine d'hommes hurlant arrivèrent. Sûrement des barbares qui désapprouvaient la démarche de Didrik. La protection était resserrée et ils ne purent approcher du chef. Son fils qui participa au combat fut légèrement blessé et les dix hommes vite neutralisés. L'entraînement se révélait plus qu'efficace.

Samuel se montra soucieux de la blessure du fils de Didrik mais celui-ci refusa tout soin. Cette blessure acquise au combat pour défendre son père était une décoration militaire pour lui.

Le lendemain matin, les deux équipes et leurs centurions étaient attendus par le préfet. La journée de la veille avait été éprouvante et les centurions satisfaits n'avaient pas souhaité faire de retour avec des soldats nerveux et éreintés.

Le sourire du préfet rassura le groupe d'hommes impatients d'en savoir plus sur leur avenir.

L'homme le plus important de Vieunum utiliserait ces excellents militaires pour sa propre gloire. Si leur démonstration de la veille devenait une habitude, un avenir glorieux se présageait pour tous.

Methodus, le préfet, se félicita de la surprenante mort de Didrik.

En voyant le calme régnant chez Antoine, Julius et Adonis, Samuel se fit le porte-parole de son groupe et exprima son incompréhension :

- Nous avons quitté Didrik en fin de journée et il était en pleine forme. Nous devions le protéger et nous avons même

130

sauvé sa vie. Pourquoi sommes-nous satisfaits de sa mort ? Notre travail n'a-t-il servi à rien ?

Le préfet se tourna vers les deux centurions :

- Vous avez fait de grands soldats mais de bien piètres politiciens. Puis, il se tourna vers Samuel. Jeune homme, je comprends votre réaction mais votre rôle a été essentiel dans la préservation de la Paix Romaine au nord de cette région. Didrik se donnait bien plus d'importance qu'il n'en a, il voulait s'imposer comme chef des Marcomans. Il n'aurait jamais pu tenir ses promesses. En le recevant et en préservant sa vie contre ses ennemis barbares, nous avons montré au futur chef, son fils, qu'il avait un soutien avec nous. En le faisant assassiner par votre ami ici présent (il désigna Antoine) nous avons divisé les Marcomans.

« Ainsi, les Marcomans se querelleront entre eux, pensant que Didrik a été assassiné par une tribu ennemie. Les Romains seront moins touchés par les pillages et les vols fomentés par ces rustres.

« La Paix Romaine s'assure par la division de ceux qui entourent Rome. Jules César a gagné la guerre des Gaules grâce aux luttes intestines de ces barbares même s'il a écrit l'histoire autrement. »

Le jeune Palestinien définitivement romanisé accepta son rôle et l'ambiguïté de sa nouvelle fonction.

Les années s'écoulèrent doucement. Le talent des deux groupes d'élite du préfet s'ébruita dans l'Empire. Le décès de l'Empereur Claude fut l'occasion saisie par Méthodus pour accéder à la promotion qui le ramènerait définitivement à Rome.

Les troupes d'élite suivraient.

Antoine et Julius furent ravis de revenir définitivement dans leur ville. Le petit groupe fêta dignement le futur voyage.

Le lendemain de cette soirée de l'année 54, fut attristé par le décès de Julius qui paya ses excès.

Samuel était triste pour cet homme sévère qui le terrorisa enfant mais qui lui avait tant apporté aujourd'hui. Il ne serait jamais devenu l'homme qu'il était sans la pugnacité du centurion pour retrouver Rome.

Adonis le rassura. Julius voulait être reconnu et il l'avait été en partie grâce à eux mais mettre le pied à Rome n'aurait rien changé à son bonheur maintenant qu'elle lui était acquise.

Les légionnaires, qui avaient vécu des années à Vieunum, eurent à préparer un vrai déménagement. Ils s'étaient tous installés, trouvant pour certains d'entre eux des épouses, flattées de la situation avantageuse de leurs maris.

Samuel n'avait jamais quitté Caletina. La tendresse platonique s'était transformée en passion puis en amour solide. Même si le ciment d'un enfant n'avait pas encore nourri leur union, elle était enfin enceinte.

Malheureusement le voyage ne pourrait pas attendre, Samuel put trouver un attelage confortable qu'il agrémenta d'un nécessaire de voyage minimal. Quand sa femme voulut abandonner les affaires qu'il avait à leur rencontre, il refusa.

Il lui raconta l'histoire de Jésus. Pour lui, c'était surtout la facette d'expert du voyage qui le fascinait. Il balaya d'un revers de main les « contes » colportés par les Chrétiens. Il avait bien conscience qu'il s'était éloigné de la foi de son père mais jamais il n'adhérerait à l'idéologie chrétienne.

Caletina percevait la force de son éducation quand ils évoquaient la religion. Si le Juif n'était pas hostile aux cultes païens, il n'appréciait pas les arrangements des Chrétiens avec les événements qu'il avait vécus. Ces circonstances qui l'avaient poussé hors d'Israël. Cette terre qu'il ne reverrait peut-être jamais.

Ce n'était pas un obscur bataillon qui était attendu à Rome mais bien le fleuron de ce que la légion pouvait produire. A leur arrivée des appartements sommaires mais confortables les attendaient.

Méthodus veillait à ce que ses protégés soient convenablement accueillis au cœur de l'Empire. Adonis avait fourni la liste de l'équipement nécessaire afin de maintenir ses hommes en pleine forme.

Caletina enchaînait des semaines pénibles avec un luxe qu'une Vénète des contrées orientales bordant l'Empire n'aurait pu imaginer.

Habituée aux longues absences de Samuel, elle veillait sur sa grossesse patiemment.

Son mari, quant à lui, menait à la perfection son travail. Il devenait un vrai citoyen romain. Et surtout un professionnel de la garde rapprochée.

Les sénateurs appréciaient ses services face à ce nouvel Empereur dont l'imagination meurtrière s'étalait avec impudence.

Antoine restait son grand ami. Plus le temps passait, plus il ressemblait à Julius. Son premier compagnon dans la légion romaine buvait de plus en plus, traumatisé par des missions dangereuses et vicieuses confiées par l'Empereur et son entourage.

L'homme de main qu'il était devenu était régulièrement sollicité par Julia Agrippina, la mère de Néron. Cette manipulatrice nourrissait sa propre paranoïa s'imaginant des ennemis dans tout l'Empire. Même si celui-ci se bornait à cent milles romains autour de la capitale pour cette femme trop haut placée.

Adonis se fit vieux. Il prit une retraite dorée au sud de la mer adriaticum[14]. Il pouvait en quelques heures de bateaux rejoindre la péninsule italienne et sa Grèce natale.

Si Antoine avait logiquement remplacé Julius, Samuel remplaça Adonis.

Caletina lui offrit une fille qui grandissait doucement, prenant modèle sur sa mère. Samuel ne l'avait jamais vu enfant mais il sut à quoi elle avait ressemblé.

Antoine tenait des ordres d'une cour désordonnée qui tourbillonnait autour de l'Empereur. Il acceptait ses missions avec une facilité déconcertante même pour lui. Son statut d'assassin pour le compte de la famille impériale lui collait désagréablement à la peau mais l'acte de tuer ne lui faisait plus rien.

C'est peut-être cet état de fait qui en avait fait un des meilleurs de son époque. Ni peine, ni plaisir.

La mission à venir serait difficile. Le soleil couchant sur la baie de Neapolis[15] était une merveille dont il entendait bien profiter avant ce meurtre absurde.

Il ne doutait pas de la parole de Sénèque sur le désir de l'Empereur. Ce conseiller de l'ombre avait certainement su

14 adriatique
15 Naples

l'influencer pour qu'un homme accepte aussi facilement la mort de sa propre mère.

L'assassin méprisait sa cible. Son vieil ami, un des rares gardes prétoriens indépendants, lui avait conté comment cette femme avait séduit son fils afin de le contrôler.

Tout cela était à vomir. Ce qu'il devait faire aussi. Il s'affubla d'un déguisement de marin et se cacha dans les cales du navire qui lui avait été désigné.

Il dormait paisiblement. Quelque soient les horreurs commises par un homme, on ne survit pas sans sommeil.

Des bruits le réveillèrent. L'agitation habituelle d'un départ en mer. Il se mêla au petit équipage. Il rendait service aux uns et aux autres. Suffisamment pour que personne ne soulève la question de sa présence. Après tout, il était utile.

Personne ne put s'en rendre compte mais le cœur d'Antoine ne fit qu'un bon lorsqu'il reconnut l'homme qui gérait la garde rapprochée. Ce garde prétorien, qui lui en avait tant dit sur la famille impériale, et qui ne pouvait plus refuser de les protéger.

Refuser de servir la famille de Néron aurait signifié son arrêt de mort.

Antoine habitué aux déguisements était resté en dehors de tout soupçon. Ce n'est pas un simple marin qui allait inquiéter l'élite militaire de l'Empire.

Samuel, dans son rôle de garde, s'attendait aux questions habituelles venant des hommes qui cherchaient des racontars sur l'entourage de Néron. Il fut fort surpris de reconnaître la voix d'Antoine.

- De qui tiens-tu tes ordres ?

- Toi ici ? Je ne suis pas certain que nous arrivions à la villa de Baules sans encombre. Julia Agrippina m'a fait quérir pour sécuriser son voyage. Je ne sais pas qui l'a informée que j'étais libre mais me voilà encore une fois loin de Rome. Enfin, pouvais-je refuser des ordres de la mère de Néron ?

- Je crois que oui. Sénèque m'a dit que l'Empereur lui-même sollicitait mes services afin de se débarrasser de l'influence de sa mère.

- Cette famille est folle !

Samuel et Antoine avaient reçu leurs ordres de personnes en conflit. Ils optèrent pour un plan simple mais risqué afin de se sortir de cet imbroglio. Antoine conseilla discrètement à l'équipage d'abandonner le navire. Cet homme qui aidait les autres se fit inquiétant et les plus malins préférèrent rejoindre la rive à la nage au lieu de prendre des risques inconsidérés. Samuel ordonna aux quelques gardes qui étaient là de quitter le bateau et de l'attendre à Neapolis.

Julia Agrippina ne s'aperçut pas immédiatement de l'abandon progressif du navire.

Elle poussa un gémissement quand elle vit cet excellent garde renverser le brasero. Le pont s'enflamma rapidement. Les derniers marins qui étaient restés à bord comprirent que les avertissements d'Antoine étaient sérieux et plongèrent immédiatement. Les « fidèles » amis de Julia paniquèrent et coururent en tous sens.

Samuel profita de l'agitation pour prendre la seule barque du bord alors qu'Antoine tirait sa proie par les cheveux vers son compère.

Habitué des meurtres et enlèvements, Antoine attendit de s'éloigner du bateau en flammes pour gifler Julia. Elle reprit immédiatement ses esprits et Samuel qui la connaissait bien la retrouva enfin.

- Imbécile ! Que prépares-tu avec ton complice ? Tu veux une rançon en échange de la mère de l'Empereur mais je lui dirai ce que tu as fait et il fera égorger ta famille.

136

Antoine vit quelque chose de rare : Samuel excédé. Le garde frappa violemment Julia qui saigna abondamment mais qui se tut enfin.

Le silence était pesant. Les deux amis avaient dû faire un choix risqué. Le rapport qu'ils feraient à Néron serait d'un nouveau genre.

Antoine était contrarié de n'avoir pas pu profiter encore des étoiles. Il admira leur scintillement. Les beautés de la nature adoucissaient ses missions dont il ne voulait plus.

Samuel était en colère contre cette famille si puissante. Or comme l'avait fait remarquer Julia, il devait tout de même leur obéir.

Les rares moments où Julia fut accompagnée de deux hommes avaient été pour le moins langoureux. C'est en pleurs qu'elle arriva devant les deux commanditaires de son meurtre.

Néron, silencieux, se mit à pleurer. Il attendait un simple rapport et se retrouvait confronté à sa trahison. Julia se mit à hurler, l'insulter, lui cracha au visage.

- Faites-la taire, siffla calmement Sénèque.

Antoine fit une douloureuse clé de bras à la femme qui gémit et arrêta son vacarme. Il prit la parole :

- J'ai bien eu tes ordres, Sénèque, mais contrairement à ce que tu m'as dit, il n'y avait pas que des minables pour garder Julia.

Sénèque regarda Samuel.

- Je t'avais donné congé. Que fais-tu ici ?

- A l'avenir, évitez de me donner congé au milieu de la cour et prêtez-moi une de vos villas pour qu'on ne sache pas où me trouver. Samuel regarda Néron :

- Empereur, maintiens-tu les ordres donnés à Antoine ?

Néron s'agenouilla en gémissant. Il était ridicule. Sénèque observa le détenteur du plus haut pouvoir romain et lança :

- Oui.

Samuel arrêta le bras d'Antoine, se saisit de sa dague et égorgea Julia de manière à ce que son sang gicle sur son fils.

Néron s'évanouit. Sénèque sourit et lança :

- Vous serez désormais à la garde exclusive de l'Empereur. Je vous attends au palais impérial à Rome dans trois jours.

Antoine fut un soutien essentiel pour Samuel lors de ces trois jours. La principale préoccupation des deux amis était de mettre à l'abri Caletina et la jeune Anastasie.

La présence de cette petite fille avait renforcé le couple formé par Samuel et Caletina. Deux déracinés pour qui Antoine était plus qu'un ami, parfois un guide pour comprendre la culture romaine.

Quant à Antoine, cette petite famille l'avait accueilli avec plaisir quand, de retour à Rome, Antoine leur raconta son enfance d'orphelin.

Inquiets, les deux hommes pénétrèrent dans le palais impérial, ignorants le sort qui leur était réservé.

Des gardes prétoriens de leur connaissance les firent attendre. Ils tentèrent de savoir ce qui les attendait mais les gardes n'étaient au courant de rien.

Leur appartenance à la légion romaine n'avait pas été évidente depuis que Méthodus les avait pris en main. Ils avaient tout de même choisi de paraître dans leurs habits de centurions. Grade qu'ils avaient atteint symboliquement lorsqu'ils protégeaient les membres du sénat afin de justifier leur présence dans les hautes sphères de l'Empire.

Si Samuel était habitué à cette tenue, elle ne convenait guère aux occupations obscures confiées à Antoine qui se sentait mal à l'aise accoutré ainsi.

Ses mouvements et sa manière de parler rejoignaient ceux de Julius dans ces moments. Il ne voulait pas finir seul comme ce mentor de sa jeunesse et il devenait agressif et lui ressemblait.

Antoine lança :

- Calme-toi ! On aura à faire avec le maître de Rome, pas avec un simple préfet ou un sénateur. Ne te comporte pas comme Julius

Vexé, Antoine resta silencieux et jeta un regard noir à Samuel.

- Je fais tout mon possible.

Alors que Samuel attendait immobile et qu'Antoine usait frénétiquement ses spartiates sur les plus beaux marbres de Rome, Sénèque passa devant eux sans les saluer.

Les deux amis se regardèrent, encore plus inquiets.

Mais l'attente se termina avec l'arrivée de l'éminence grise. Sénèque se contenta d'un geste de tête pour les inviter à le suivre.

Parti de Jérusalem enfant, il avait traversé une partie de la Méditerranée et de la mer Aegaeum[16]. Il avait découvert la Grèce et sa culture. L'enrichissement apporté par les hommes et la terre hélènes avait créé en lui le démon du voyage.

16   Mer Egée

Après avoir éprouvé les difficultés des voyages en solitaire, il s'était rapproché de la Légion Romaine. Il avait franchi plus de milles romains qu'il n'avait jamais espéré.

Des territoires vénètes aux plus belles villas de la péninsule italienne, son démon s'était nourri de tout ce que ses yeux avaient aperçu.

Aujourd'hui, il revenait au temps de l'esclavage sur les rives du Pont Euxin. Il ne savait pas s'il serait à nouveau libre de voyager.

Orphelin du cœur de l'Empire, romain depuis toujours, Antoine avait connu la misère des sans familles. Enfant, être un esclave aurait été une chance. Il n'aurait pas eu à lutter pour survivre. Sa jeunesse de misère lui avait appris la débrouillardise mais surtout la connaissance de la société romaine.

Le légion n'avait pas été un choix. Il préférait prendre le risque de mourir le ventre plein plutôt que de devenir un de ces fantômes qui peuplaient certains quartiers de Rome, méprisés par tous, une peau diaphane recouvrant des os de verre.

S'il devait mourir aujourd'hui, il ne regretterait rien. Il avait tué pour en arriver là et tous ces gens étaient bien peu estimables. Tous avaient voulu profiter de l'Empire ou de situations pour augmenter leurs profits.

Le meurtre du fils de Didrik était la conséquence de la soif de pouvoir de celui-ci.

Ni remords, ni regrets. Si une deuxième chance lui était donnée, il arrêterait cette vie et peut-être un jour aurait-il l'occasion de sauver une vie ?

140

- Mes amis, dans mes bras !

L'enfant, qui pleurait recroquevillé devant le corps de sa mère, se présentait devant eux en homme chaleureux.

Les deux légionnaires furent totalement décontenancés. Si l'inquiétude n'avait pas totalement disparu, ils savaient que leur sort ne serait point la mort.

Néron s'approcha de Sénèque.

- Et ce vieillard cacochyme qui m'a fait tuer ma mère.

L'Empereur frappa son conseiller au visage. Le conseiller jeta un regard haineux à son ancien élève. L'affection de l'Empereur pour son précepteur permettait à Sénèque cette attitude mais il n'aurait pu se permettre de lui rendre son geste. Le moment n'était pas venu d'attiser la colère de l'Empereur.

Néron reprit :

- Mais il avait raison. Maintenant que cette douce garce est morte, je suis un Empereur libre. Libre mais que beaucoup de gens détestent. C'est pourquoi dès aujourd'hui vous ne travaillerez plus que pour Moi.

Antoine ne savait pas comment réagir et il laissa la parole à Samuel.

- Merci, Empereur, de la confiance que tu nous accordes malgré notre dernière rencontre.

- Quels sont vos noms ?

- Je suis Samuel d'Arimathie et mon compagnon s'appelle Antoine Galla, du nom de son mentor Julius Galla.

- Un enfant des rues ? Ici, dans le palais impérial ? rétorqua Néron surpris. Tu me raconteras ton histoire, un jour. Bien, il y aura des règles à respecter. Vous n'évoquerez plus jamais les événements de la baie de Neapolis. Sinon, vous côtoierez les fauves affamés des jeux du cirque.

Un silence se fit, Néron attendait une réponse de ses interlocuteurs. Antoine se contenta de murmurer un « Bien. » comme s'il prenait des notes.

- Vous êtes attentifs. Parfait. Vous m'appellerez par mon prénom et vous devrez rester disponibles, vous emménagerez donc aux abords du palais. Avez-vous des questions ?

- Qu'attends-tu de nous ? J'aurais souhaité arrêter d'être un meurtrier pour l'Empire, souffla Antoine.

- Ah ! Ah ! Ah ! Chanceux, j'attends de vous votre expertise. Je suis entouré d'incompétents et de lâches. Ils ont tous peur de moi. Vous aussi d'une certaine manière, je connais ma réputation. Mais dans la baie ! Vous avez été les premiers à me confronter aux conséquences de mes choix. Avec vous deux, l'assassin et le protecteur, ma sécurité sera assurée par les meilleurs de l'Empire. Je me souviens de Méthodus venu pour présenter à Claude son corps d'élite, il était fier de ce que vous étiez. Je te rassure donc, Antoine, tu seras là pour ta vision experte du crime et tu conseilleras Samuel afin qu'il planifie ma garde. Avec vous dans ce palais, je suis immortel malgré mes ennemis.

L'Empereur les congédia avec le sourire. Il les attendait le lendemain pour commencer leur travail. Une seule journée leur était laissée pour déménager.

Les sommes promises par l'Empereur facilitèrent les déménagements. Antoine possédait peu de biens et une pléthore d'esclaves envoyée par Néron avait eu vite raison de ses quelques affaires.

Il alla chercher Caletina et Anastasie pendant que Samuel s'occupa de transporter ses affaires avec les esclaves présents.

L'opération s'avéra simplifiée lorsqu'un des esclaves qui dirigeait la manutention lança à Samuel :

- L'Empereur souhaite que vous soyez richement logés. Tes meubles n'ont rien d'élégant et rien de romain d'ailleurs, tout comme toi. Nous t'en achèterons d'autres dans les jours à venir.

- Qu'insinues-tu en disant que je n'ai rien de romain ?

- Es-tu né à Rome ? Es-tu de culture latine ?

- Non, c'est vrai.

- Alors ! Je n'ai pas dit que tu n'étais pas sympathique, en tout cas, je suis né à Rome et je vois bien que tu n'es pas romain, c'est tout. Les gens comme toi quittent Rome ou deviennent romains. L'avenir parlera en temps voulu.

Samuel apprécia la franchise et la finesse d'analyse du personnage. Il dut interrompre la discussion. Il devait ranger dans des coffres toutes les affaires auxquelles tenaient sa femme et sa fille.

Pour les siennes, ce fut vite préparé. Il garda son premier costume d'officier de la légion et les seules affaires qui lui restaient de son enfance étaient celles de Jésus que lui avait confiées Rebecca. Il y a treize ans déjà.

Le confort assoupit les hommes. Samuel savourait un repas en compagnie de sa famille et de son ami venu avec sa nouvelle conquête.

Le luxe de la vie romaine qui lui était offert avait étouffé ses envies de voyage.

143

Certains jours, Anastasie lui demandait de raconter des histoires inspirées de ses voyages. Le cœur de son père s'emballait un peu et l'appel de sa mission ou l'endormissement de son âme voilaient ses ardeurs.

Antoine essayait toujours de se racheter de ses crimes mais l'aisance de sa situation l'éloignait de ceux qui auraient eu besoin d'une aide véritable.

Il ne se faisait pas d'illusions sur ses conquêtes. Il n'était peut-être pas vilain mais les femmes appréciaient autant son train de vie que son physique. Il espérait que la compagne de ce soir briserait sa solitude.

Caletina revenait au dîner accompagnée d'une amphore qui ravit les deux hommes. Elle jeta un regard désapprobateur et maternel à Antoine. Ce regard qui disait « Fais attention à toi, n'abuse pas de ce breuvage ! ». Elle tenait à ce Romain qui était prêt à tout pour son mari.

Samuel se servit en bougonnant.

- Que t'arrive-t-il ? demanda Caletina.

- Je suis un peu déçu.

- Parle, je saurai peut-être te consoler.

Antoine prit la parole :

- Je tournais dans les rues de Rome. Des habitants se plaignent de ces Chrétiens qui font du grabuge. Une dispute a eu lieu devant les synagogues. Beaucoup de personnes ont été arrêtées et des familles viennent se plaindre.

« Néron hésitait à faire un exemple, il m'a demandé mon ressentiment sur l'ambiance mais avec toutes ces arrestations les bas quartiers sont calmes. Je lui ai conseillé de libérer les connaissances des familles les plus riches. Pour les autres, je dois reconnaître que je ne sais comment plaider leur cause.

- C'est bien Rome ça, râla Caletina. Les riches s'en sortent et les autres … Je te comprends, Samuel.

Antoine rit :

- Ton mari s'est habitué à ces injustices, même s'il ne les approuve pas, mais son mécontentement vient d'une rencontre que j'ai faite. J'ai vu deux de ses connaissances, Pierre et Paul. Ils étaient accompagnés d'un scribe dénommé Luc. Il a voulu les voir mais je ne les ai pas retrouvés. Je leur ai conseillé de quitter Rome pour le moment. Ils ont dû se cacher.

Anastasie s'exclama :

- Paul ! Le Paul avec qui tu t'es battu à Athènes ?

- Non, j'ai calmé un esclandre. Si ce Paul ne s'est pas assagi, je ne suis pas surpris qu'il y ait eu une bagarre à la synagogue.

Mélania, la compagne d'Antoine du moment, demanda :

- Samuel, comment connais-tu ces Chrétiens ?

Il raconta quelques éléments de son enfance à Jérusalem et les rencontres de Pierre et Paul à Athènes. Anastasie écouta avec plaisir les récits de son père et dit à Mélania :

- Surtout, tu ne dis pas que mon père a connu Jésus. C'est un secret !

- J'ai expliqué ça à ma fille pour éviter que tout le monde sache qu'une connaissance de Jésus vit auprès de l'Empereur. Cela pourrait m'attirer des ennuis. Puis ces Chrétiens font plein d'histoires.

- Tu ne les aimes pas ? questionna Mélania.

- Disons que mon éducation juive fait que je me méfie des Israélites qui ont renié leur foi initiale mais les païens, cela m'est égal. Avec le recul, je ne suis pas sûr d'avoir honoré la promesse faite à mon père de respecter ma religion. Je suis marié avec une non-juive mais elle fait mon bonheur.

- As-tu des souvenirs de Jésus ?

145

- J'avais dix ans et passais ma vie à éviter les cours d'éducation religieuse pour courir dans Jérusalem. Malgré tout, les souvenirs de son charisme, de son aura me reviennent. Je ne comprenais pas tout pourtant j'étais impressionné ou subjugué… Pourquoi ces questions ?

- J'ai rencontré certains de ces Chrétiens. Les principes de ce Jésus m'attirent. Ta femme, quand elle a parlé d'injustice, serait aussi de mon avis. Par contre, le mystère qui existe autour de la résurrection du Christ m'effraie.

- Aucun membre de ma famille n'a revu Jésus après sa mort. Rien de plus vrai, rien de plus normal.

La soirée continua avec des sujets moins sérieux amenés par les étranges épices qui cachaient le goût vinaigré du vin.

Les convives se quittèrent tard dans la nuit. Samuel et Antoine se retrouveraient de bonne heure afin de préparer un déplacement de l'Empereur vers Antium.

Aller à Antium, sur un parcours planifié par Antoine et Samuel était de tout repos.

L'équipée composée de quelques légionnaires, de l'Empereur et de ses proches avançait avec lenteur. Le pas calme de la troupe témoignait de l'aise qu'elle prenait à son voyage.

Sénèque était là. Il devenait peu à peu l'homme âgé que voyait Néron cinq années plutôt, le jour du meurtre de Julia Agrippina. Il soliloquait auprès de Samuel qui fermait le convoi.

Un discours emphatique sur les bienfaits de la brise que l'on rencontre en sortant de Rome arrivait paresseusement aux oreilles de Samuel. Ce public inattentif profitait bien plus du vent qui lui caressait le visage que de la pénible logorrhée qui lui était offerte.

Le flot de paroles paraissait inextinguible et Samuel fut surpris de l'apparition d'un « Tiens ! » dans l'abondance verbale qu'il pensait vivre jusqu'à Antium.

Il leva les yeux au ciel et les plissa à la vue d'un soleil brûlant. Midi approchait donc. Sénèque reprit :

- Que fait-il là celui-là ?

Un homme s'approchait à une vitesse folle sur un cheval vieillissant, les deux êtres à bout de souffle. Sénèque assurant qu'il ne représentait aucun danger, Samuel lui fit donner à boire et lorsque le messager reprit ses esprits il lança :

- Rome brûle !

- Quoi ? les talents d'orateur du conseiller se brisaient sur la surprise.

- Le feu a pris sur un marché près du Circus Maximus. Avec cet été qui dévore tout, les secours n'ont rien pu faire. Les flammes s'étendent dans toutes les directions. Nous ne pourrons pas sauver toute la ville. J'ai été envoyé pour connaître le choix de Néron et …

- Qu'elle brûle ! Néron s'était approché discrètement et avait lancé son jugement sans appel.

Le silence se fit. Le messager reprit :

- Mais toute la légion est mobilisée.

- Alors nous devons rentrer au plus vite. J'ai l'opportunité de faire une ville à mon image. Débarrassons-nous de cet héritage étrusque ancestral !

Sénèque intervient :

- Les morts entraînées par une telle catastrophe ne sont pas souhaitables puis ta popularité …

- Tu as raison. Voilà la mission des légionnaires : évacuer la population.

Néron retournait vers son char au milieu de visages blêmes. Il appela Antoine et Samuel :

- Pouvez-vous gérer cette situation ?

- Nous ferons au mieux, dit Antoine, mais personne ne peut gérer ça.

- Prenez mes propres chevaux, ce sont les meilleurs ici et partez avec ce porteur de triste nouvelle. Nous vous rejoindrons au plus vite.

Le trajet parcouru en quatre heures, durant la matinée, le fut en une seule, au péril de la vie des montures. Antoine géra le gros des troupes avec quelques centurions efficaces.

Samuel partit avec une décurie ; il allait chercher sa famille et Mélania. Le choix égoïste était assumé. Samuel n'aurait pu assurer aucune mission sachant sa famille en danger.

Les abords de la demeure de l'Empereur n'étaient pas touchés par les flammes. La légion l'avait protégée jusque là. Elle disparaissait lentement pour assurer les missions d'évacuation prévues. Si le vent tournait, tout le quartier serait la proie du feu terrifiant qui planait au-dessus de la ville.

Arrivé chez lui, Samuel trouva Mélania terrifiée. Elle avait rejoint ses seules connaissances dans ce quartier. Caletina, Mélania et la fillette avaient déjà un bagage léger préparé. Caletina avait retrouvé ses réflexes vénètes où les flammes pouvaient avaler un village en quelques minutes.

Samuel embrassa sa femme qui l'impressionnait chaque jour un peu plus.

En quelques minutes, la décurie amenait avec célérité Mélania, Caletina, Anastasie et Samuel en sécurité.

Pour la première fois les femmes entrèrent dans une tente de commandement.

Antoine, accompagné de quelques centurions, gesticulait autour d'une carte pour savoir où devaient être dirigés les milliers d'évacués.

Samuel entra dans cette danse furieuse. Mélania en romaine avertie lança :

- Si nous allions sur les Champs de Mars. Il y a peu de constructions pour prendre feu et le Tibre nous protégera. Il sera toujours temps de trouver un moyen de le traverser pour atteindre les Champs du Vatican.

Le silence se fit, à nouveau ce jour funeste. Mais cette fois-ci, ce n'étaient pas les cigales qui le troublaient mais le crépitement d'un feu lointain accompagné de cris d'agonie.

Peut-être même que certains légionnaires rougirent de n'y avoir point pensé. Cela n'empêcha pas de prouver l'efficacité de la Légion Romaine.

Quand le camp fut installé au nord de Rome, des évacués arrivaient par centaines.

Quand Néron arriva, ce sont des milliers de Romains qui étaient sur les Champs de Mars.

Néron prouva qu'il était l'Empereur. Il envoya des émissaires dans les alentours de Rome chercher toute la nourriture disponible à ses frais. Même si quelques réquisitions diminueraient le coût de l'opération.

En entendant parler de la possibilité d'un déplacement de la population vers le Vatican, il ordonna la construction d'un pont.

La nuit tombait sur Rome qui se faisait toujours plus chaude. Chacun faisait comme il pouvait pour soigner les blessures des corps et des âmes. Le sommeil attrapa la plupart d'entre eux.

Vingt-quatre heures après, le cœur de l'Empire brûlait toujours. L'ogre rouge qui s'était invité en ville aurait à manger pour plusieurs jours encore si l'on n'éteignait pas les multiples feux qui se propageaient. Un ogre roux plus féroce encore était inflexible. Néron voulait la destruction de sa capitale.

On sauverait les vies mais la ville, elle, ne devait pas se relever de l'incendie.

En fin de journée, le pont était fini et des vivres arrivaient dans des quantités incroyables pour le peuple pauvre de Rome. Des campements de fortune s'installaient sur les champs de Mars et du Vatican. La population gonflait.

Plusieurs dizaines de milliers d'habitants étaient déjà là. L'ogre rouge continuait son orgie.

Le troisième jour se levait sur l'incendie.

Anastasie mangeait avec Antoine une miche de pain. Les pieds baignant dans les eaux fraîches du Tibre. L'air restait chaud en permanence autour de Rome.

Le soleil était levé mais personne n'aurait pu dire si la chaleur venait de l'astre ou du gigantesque feu.

Antoine s'était isolé des tentes de commandement et Anastasie dormait peu, traumatisée par l'incendie et son impuissance.

Elle aurait voulu aider les adultes mais que faire à cet âge ?

Antoine et Anastasie mâchaient machinalement la mie. Tous deux pensant au bien qu'ils voudraient faire autour d'eux.

150

Lorsque des pleurs surgirent. Un jeune garçon, peut-être un peu plus âgé qu'Anastasie, se dirigeait vers le nord. Il parlait un grec soigné et tenait tout contre lui un volumen[17].

Ils n'étaient pas certains de pouvoir faire grand-chose face à cet incendie mais ils recueillirent le garçon. Il voulait retrouver ses parents or le grec approximatif de ses deux interlocuteurs rendait difficile la discussion.

Le garçon satisfait de trouver des interlocuteurs voulut dessiner un plan dans la terre aux abords du fleuve. Antoine l'amena auprès d'une des cartes de Rome déployées dans les tentes de commandement. Le jeune grec réfléchit et pointa une zone précise sur la carte et se mit à parler à toute vitesse.

Antoine cria :

- Tais-toi ! puis se tournant vers Caletina. Je connais ce quartier, je l'ai fouillé de fond en comble il y a peu. De plus, le feu doit être récent, il ne s'était pas encore propagé là-bas dans la nuit. Je peux peut-être encore faire quelque chose.

Il regarda le garçon dans les yeux et lui dit en grec :

- Maison ?

Le jeune garçon se concentra et put décrire avec ses quelques mots de latin une habitation

- Je connais cette maison ! s'exclama Antoine.

Il disparut à une étonnante vitesse.

Anastasie prit le garçon par la main et l'amena à sa mère.

La fatigue et les circonstances avaient entraîné cette réaction incongrue mais Caletina rit.

17 Rouleau de parchemin répandu avant le développement du cahier

151

Les deux enfants se trouvaient devant deux femmes, l'une riait pour une raison encore obscure et l'autre pleurait de savoir son compagnon plongé dans une mission périlleuse au cœur des flammes.

Anastasie qui avait connu plusieurs des conquêtes d'Antoine comprit un peu ce qu'était le véritable amour en voyant la réaction de Mélania. Elle n'aurait pas imaginé que cet aventurier puisse trouver une femme qui pleure pour lui.

Par contre, elle crut que sa mère était folle. Depuis que le garçon s'était présenté, elle riait.

Elle leur prépara tout de même une collation. En fait du pain et, ce qui semblait magique en ce lieu, des dattes sucrées à souhait. Sa mère ne pouvant plus parler à cause d'un rire inextinguible.

Le garçon épuisé mangea, perturbé par l'ambiance autour de lui. Avoir faim ne l'aurait aidé en rien.

Anastasie regardait l'horizon ne sachant que faire. Elle n'essayait pas de parler au garçon, elle n'avait d'ailleurs pas compris son nom quand il s'était présenté à sa mère. Elle avait toujours vécu à Rome et, contrairement à ses parents qui avaient tant voyagé, elle n'avait jamais eu besoin d'une autre langue que le latin.

Samuel revint. Il expliquait qu'il avait organisé une nouvelle évacuation d'urgence et s'arrêta en voyant Mélania en pleurs.

Il se tourna vers Caletina qui se jetait dans ses bras. Elle parlait à toute vitesse en vénète. Anastasie reconnaissait cette langue car ses parents l'utilisaient pour se disputer mais elle ne la comprenait pas. Le ton n'était somme toute pas celui d'une dispute.

152

Samuel parla calmement à sa femme qu'il invita à se reposer. Rassurée par la présence de son époux, elle s'endormit en quelques secondes.

Anastasie vit son père utiliser une langue qu'elle n'avait jamais entendu et le garçon lui répondit dans la même langue. Ce n'était pas du grec. Surprise, elle demanda à son père :

- Que se passe-t-il ? Connais-tu ce garçon ?

- Je ne le connais pas mais le jeune Joseph que tu vois là est sûrement ton cousin germain.

Samuel avait rassuré Mélania qui s'était arrêtée de pleurer. Les capacités d'Antoine à se sortir vivant de toute situation étaient hors du commun.

Anastasie écoutait avec attention les questions que se posaient son père et le jeune Joseph. Elle ne comprenait pas tout mais son père lui expliquait l'essentiel.

Rome pouvait bien brûler derrière lui, le destin avait offert à Samuel des nouvelles de sa famille.

Caletina apparut. Elle s'excusa auprès du garçon pour sa réaction mais avec la fatigue, en entendant son nom, elle avait cru devenir folle. Elle rencontrait le père ou le frère de son mari. Elle n'avait pas pensé avoir un neveu et elle avait fait une crise de nerfs.

La matinée touchait à sa fin et l'absence d'Antoine faisait augmenter la tension. Personne n'avait d'appétit sauf Joseph. Anastasie partit distribuer la nourriture qui n'avait pas été consommée aux orphelins qui traînaient autour des campements improvisés dans les champs de Mars et du Vatican. Elle entra en trombe dans la tente :

- Il est là ! Il est revenu !

Mélania courut vers son amant et lui sauta dans les bras. Il ne put la retenir, ses mains étaient entièrement bandées. Il les avait faites soigner par des médecins du camp.

Il raconta alors son périple.

Le quartier désigné par Joseph était celui où se tenait la synagogue. Il l'avait donc fouillé quelques jours plutôt. La maison décrite par le garçon se trouvait en face de la synagogue dans ses souvenirs.

Effectivement, il trouva la maison avec un homme qui hurlait devant. Il reconnut le jeune scribe Luc.

Le feu était arrivé dans le quartier à la fin de la nuit et malgré la vigilance des derniers habitants, il ne lui fallut que quelques minutes pour se répandre.

Luc avait aidé Pierre à sortir de la ville. Le vieil homme avait été évacué par des légionnaires. Le scribe était revenu pour aider l'homme qui les logeait. Celui-ci était mort en sautant par le fenêtre. Quand Antoine était arrivé, Luc hésitait à entrer dans la maison, il pensait avoir perçu un appel.

Antoine n'hésita pas. Lorsqu'il mit le pied dans la maison, une sensation de chaleur l'étouffa. Il vit un homme qui gémissait, les jambes coincées sous une poutre ardente.

Luc tremblant avait suivi Antoine.

Antoine souleva la poutre en hurlant, souffrant du poids et de la chaleur. Luc tira l'homme prisonnier. Celui-ci appela sa femme. Antoine lui releva la tête lui montrant la pièce rouge de braises gigantesques. Il lui souffla à l'oreille :

- Je comprendrais que tu veuilles rester avec elle ici mais nous, nous devons partir.

- Emmène-moi, je dois retrouver mon fils.

Antoine ne pouvait porter l'homme jusqu'au camp à cause des blessures de chacun. Par chance, ils trouvèrent une brouette et Luc put transporter le blessé.

Les heures s'étaient égrainées lentement et le soleil avait largement entamé sa course descendante.

Les secours étaient bien organisés et la présence de Samuel ou d'Antoine n'avait plus d'intérêt auprès de l'Empereur. Ses choix s'arbitraient toujours ainsi : si Rome se détruisait, il était satisfait et il fallait simplement sauver la population.

Le sort de la population ne lui était pourtant d'aucune importance. Il ne le cachait pas. Il voulait une cité vivante donc peuplée et il ne comptait pas reconstruire la ville lui-même.

Les foules étaient partagées entre le soin que Néron avait pris à nourrir le peuple et ses choix destructeurs qui avaient fait des milliers de morts.

L'ambiance était morne autour de Samuel. Il se sentait impuissant, Caletina et le jeune Joseph s'étaient endormis d'épuisement, cachés au fond de la tente. Mélania racontait sa vie à Anastasie, cette petite fille curieuse aux mille questions.

Un homme s'approcha, il s'adressa à Samuel :

- Pardon de vous déranger, Monsieur, je cherche une certaine Mélania, j'ai un message pour elle.

- Qui vous envoie ? lança Samuel méfiant.

- Je ne sais pas, avec toute cette agitation, je ne lui ai même pas demandé son nom. Mais il m'a parlé d'elle comme de sa femme.

Joseph apparut subitement, ses cheveux en bataille et le visage encore rouge des pleurs qui avaient creusé son visage dans cette journée interminable.

- Luc, Luc. Si tu es là peut-être sais-tu ce qui s'est passé pour Père et pour Mère. Oh, Luc, dis-moi ce que tu sais.

155

En voyant le jeune garçon courir vers lui, les yeux du jeune homme s'embuèrent.

- Mon pauvre, tu es là ! Ton père t'attend un peu plus loin mais il est gravement blessé. Tu devras être courageux.

- Et Mère ?

- L'homme qui m'envoie ici a pu sauver ton père mais pour ta mère, il était déjà trop tard.

Mélania intervint. Elle décrit rapidement Antoine. Luc reconnut aussitôt le portrait. Il confirma qu'il était sain et sauf malgré des blessures importantes aux mains.

Tout le monde souhaitait venir au chevet des malades. Ce Luc qui avait l'air si timide fut pourtant ferme. Les blessés avaient besoin de repos. Il n'était pas judicieux de les déranger et les médecins voulaient du temps pour donner leur avis. Il conclut ainsi :

- J'ai promis à Joseph que je retrouverai son fils.

Puis se tournant vers le jeune Joseph :

- Il ne mourra pas tant qu'il ne t'aura pas vu. N'aies crainte.

Le temps se dilata encore un peu plus. Si les âmes vivaient la tourmente, les corps, eux, se reposèrent.

Caletina avait levé Anastasie. Elles n'iraient pas voir les blessés dès aujourd'hui. Samuel et Joseph devaient retrouver leur frère et leur père respectif dans la personne du fameux blessé. Mélania souhaitait, au plus vite, serrer Antoine dans ses bras.

Caletina et Anastasie avaient déniché une collation pour que tous retrouvent un peu d'énergie.

Alors qu'elles préparaient une table décente, Caletina parlait à voix haute.

- Qu'est-ce qui peut bien encore brûler dans cette ville maudite ?

Elle projeta son regard sur le champ de Mars. Elle voyait les familles chanceuses, comme eux, qui étaient ensemble, mais elle voyait surtout les personnes seules qui erraient à la recherche d'une connaissance.

Si elle n'avait jamais eu de sentiments pour cette ville au cœur de l'Empire, elle souhaitait désormais quitter cette cité.

Les yeux dans le vague, une vision attira son attention. Cette démarche, malgré les vêtements brûlés, Antoine venait à leur rencontre. Elle appela doucement Mélania qui se leva rapidement. Elle reconnut assez vite Antoine et courut vers lui.

Il allait bien. Les médecins l'avaient lavé entièrement pour trouver des traces de brûlure. A part ses mains, gravement brûlées, il se portait bien. Il avait été drogué pour s'endormir et se sentait reposé.

Tout le monde fêta le retour du héros. Joseph demanda timidement des nouvelles de son père. Toute discussion cessante, Antoine se leva :

- Allons le voir, il faudra être courageux, je ne sais pas s'il survivra à ses blessures.

Luc intervint :

- Repose-toi Antoine. Je vais accompagner Samuel et le jeune Joseph auprès de … du grand Joseph.

- Joseph a été déplacé. L'Empereur, ayant appris que le frère de Samuel comptait parmi les blessés, l'a fait déplacer dans sa tente afin qu'il y reçoive les meilleurs soins.

- Alors nous irons seuls, intervint Samuel. Je sais où les trouver. Merci encore à vous deux.

Les retrouvailles furent douloureuses malgré la joie ressentie par les deux frères de se voir à nouveau.

Un médecin informa les deux hommes et le garçon de ses constatations. Les nombreuses brûlures avaient malheureusement entraîné des nécroses. Il écartait la possibilité de toute amputation. Une intervention douloureuse qui ne donnerait que quelques jours de plus au patient s'il survivait.

Le jeune Joseph pleura beaucoup. Il y a à peine plus d'un jour, il avait ses deux parents et il se retrouvait désormais confié à un oncle inconnu.

Les deux frères parlèrent longuement.

Joseph raconta sa vie à Athènes, la rencontre avec Hanna, donna des nouvelles d'Elie et des autres et évoqua évidemment la mort de Marie et de leur père.

Samuel raconta ses aventures. Joseph y croyait à peine et comprit comment l'emballement des événements avait amené son frère à s'éloigner de la religion.

Peu à peu, ils en vinrent à parler des Chrétiens. Joseph critiquait les largesses qu'ils prenaient avec le dogme judaïque. Samuel leur reprochait leur méthode. Il se rappela les agissements de Paul à Athènes et les récents accidents qui avaient eu lieu au cœur de la capitale de l'Empire.

Une voix les interrompit :

- Je me demande ce que je vais faire de ces fanatiques. Tibère et Claude ont maté les Juifs et maintenant les Chrétiens prennent la relève.

Néron se tenait à l'entrée de son logement provisoire.

- Désolé de vous avoir interrompus. Je suis ravi de rencontrer le frère d'un de mes plus fidèles lieutenants.

- Merci pour votre aide et le soin qui m'a été apporté, répondit Joseph. Mais pourquoi vous en prenez-vous aux Juifs puisque vous savez qu'ils n'ont rien fait ?

- C'est plus compliqué que ça ! C'est un Empire que je dirige, pas un petit quartier de Juifs dans une ville pacifiée. Il y a eu des agitations à Rome même. Si des Juifs ont subi des mauvais traitements c'est qu'ils étaient mêlés malgré eux à des querelles. Ils n'ont qu'à s'en prendre à ceux qui les ont attaqués. Moi, j'assure la sécurité de tous.

Les deux frères comprirent que les opinions tranchées de Néron ne bougeraient pas. Dans l'immédiat, ils lui devaient le confort dans lequel se faisaient leurs retrouvailles. Ils ne souhaitaient pas le froisser.

Néron se montra fort amical avec Joseph dont il appréciait l'érudition. Un légionnaire fut mis à son service pour les derniers jours qui lui restaient à vivre.

Ses dernières heures s'écoulèrent lentement. Il pleura sa femme mais voulait perpétuer les règles de vie que son père lui avait inculquées.

Joseph fut traité comme un patriarche. Il put édicter ses dernières volontés à de nombreuses personnes.

Dans le même temps, Samuel et Antoine demandèrent leur congé à l'Empereur. Néron comprit que les récents événements amenaient ses lieutenants à remettre en cause leur vie à Rome. Ces hommes taillés pour l'aventure avaient assez végété. La relève étant assurée pour assumer leurs fonctions Néron accepta à la condition qu'il choisisse leur destination. Les deux hommes acceptèrent.

Avaient-ils le choix ?

Néron choisit l'île de Bretagne. Il avait utilisé la force pour réduire à néant les dernières résistances sur l'île mais il devait désormais intégrer ces barbares à l'Empire. Il essayait donc d'inciter des Romains à s'installer là-bas.

Cette incitation ressemblait à un ordre, pourtant obéir à Néron leur rendrait leur liberté.

Ils bénéficieraient même d'une escorte militaire. Néron s'assurait ainsi que ses ordres seraient respectés et que ces deux hommes qui en savaient tant sur lui se tiendraient loin de Rome.

Joseph dut à nouveau remercier cet Empereur qui lui promit de donner les moyens nécessaires pour assurer la réalisation de ses dernières volontés.

Samuel et Caletina promirent de s'occuper du jeune Joseph comme de leur propre fils.

Celui-ci promit à son père de continuer à tenir les chroniques de sa famille. Il tiendrait son journal et ferait le récit des aventures de son oncle. Il conserverait l'essence de sa foi en Bretagne pour ne pas laisser la place libre aux Chrétiens qui propageaient leurs croyances si vite. Peut-être créerait-il une école judaïque ? Surtout, il devait devenir un homme bon.

Luc apprendrait au jeune Joseph à entretenir des documents écrits. Science complexe à l'époque des parchemins.

Antoine ramènerait au jeune Joseph les écrits les plus importants de son père et de son grand-père. Il devrait faire un détour par Athènes ce qui nécessitait l'autorisation de Néron. Il apprécia que cette mission fut confiée à Antoine qui ne serait pas tenté de rester en Grèce.

Toutes ces missions seraient accomplies.

Mais dans l'immédiat, la vie à Rome de Samuel devait se conclure.

Joseph, son frère jumeau, rendit son dernier souffle dans un soupir qui sembla éteindre ce gigantesque incendie.

Chacun se dirigeait désormais vers sa nouvelle vie.

Les cinq promesses

Néron

L'Empereur de Rome, un esthète que sa mère avait levé au plus haut rang. Elle en avait été généreusement remerciée d'une lame de grande qualité insérée de plusieurs centimètres dans sa gorge.

Peut-être, comme d'autres, aurait-il été préférable qu'il devienne artiste ?

On lui reconnut un certain talent pour les versifications mais, aujourd'hui, alors que les cendres encore fumantes de la plus grande cité de l'Empire dégageaient une odeur nauséabonde, le plus beau des poèmes n'aurait pas amélioré la situation.

Sa grande sensibilité, et ses meilleurs espions, lui firent comprendre qu'il serait jugé comme responsable de la catastrophe.

Certains de ses détracteurs l'accusaient même d'avoir ordonné la mise à feu de la ville.

Il fallait donc détourner l'attention du peuple.

La Bretagne avait été pacifiée dans le sang.

La Palestine, une province d'un calme soporifique.

De nouvelles conquêtes ?

Partir plus loin en Afrique ? La chaleur et le sable représentaient des difficultés imprévisibles tout comme les peuples du désert.

Les barbares du nord-est ? Le commerce avec ces peuples était une manne pour quelques privilégiés qu'il froisserait inutilement.

L'Inde ? Alexandre le Grand y avait perdu sa raison.

162

Néron avait mal dormi. Alors qu'il souhaitait recréer la plus grande cité du monde, laisser un héritage à l'humanité toute entière, marquer l'histoire, il devait se préoccuper de sa popularité. En réalité, elle le préoccupait peu mais elle avait son importance s'il voulait se consacrer pleinement à son projet de Rome nouvelle.

Il se fit un calendrier.

Dans un premier temps, quitter les champs de Mars où les solliciteurs venaient le perturber continuellement.

Trouver des architectes pour sa nouvelle demeure en priorité puis pour toute la ville.

Détourner l'attention du peuple avec des actes guerriers.

Reconstruire Rome.

Maintenant, il devait évaluer le temps consacré à chacune de ces tâches. Le soleil ne s'était pas levé qu'il fut interrompu. Les visages qui se présentèrent à lui le rassurèrent. S'ils avaient besoin de lui, au moins, ils ne pleurnicheraient pas. Il s'avança souriant :

- Antoine, Samuel, comment allez-vous ?

- Bien, nos préparatifs sont assez rapides. Nous n'avons presque plus rien. Caletina et Mélania n'ont pas pu sauver grand-chose. Le jeune Joseph n'a qu'un calame et un rouleau de parchemin que lui a procuré Luc, ici présent.

- Bonjour à toi.

Luc, peu habitué à côtoyer les hommes de pouvoir, bafouilla des salutations confuses.

Néron l'interpella :

- Tu parles comme un Grec mais tu as une tête de Palestinien !

163

- Je suis né en Grèce mais mon père vient d'Assyrie.

Néron se fit silencieux. Antoine voulut prendre la parole. Néron leva un index qui montrait une intense réflexion et exigeait le silence. Un esclave entra même dans la tente et recula sans prendre la parole. Depuis qu'il servait l'Empereur, il savait que faire dans ces cas-là : disparaître.

Antoine, Samuel et Luc attendirent. La statue qui leur faisait face s'anima.

- Que vouliez- vous ?

Antoine répondit calmement :

- Nous voulions te demander quand nous pourrions partir.

- Je vais mobiliser une décurie pour chacun de vous. Les décurions me feront un rapport sur vos voyages. Ils ont pour ordre de vous quitter à Londinium[18]. De là-bas vous vous rendrez seuls dans la ville où vous souhaitez vous établir. Antoine, tu pars en Grèce avant de rejoindre la Bretagne ?

- Oui. Ne pourrions-nous pas faire la route ensemble en Grèce ?

- Non, je souhaite que Samuel s'installe au plus tôt en Bretagne.

A part Luc, personne n'était dupe. Si Samuel partait en Bretagne immédiatement, Antoine serait obligé de l'y rejoindre pour tenir sa promesse. Néron ne voulait pas leur faire de mal mais il les préférait loin de lui s'il n'avait plus de prise directe sur eux.

Néron leur confia des décurions valeureux de leur connaissance. Ils étaient rassurés car ces hommes les protégeraient fidèlement. Tout comme ces soldats seraient fidèles à Néron et feraient des rapports rigoureux.

18 Londres

Ils seraient protégés et surveillés mais Samuel se satisfaisait d'un voyage confortable qui s'annonçait sécurisé.

L'Empereur saisit Luc par l'épaule :

- Dis-moi, tu es Juif ou préfères-tu les dieux Grecs ?

- Mes parents ne m'ont pas donné d'éducation religieuse à proprement parlé et je confonds parfois les dieux grecs et assyriens. En rencontrant Pierre et Paul, je me suis converti. Je suis devenu chrétien. J'ai décidé d'écrire les histoires et les voyages de ce peuple. Je suis scribe. Je recueille des témoignages et, un jour, j'écrirai tout ça pour laisser des écrits sur la vie de Jésus et des premiers Chrétiens.

- Quel projet ! Dans l'immédiat, je veillerai à ta protection. Tu as promis au jeune Joseph de lui transmettre ton savoir. Tu seras donc sous la protection de mes légionnaires. Tu partiras avec Samuel et Joseph vers la Bretagne. Quand ta mission sera accomplie, tu seras libre. Evite tout de même les villes romaines sans l'escorte que je propose à Samuel.

- Pourquoi donc ? Je ne comprends pas.

- J'ai besoin de changer les idées du peuple. Le moment d'une campagne militaire n'est pas venu. Je vais accuser les Chrétiens de la situation.

- Pourquoi me protèges-tu ?

- J'ai fait une promesse au frère de Samuel. Tu dois vivre pour qu'elle soit tenue. Tiens ta promesse et tu seras libre. Tes amis Chrétiens ne sont pas très populaires avec les troubles qu'ils causent dans les villes où ils passent. S'en prendre à eux sera plus simple.

- Il faut que je prévienne les autres communautés chrétiennes de ton projet.

- Abandonne cette idée. Ta sécurité dépend de moi. Tu suis mes ordres. Voilà tout. Ne t'inquiète pas. Je ne tuerai pas tous tes coreligionnaires, quelques personnes par-ci par-là pour l'exemple. Vous n'êtes pas les premiers à diffuser des idées saugrenues dans l'Empire. Vous êtes là au mauvais moment, voilà tout. Tu verras, les Chrétiens seront oubliés de ton vivant.

Néron salua pour la dernière fois Antoine et Samuel.

Luc était troublé. Il se sentait prisonnier. Antoine s'adressa à lui :

- Je suis désolé pour toi mais il passera à autre chose un jour et tu seras à nouveau libre. Mélania me parle souvent des Chrétiens, accroche-toi à ton idée d'écrire votre histoire, ça t'aidera à tenir.

- Merci. J'écrirai aussi sur cet empereur. Je ne veux pas que l'Histoire oublie qui il était.

Luc

Il se sentait prisonnier du voyage qu'il allait devoir faire. S'il l'avait entrepris librement, il aurait simplement respecté la promesse faite à Joseph d'Arimathie, deuxième du nom. Maintenant, il devrait traverser la Gaule avec l'angoisse de savoir que son peuple serait peut-être persécuté.

C'était un homme taciturne qui accompagnait Samuel et sa famille vers l'île de Bretagne.

Samuel prépara son voyage avec Philippus, le décurion responsable de l'escorte. Les deux hommes comptaient bien profiter des largesses offertes par Néron pour faciliter leur voyage. L'empereur avait fait les courriers nécessaires afin qu'ils soient reçus par les représentants de Rome en Gaule.

Samuel souhaitait découvrir la capitale des Gaules, Lugdunum[19]. Le trajet était simple. La via Julia Augusta les amènerait à Arelate[20] en Gaule narbonnaise. De là, la via Agrippa les amènerait à Lugdunum.

Pour la suite, deux options s'offraient à eux. Rejoindre Bolonia[21] qui permettait de faire un trajet en bateau plus court vers la Bretagne ou rejoindre l'Armorique[22]. Un des légionnaires qui les accompagnait, Dago, originaire de cette région, affirmait que les liaisons commerciales vers la Bretagne étaient nombreuses. Un choix serait fait à Lugdunum.

Il était temps de partir.

Une surprise attendait les voyageurs. Le chariot qui contenait leurs affaires était conséquent or le sac qu'avait récupéré Caletina avant l'incendie ne contenait que le jouet

---

19 Lyon
20 Arles
21 Boulogne
22 Actuelle région de Bretagne

préféré d'Anastasie et les affaires de Jésus. Elle n'avait rien pris pour elle. En tant que Vénète, elle restait peu attachée aux choses matérielles.

Le jeune Joseph et Anastasie pénétrèrent dans le chariot. Anastasie en descendit l'air déçu alors que Joseph affichait un beau sourire, pour la première fois ces derniers jours. Il regarda Luc :

- Des rouleaux de parchemin, plein ! Tu pourras m'apprendre ta science de l'écrit et de la conservation.

Luc et Samuel regardèrent à l'intérieur du chariot. Luc grimpa et regarda quelques rouleaux.

- Ils sont tous vierges. Quand ce Néron promet qu'il donnera les moyens nécessaires, c'est impressionnant.

Samuel lança en riant :

- Ton histoire des Chrétiens, tu l'écriras avec ces rouleaux, ce sera ta vengeance.

Luc sourit enfin lui aussi.

Ils firent leurs adieux à Antoine et Mélania. Ils prendraient la Via Flaminia dans un premier temps. S'ils partaient avant la fin de l'été, le détour par Athènes risquait de leur faire traverser la Gaule en hiver, ce qui ne serait pas aisé.

Quitter Rome, une ville de cendres, était facile pour tous. Plus encore pour Samuel et Joseph : le premier retrouvait le plaisir de la surprise du voyage en toute sécurité, le second laissait derrière lui la mort de ses parents.

L'influence de Rome était partout sur la péninsule italienne et en Gaule narbonnaise. Pisae, Genus et toutes les autres villes étaient des villes romaines, des petites Rome qui offraient peu de fantaisie.

Le voyage s'était déroulé paisiblement. Le peu de temps consacré aux étapes obligeait la caravane à faire une halte de quelques jours à Arelate.

Arelate était à un carrefour commercial. Cette ville était pleine de vie et laissait espérer un ravitaillement de qualité.

Ils furent accueillis par le consul, plus haut magistrat de la ville, qui les logea luxueusement le temps de leur séjour. Il était absent du lever au coucher du soleil. La gestion de la ville et de ses affaires ne lui laissait que peu de temps pour ses invités.

Chaque soir, il faisait servir un copieux repas pour le savourer entouré de ses hôtes.

Samuel, sa famille et le décurion Philippus étaient habitués aux mœurs romaines. Joseph fut déstabilisé.

Elevé dans un judaïsme rigoureux, il était habitué à ne manger qu'entre Juifs. Samuel lui avait expliqué que les deux premiers Joseph d'Arimathie avaient dû aussi assouplir cette règle qui obligeait les Juifs à manger entre eux, surtout en vivant dans des contrées où le judaïsme était une exception.

Samuel raconta son voyage sur la route de Byzance. Le savoir que lui avait transmis Nikon et l'aide que lui avait apportée Giorgeou.

- Ces hommes n'étaient pas juifs mais je ne regretterais aucun des repas partagés avec eux.

Le magistrat se mit à poser des questions à ses hôtes sur leurs origines, leurs liens familiaux qui les unissaient. Il voulut également en savoir plus sur leurs accointances avec Néron.

Il se passionna pour les aventures de Samuel. Luc interpella alors Joseph :

- Voilà un exercice intéressant pour toi. Je n'ai rien à t'apprendre sur les langues. Ton instruction et ton usage des lettres sont parfaits. Tu pourrais, en plus du récit de notre voyage vers la Bretagne, faire celui de ton oncle d'Athènes à Rome. Tu verras, raconter l'histoire d'un autre, c'est différent. Tu dois transposer une parole en la réorganisant pour un récit cohérent mais tu recherches avant tout la vérité. Du moins dans notre démarche.

L'Arlésien s'adressa alors à Luc :

- Vous êtes donc le scribe assyrien. Etes-vous juif comme l'enfant ?

- Non, je suis Chrétien.

- C'est une nouvelle religion ?

- Vous n'avez pas entendu parler des Chrétiens ?

- Je suis en Gaule depuis quelques années et l'administration de la ville et mes affaires me prennent tout mon temps. Les rares problèmes de sécurité dévolus aux légionnaires d'Arelate concernent des bagarres de marchands ou d'ivrognes. La seule religion que les Arlésiens partagent est celle du sesterce.

Philippus, plutôt discret d'habitude rit et lança à Luc :

- Au moins, cette nuit, tu dormiras sur tes deux oreilles ! Tu n'as plus à chercher tes coreligionnaires, tu es le Chrétien le plus au nord de l'Empire.

- Tu savais que je sortais la nuit ?

- On t'a suivi au début mais tu revenais toujours alors tu as gagné notre confiance. Tu as sauvé beaucoup de monde ?

- Depuis Pisae, personne.

- Pourquoi ces sorties en cachette ? demanda le magistrat.

- Néron veut s'en prendre aux Chrétiens pour faire un exemple suite à quelques troubles qu'ils auraient causés, répondit Samuel.

- Encore une lubie de cet empereur. Encore quelques années et il en sera fini des descendants de Tiberius Nero. Ils

170

ont confisqué l'Empire depuis des dizaines d'années. Néron n'aura jamais d'enfant et nous serons débarrassés. Bien évidemment, je n'ai jamais rien dit de tout ça, conclut le magistrat en leur souhaitant une bonne soirée.

Le sommeil trouva les voyageurs un à un. Le dernier à venir à sa rencontre fut Philippus qui choisit de commettre une deuxième omission dans ses rapports destinés à l'empereur, les disparitions de Luc et le discours du magistrat.

- Vous partez pour la vraie Gaule, le dépaysement commence, leur lança le magistrat d'Arelate.

- Que voulez-vous dire, demanda Caletina ?

- La Gaule narbonnaise appartient à Rome depuis bientôt deux siècles. Vous allez rentrer dans les territoires conquis par Jules César. Les Gaulois sont pacifiques mais ils ne vivent pas comme nous.

Caletina allait avec ses compagnons découvrir la culture gauloise et celtique.

Les villages se transformaient peu à peu le long du Rhodanus[23]. Les monuments romains étaient parfois inexistants. La romanisation avait laissé de côté les oppidums peu peuplés et avait investi quelques villages dans un but commercial mais la vie d'un peuple composé, en grande partie, d'agriculteurs était peu modifiée par l'appartenance à l'Empire.

Ils rencontrèrent un peu avant Lugdunum leur premier druide qui parla avec plaisir de ses dieux. Il se montra même curieux de connaître l'existence de religions monothéistes mais il s'exprimait avec un latin assez pauvre et il ne sut leur expliquer les fondements de la culture celtique. Lui-même

23 Rhône

étant assez éloigné du cœur de cette culture qu'il ne sut situer en raison de ses faibles connaissances géographiques.

De plus, il avait reçu son enseignement en cachette durant une époque où les druides avaient été chassés du pouvoir. Il faisait office de guide religieux pour de petites communautés des environs et partageait son savoir lors de longues veillées où il contait les mythes et légendes de son peuple.

Il conseilla au groupe de passer en Armorique[24] s'ils souhaitaient en savoir plus sur sa culture. On lui avait parlé de Vénètes savants qui pourraient partager leurs savoirs.

C'est ainsi que Caletina apprit qu'il existait d'autres Vénètes dans le monde. Sa décision était prise d'influencer Samuel et Philippus pour passer par l'Armorique.

En arrivant à Lugdunum, les voyageurs pensaient arriver dans une cité romaine classique. Ils trouvèrent les autorités compétentes qui les logèrent dans une résidence réservée aux hôtes du gouverneur de Lugdunum.

Une fois confortablement installés, les légionnaires proposèrent à Samuel et à Luc de les accompagner pour profiter de la vie citadine. Caletina, qui se considérait conviée, repoussa la proposition. Cette ville romaine ne lui faisait aucunement envie.

Dago proposa alors :

- Vous pouvez venir avec les enfants. Nous irons dans la partie gauloise de la ville si vous le souhaitez. Vous verrez l'ambiance est toute autre. Par contre mes camarades et moi

---

24 Cette région correspond à l'actuelle Bretagne mais elle n'avait pas encore un lien de subordination avec l'île de de Bretagne.

finirons la soirée dans des lieux où les enfants ne sont pas bienvenus.

Caletina qui comprit le sous-entendu répondit :

- Si nous pouvons rencontrer de vrais Gaulois, nous venons avec plaisir. Samuel me raccompagnera quand vous terminerez votre soirée.

Dago dirigea le groupe vers le quartier gaulois de Lugdunum avec aisance. Il tenait ses connaissances de la Gaule de ses origines gauloises. Il était Parisi. Il était né sur les bords du fleuve Sequana[25]. Il accompagnait son père dans son commerce fluvial ce qui lui permit de connaître également les abords de l'Oceanus Britannicus[26].

Ses envies de voyage l'avaient poussé à s'engager dans la légion tout comme Samuel. Le Gaulois n'avait pas connu les affres du voyage en solitaire et avait développé des connaissances solides sur les peuples et la géographie de ces territoires.

Caletina le questionna sur l'histoire de la Gaule et la présence de Vénètes en Armorique mais les connaissances de Dago étaient contemporaines et il invita Caletina à attendre de rencontrer les Vénètes pour le leur demander.

Luc et Joseph, qui se sentaient tous deux un peu seuls, discutaient beaucoup. Luc partageait sa science de la conservation du papier. Il avait écrit pour Joseph les conseils qu'il avait lui-même reçus de ses maîtres pour la conservation des parchemins. Joseph expliquait à Luc les rites et les principes de la religion juive.

Luc avait commencé à écrire son histoire de Jésus, de Pierre et de Paul. Joseph s'attelait avec application aux deux

25 La Seine
26 La Manche

173

récits qu'il avait commencés à écrire. Luc était toujours très satisfait de la qualité du travail fourni par son élève.

Ils arrivèrent enfin dans une taverne accueillante qui proposait de copieux repas. Les plats étaient servis sur de petites tables et les clients s'installaient deci, delà en cherchant une position confortable.

Tous goûtèrent à la cervoise. Cette boisson à base de céréales offrait un autre plaisir que le vin. Ce breuvage, qui plut à tous les hommes qui n'en avaient jamais goûté, ainsi qu'à Caletina et Anastasie, témoignait de la tradition agricole des Gaulois.

Le tavernier était aidé par son grand-père, un vieil homme courbé qui gardait toujours un sourire malicieux affiché aux lèvres.

Samuel l'interpella pour avoir un plat sans porc pour Joseph. Le vieil homme curieux lui demanda pourquoi. Il fut bien étonné d'une religion qui interdisait le cochon ou le sanglier. La taverne était généralement fréquentée par des Gaulois ou des légionnaires d'origine latine ou germanique.

Le tavernier amena un ragoût de chèvre au garçon qui s'en régala et se mêla à la famille pour assouvir sa curiosité. Il n'était jamais allé plus loin que quelques milles romains et toujours pour trouver des fournisseurs. Il s'étonna du plaisir de ces hommes dans le voyage. Pour lui, c'était un risque inutile et il préférait rester chez lui.

Cet homme travailleur et casanier se révéla être une source pour Caletina. Un homme d'un tel âge, d'après lui, il était né un peu avant le début du règne d'Auguste[27], connaissait l'histoire de sa cité.

Lugdunum était avant tout un lieu d'échanges entre les Gaulois, avant même que les Romains n'envahissent la Gaule.

27 - 27 avant Jésus-Christ

Quand les Romains ont réussi à conquérir la Gaule, à l'aide de certaines tribus gauloises, ils ont installé leurs administrations. Une fois le pouvoir verrouillé, les actes de violence ont vite cessé. Le plus dur, selon le vieil homme, fut pour les druides qui durent se cantonner à leur rôle religieux, ce qui confirma le témoignage du druide déjà rencontré.

Par la suite, la Paix Romaine étant installée en Gaule, il arriva que des peuples qui avaient aidé l'Empire soient autorisés à coloniser des territoires. Cela multipliait les langues utilisées en Gaule. Tous les Gaulois qui faisaient du commerce étaient un peu polyglottes.

Les enfants étaient fatigués et Caletina et Samuel les raccompagnèrent. Luc resta encore et demanda au vieil homme pourquoi il n'écrivait pas cette histoire. Celui-ci trouva cela inutile. Il était prêt à livrer ses connaissances à qui le souhaiterait et puis il ne savait pas écrire. Il conclut ainsi :

- La culture gauloise est orale avant tout, ce sont les Romains qui écrivent tout. Peut-être que les mythes se mêleront à la réalité mais même sans écrits, les hommes du futur se souviendront de nous.

Luc rentra seul. Il réfléchissait à toutes ces cultures qui se mélangeaient dans les grandes villes romaines. Son désir d'écrire l'histoire des Chrétiens se confrontait aujourd'hui aux certitudes d'un vieillard gaulois.

Le matin de leur départ, Caletina retourna à la taverne avec Anastasie dire adieu au vieux Gaulois. Le tavernier les accueillit chaleureusement. Son grand-père se reposait. En s'éveillant, il sourit à cette femme accompagnée de sa fille qui venait lui dire un dernier mot avant de quitter définitivement Lugdunum. Avec son sourire mystérieux, il dit à Anastasie :

- Petite fille, tu raconteras mon histoire. Ainsi, je ne mourrais peut-être jamais.

Quelques heures plus tard, alors que Lugdunum se cachait derrière les collines, Anastasie demanda à sa mère ce que le vieil homme avait voulu lui dire.

- C'est une autre façon de vivre, voilà tout. Tu es née à Rome et tu n'as connu que la culture romaine. Je te rappelle que je viens des terres barbares du nord-est. Ecrire ne servait qu'au commerce et une fois les dettes payées, les traces de la transaction étaient détruites. Dans les cultures celtiques, ce sont les paroles qui se transmettent de génération en génération.

- Et ce que font Luc et Joseph, garder des traces écrites, est-ce utile ?

- Ce sont des cultures différentes, c'est ainsi. A Lugdunum, tu les a vues cohabiter. Dans d'autres temps et d'autres lieux, tu les verras guerroyer.

Alors que le groupe remontait vers le nord, l'automne installait les prémices de l'hiver qui nécessiterait une plus grande prudence pour les voyageurs.

Dago incita le groupe à ne pas diminuer les étapes. Il affirmait que l'océan les protégerait d'un hiver trop rigoureux.

Ils ne virent plus aucune ville romaine. L'architecture romaine ne s'exprimait plus que dans quelques bâtiments installés au milieu des villages gaulois afin de laisser une trace du conquérant.

176

C'est épuisés qu'ils arrivèrent à Condevicnum[28] aux portes de l'Armorique. Ils prirent quelques jours de repos auprès d'un Gaulois qui assurait la représentation de Rome en Armorique. Il appartenait à une famille qui avait prêté allégeance à Jules César. Si aujourd'hui il était plus romain que gaulois, il avait gardé une excellente mémoire des histoires de son pays.

Il sut expliquer à la perfection à Caletina comment atteindre les territoires vénètes qui n'étaient qu'à quelques jours de marche de Condevicnum. La ville de Darioritum[29] était facile d'accès et il y connaissait beaucoup de personnes pour les recevoir.

Il put également orienter Samuel et Philippus vers des marchands de Fanum Martis[30] qui assuraient des liaisons commerciales régulières avec la Bretagne.

Le peu de route qui séparait Condevicnum à Darioritum permit à Philippus de séparer le groupe.

Luc et Joseph souhaitaient rester à Condevicnum afin de se concentrer sur l'apprentissage du jeune garçon. Philippus resterait avec eux pour préparer la suite du voyage.

Samuel partirait avec sa femme et sa fille rencontrer les Vénètes. Ils seraient accompagnés par Dago et quelques légionnaires pour leur sécurité, particulièrement sur les routes. L'Armorique ne craignant pas les troubles parfois causés par les Germains, la vie dans les villages était paisible, seuls les brigands des routes étaient dangereux. Dago serait également

28   Nantes
29   Vannes
30   Corseul, ville proche de Dinan

traducteur. Les personnes qui parlaient latin en Armorique étaient rares et ne possédaient que le vocabulaire de leur commerce. Dago s'exprimait dans un gaulois courant et riche et il arrivait à se faire comprendre dans une grande partie de la Gaule.

Samuel, habitué aux difficultés de la langue dans les voyages, se lança dans l'apprentissage des langages celtiques. Caletina, par ses origines Vénètes des contrées éloignées de Germanie, reconnut quelques similitudes et apprit facilement la construction de ce langage.

Arrivée à Darioritum, elle put immédiatement échanger avec les habitants. Samuel comprit au bout de quelques jours ce qu'on lui disait mais il ne s'exprimait qu'avec des phrases toutes faites. Anastasie qui ne parlait encore que le latin regardait ses parents avec admiration.

A Darioritum, ils furent logés chez un couple de pêcheurs qui n'avaient jamais eu d'enfant, Loane et Alban. Ils avaient le même âge que Samuel et Caletina. Ils les accueillirent comme leur propre famille.

Les journées qu'ils passèrent à savourer la vie de ces pêcheurs gaulois les rassurèrent quant à leur avenir en Bretagne. Après le tumulte de Rome, la vie gauloise qui se laissait guider par la nature les apaisait.

Ils vécurent des expériences qui préparaient leur vie future.

Loane était obstetrix[31]. Elle aidait les femmes du village à faire ce qu'elle ne connaîtrait jamais. Durant le séjour de Caletina, Loane s'occupa d'un accouchement difficile d'une

31 sage-femme

jeune orpheline. Loane choisit alors Caletina pour lui prêter main forte. Celle-ci vint avec Anastasie qui leur servirait d'aide.

Cela faisait douze heures bientôt que la parturiente souffrait et l'épuisement venait. Le mari fut renvoyé de sa propre maison avec Alban et Samuel.

Anastasie dut faire chauffer à nouveau de l'eau pour la mère et le bébé. Elle sortit chercher du petit bois. Elle allait vite et prestement. Elle qui avait toujours vécu en ville sut naturellement trouver ce dont elle avait besoin autour de la maison.

Quand elle rentra dans la maison, elle vit sa mère qui rassurait la parturiente. Loane, concentrée, caressait le ventre arrondi cause d'une grande douleur.

L'obstetrix soupira et dit à Caletina :

- Le cordon est enroulé autour du cou du bébé et il ne peut plus sortir. Ta fille doit nous aider.

Caletina donna son assentiment d'un léger signe de tête. Elle avait bien entendu parler de césarienne mais la mère et le bébé mourraient bien avant de trouver quelqu'un capable de faire une telle opération.

Loane prit Caletina par le bras et l'amena près de la marmite d'eau chaude. Elle nettoya la main et le bras d'Anastasie et lui expliqua :

- Tu peux sauver cette femme. Le bébé qui est dans son ventre est retenu par une corde et ton bras est plus fin que le mien. Tu vas rentrer ta main dans le corps de cette femme, tu vas sentir une boule. C'est la tête du bébé. Après tu sentiras son visage ou ses oreilles et tu dois chercher ce cordon pour l'enlever du cou du bébé. Fais ce que tu peux, c'est la dernière chance pour eux de toute manière. Si l'on ne fait rien, ils meurent, au moins on aura essayé quelque chose. Es-tu prête ?

179

- Je ne sais pas.

- C'est normal, allons-y.

Loane et Caletina relevèrent légèrement le bas du dos de la femme. Et regardèrent Anastasie.

Celle-ci s'approcha lentement et suivit les conseils de Loane. La femme couchée poussa un léger cri. Anastasie regardait toujours Loane qui lui dit :

- Continue.

Anastasie ferma les yeux. Elle se concentra sur la peau encore fine de ses doigts. Dès qu'elle sentit la peau du bébé, elle laissa glisser sa main délicatement. Elle reconnut un petit lobe d'une oreille minuscule. Puis, quelque chose de visqueux qui entourait à plusieurs reprises le cou de l'enfant. Elle saisit les anses et tira. Le cordon glissa facilement. Elle le lâcha et sa main revint à elle naturellement.

Elle rouvrit les yeux. Loane et sa mère relevaient la parturiente. Sa mère la retint et Loane s'accroupit. Elle murmura :

- Pousse à la prochaine douleur.

Une poignée de secondes, qui semblèrent une éternité, s'écoulèrent et une tête bleutée apparut. Les gestes de Loane se firent rapides et précis. L'enfant poussa un cri ridicule pour une enfant et prit une jolie couleur rosée. Il ne fallut pas une minute pour que le bébé se retrouva sur sa mère couchée.

Lorsque Anastasie vit enfin les visages de Caletina et Loane, elle vit qu'elles pleuraient et elle sentit à son tour des larmes couler sur ses joues.

Loane lui dit à l'oreille :

- Tu as sauvé deux vies aujourd'hui.

Une fois le mari revenu, il veilla sur sa femme. Loane alla voir la femme qui lui avait appris son métier. Cette femme était aussi âgée que le vieil homme de la taverne de Lugdunum.

Elle donna des herbes pour la nouvelle mère. Elle lança quelques mots à Loane en regardant Anastasie. Quand la petite fille demanda ce qu'elle voulait, Caletina répondit :

- Elle viendra manger avec nous ce soir.

Quand Alban et Samuel revinrent de leur promenade en bateau avec les quelques poissons qu'Alban avait gardés pour nourrir sa femme et ses hôtes, ils trouvèrent les deux femmes et la jeune fille endormies.

Depuis quelques jours qu'il était à Darioritum, Samuel découvrait un autre lien avec la mer. Enfant et jeune homme, en Grèce, il avait connu les pêcheurs de Méditerranée. Les hommes qui se confrontaient à l'Oceanus[32] faisaient preuve d'une grande humilité.

L'hiver approchant lui donnait des airs majestueux. Parfois calme, il offrait une vision de vertige aux hommes. Etait-il infini ? Parfois, agité comme aucune autre mer, il révélait toute sa puissance dans des tempêtes comme Samuel n'en avait jamais vues.

Alban certifiait que les vraies tempêtes étaient plus rares et que le spectacle que Samuel trouvait si terrifiant était assez commun. Samuel s'était montré inquiet pour son futur voyage. Alban le rassura, le voyage était assez rapide et les marins qui traversaient l'Oceanus Britannicus savaient prévoir les colères de la mer.

Les femmes se réveillèrent, lentement attirées par l'odeur du poisson qui les revigorerait.

32   Océan Atlantique

L'après-midi était fort avancé et le soleil se couchait déjà. La vieille dame, l'herboriste qui avait appris son métier à Loane, entra dans la demeure, une bouteille à la main.

Toute la maisonnée s'installa pour partager un repas. Les poissons restant furent rapidement grillés. Alban sortit quelques salaisons. Loane ramena des pommes du grenier. Nolven, la vieille dame, servit de l'hydromel.

L'ambiance était agréable et Caletina raconta son histoire à Nolven qui se montra curieuse.

Caletina la questionna sur les origines communes des Vénètes de l'est de la Germanie et d'Armorique. D'après Nolven, la dispersion des Vénètes était ancienne, d'une époque où les Romains n'existaient pas. Elle pouvait être due à des querelles de pouvoir mais les Vénètes armoricains auraient fui les hivers cruels de leur contrée d'origine. Caletina se remémora les hivers de sa jeunesse qui pénétraient dans tous les pores de la peau. Les maisons devenaient inchauffables et les bébés et les vieillards mourraient dans leur sommeil.

La neige, en Armorique, ne s'installait jamais plus que quelques jours.

Nolven raconta alors sa vie. Sa formation d'obstetrix, ce qu'elle avait appris des plantes, le relais passé à Loane, ce que les mains pouvaient ressentir du corps par un simple touché. Loane expliqua que Nolven lui avait appris à utiliser ce savoir mais cela lui demandait beaucoup d'efforts. Comprendre ce qui empêchait l'accouchement dans la matinée lui avait demandé une grande concentration.

Loane raconta l'enseignement de Nolven et Nolven décrit les guérisons incroyables qu'elle avait vues durant son enfance par des personnes qui possédaient naturellement ce pouvoir :

- Parfois, d'une simple pression du doigt, j'ai vu des druides deviner les maux de malades qu'on croyait perdus. Alors, le druide par des touchés ou des appositions sur le corps, ou avec des herbes, faisait passer le mal. Je suis comme Loane, j'ai dû beaucoup travailler pour maîtriser ce pouvoir. Ceux qui m'ont appris étaient doués. Loane, elle, a pu apprendre à cause du malheur qui l'a touchée, son impossibilité d'avoir des enfants. Mais Anastasie, je crois qu'elle a un don. Je tenais à vous le dire. Elle ne s'en est peut-être pas encore aperçue. Je ne crois pas que la vie à Rome, loin de la nature, aide à développer ce pouvoir mais en Bretagne vous pourrez trouver de grands druides qui lui apprendront. Ceux qui ont survécu au massacre des druides sur l'île vivent cachés mais ils sont très puissants.

- Quel massacre ? demanda Samuel.

Alban expliqua :

- Il y a quelques années encore, les Bretons étaient beaucoup plus retors que les Gaulois face à l'invasion romaine. La reine Boadicée a mené un soulèvement qui a conduit à sa mort et à un massacre sur l'île de Mona[33]. Je ne sais pas où elle se trouve en Bretagne mais de nombreux villageois et druides sont morts. Depuis, les druides se cachent. En Armorique, les druides ne sont plus recherchés car ils s'en tiennent à des fonctions religieuses.

Samuel ne fut pas étonné de la violence exercée par les Romains en Bretagne. Il regretta d'avoir servi Néron qu'il considérait responsable mais, de Rome, il n'avait pas eu vent des révoltes bretonnes. Il n'avait pris part qu'à des querelles politiques sans importance pour lui. Les hommes qui avaient été tués à Rome étaient toujours des intrigants. Il prenait

33 Île d'Anglesey au Pays de Galles

conscience aujourd'hui que la protection de Néron avait aussi entraîné ces malheurs en Bretagne.

Il donnerait tout de même cette information à Luc, s'en tenir à des fonctions religieuses le protégerait peut-être. Il devait se méfier du discours de Paul parfois belliqueux.

Les jours passaient doucement et Samuel et sa famille s'habituaient à la vie gauloise.

Nolven venait régulièrement voir Anastasie pour lui enseigner ses connaissances du corps humain et ce que ses mains pouvaient recueillir comme information en se promenant sur les différentes parties du corps.

Nolven lui montra un jour avec un animal. Elle expliqua à Anastasie que les animaux, moins douillets que les humains, la laisseraient s'entraîner plus facilement s'ils étaient dressés. Un chien de berger s'était blessé en tombant dans un fossé. Nolven expliqua à Anastasie comment remettre la patte à sa place. La fille réussit la manipulation aisément mais le chien boitait toujours.

- C'est la douleur, expliqua Nolven. Je ne peux plus te montrer comment faire, j'ai perdu mon pouvoir avec la venue du grand âge. Cela me demandait beaucoup d'énergie. Tu peux essayer, cela fera du bien à la bête si ça marche, au pire rien ne se passera.

Anastasie caressait le beau chien qui regardait son maître. Elle sentit une chaleur qu'elle ne sut interpréter. L'animal poussa un aboiement aigu, se retourna et lécha Anastasie au visage. Il partit en courant.

Le maître remercia les guérisseuses avec deux bols de lait de chèvre et rejoignit son fidèle compagnon.

- Que s'est-il vraiment passé ? demanda Anastasie.

- Les animaux n'ont pas à être convaincus. Tu as un don et il a fonctionné sur cet animal qui n'attendait rien de toi mais qui ne se méfiait pas. Tu verras qu'avec les hommes et les femmes, cela peut être impossible à cause de leurs sentiments corrompus ou de leur esprit qui refuse d'admettre ce qu'ils ont sous les yeux.

Après cette discussion, Anastasie se rendit compte qu'après plusieurs semaines passées en Gaule, elle pouvait désormais communiquer seule avec les habitants.

Dago vint un jour voir Samuel. Philippus avait eu des informations sur le temps à venir. Il ferait froid mais l'Oceanus Britannicus serait calme durant une longue période. Il fallait partir.

Les adieux furent pénibles. Les deux couples s'appréciaient fortement. Alban et Loane avaient montré à toute la famille de Samuel que la vie qu'ils trouveraient en Bretagne leur conviendrait.

Nolven fit promettre à Anastasie de continuer son apprentissage. Cette promesse ne fut pas arrachée mais faite avec plaisir par la jeune fille pour qui ce voyage prenait tout son sens.

Rendez-vous était donné aux autres légionnaires et à Luc et Joseph à Fanum Martis. Ils arrivèrent vite dans cette petite ville. L'ambiance était calme. Il se rendirent chez un grand négociant. Il devait faire partir une quantité incommensurable d'amphores et de tonneaux vers la Bretagne.

Huiles, vins, liquides divers et variés qui n'étaient pas produits en Bretagne, destinés parfois à de riches clients, parfois au peuple.

Joseph demanda au négociant :

- Pourquoi pas de la cervoise ? Les Celtes en boivent tellement !

- Les Bretons en produisent de l'excellente, ce commerce ne rapporterait rien.

Les bateaux qui partaient pour la Bretagne seraient quotidiens. Le temps s'annonçait clément pour les jours à venir et le négociant souhaitait en profiter. L'homme, en bon marchand, ne fit pas payer la traversée aux voyageurs. Il exposa sans fioriture ses raisons.

Il était toujours bon de rendre service à des légionnaires en cas de besoin et il dit à Samuel que s'il s'établissait en Bretagne, ils devrait bien vivre de quelque chose. Les Romains s'installaient dans des villages qui s'agrandissaient subitement ou créaient même parfois des villes. Samuel pourrait très bien vendre les produits que le négociant envoyait vers la Bretagne.

Samuel était avant tout parti à l'aventure mais il devrait bien faire vivre sa famille une fois installé en Bretagne, la générosité de Néron s'arrêtant avec le voyage.

Luc était très satisfait. Joseph était un élève appliqué, habitué à étudier. Le jeune garçon avait assimilé tout le savoir du scribe avec facilité. Luc avait même couché sur le papier les conseils qu'il avait reçus de bibliothécaires expérimentés.

Il souhaitait retourner vers Rome puis en Grèce. Samuel et Philippus le convainquirent de rester avec eux. Les légionnaires devaient se rendre à Londinium avec la famille. Si

Luc se lançait seul sur les chemins, il encourait de grands risques.

Luc accepta de perdre quelques semaines ou mois pour voyager en sécurité. Philippus lui promit qu'il reverrait la Mare Internum[34] avant le prochain solstice d'été.

Le capitaine accueillit la famille et les légionnaires cordialement mais le bateau d'une taille relativement petite ne permettait pas de mettre un abri à leur disposition.

Samuel se souvint de sa traversée de la Mare Internum quand il avait l'âge d'Anastasie. Il raconta à nouveau ce voyage à sa fille. Il rit en évoquant le moment où les marins avaient attaché son père au mat. Joseph lui dit alors :

- Tu ne m'avais pas raconté ça sur grand-père et sur ta traversée. J'ai déjà écrit cette histoire !

Luc lui expliqua :

- C'est ça qui complique l'écrit. Si tu veux être juste tu dois multiplier les sources, poser mille questions aux témoins. Parfois même, réécrire si ça te semble essentiel. Par exemple, si tu rajoutes cette anecdote sur ton grand-père, est-ce essentiel ?

- Non, mais peut-être qu'un jour ce détail éclairera quelqu'un sur son histoire.

- A toi de voir quels sont tes buts quand tu écris.

- Et toi, quand tu écris, que cherches-tu ?

- Raconter la vérité sur les premiers Chrétiens et convaincre que c'est la voie à suivre.

- Ne parlons pas de religion, nous serons encore en désaccord.

34 Mer Méditerranée

Le jeune garçon se tourna vers Samuel. Il lui demanda :

- Mon oncle, es-tu chrétien ?

- Non.

- Es-tu toujours juif ?

- Pas au sens où tu l'entends. Cela fait bien trop d'années que je ne prie plus et j'ai côtoyé tellement de religions différentes. J'aurai dû revenir voir mon père ou aller à Jérusalem pour raviver tout ça. Cela ne s'est pas fait, c'est comme ça. J'ai découvert la Gaule avec plaisir et nous nous dirigeons maintenant vers la Bretagne mais je prierai volontiers avec toi dans la langue de nos ancêtres.

Anastasie prit la parole :

- Maman, tu ne m'as pas donné d'éducation religieuse mais crois-tu en des dieux ?

- Les Vénètes ont plusieurs dieux comme les Romains. Chacun est libre de s'attacher au dieu qu'il souhaite. J'aimais beaucoup quand ma mère me parlait de Matrona, la déesse Terre. Je te raconterai ces histoires si tu le souhaites.

- Oui, Joseph pourra me les écrire !

- Non, rétorqua Caletina, c'est interdit !

- Pourquoi ?

- J'étais une jeune femme quand j'ai quitté mon village, je sais simplement qu'il est interdit d'écrire l'histoire des dieux.

- Et toi Luc, tu peux le faire, écrire l'histoire de ton dieu ?

- Oui mais j'écris l'histoire de Jésus, pas de Dieu. Paul m'a expliqué que Dieu lui avait dit que Jésus était son fils.

- Comme Hercule, fils de Zeus ?

- Non, pas du tout. C'est un peu compliqué à expliquer. Sache que mes écrits concernent Jésus et les premiers

Chrétiens. J'effectue donc des recherches sur Jésus et ses douze apôtres.

- Tu les as tous rencontrés ?

- Tous ceux en vie, grâce à Pierre. Quand j'ai commencé mes recherches, certains étaient déjà morts. Il n'y a que Judas qui a disparu et les spéculations sont nombreuses.

Samuel l'interrompit :

- Vu son état de santé la dernière fois que je l'ai vu, il doit être mort.

- Tu as rencontré Judas ? demanda Luc étonné.

- Dans le village où j'ai rencontré Caletina. Il n'avait pas apprécié l'évolution des Chrétiens de l'époque et avait quitté l'Empire. Il n'avait presque plus de dents car il avait été frappé lors de l'arrestation de Jésus. Les Romains l'avaient reconnu.

- Tu m'as raconté l'arrestation mais pas que tu avais revu Judas, murmura Luc.

- Tu as dit à Joseph de poser mille questions aux témoins, tu l'as fait pour l'arrestation de Jésus mais les informations qui t'intéressaient se trouvaient ailleurs dans mes voyages.

Luc posa alors les mille questions. Il avait eu vent d'un éventuel suicide par pendaison de Judas or les circonstances étaient confuses. Il souhaitait dès lors rétablir la vérité sur cet apôtre. Ses écrits le permettraient sûrement. Ce qu'il ne saura jamais c'est que ses propres élèves choisiront un autre récit ; Judas restera dans l'histoire un personnage de fiction qui emprunte son nom à un homme qui a existé.

La Bretagne s'offrait à eux. Les hommes qui prenaient en charge les tonneaux acceptaient volontiers de les amener à Londinium. Quelques jours suffisaient pour rejoindre la plus grande ville de Bretagne.

Un froid humide permanent saisissait les voyageurs qui avaient quitté la péninsule italienne quelques mois plus tôt à la fin de l'été. Les Bretons, qui formaient le convoi, n'étaient en aucun cas dérangés par les brumes humides ou le ciel parfois si bas.

Au lever du soleil, l'horizon offrait à perte de vue des paysages légèrement vallonnés. Les forêts étaient peu denses et les matinées les plus froides voyaient la terre se couvrir de neige et de givre que la courte chaleur de l'après-midi s'empressait de faire fondre.

Ils avaient croisé quelques villages plus ou moins fortifiés mais l'apparition d'une grande ville au loin leur donna la certitude qu'ils étaient arrivés à Londinium

----

Comme dans beaucoup de grandes villes romaines, un quartier latin avait été accolé à un oppidum de grande importance. Pour un homme de la Méditerranée, les similitudes entre les quartiers celte de Lugdunum et breton de Londinium étaient nombreuses. Dago était très réservé sur cette analyse et trouvait des différences à chaque coin de rue.

Philippus était pressé de partir et les adieux se firent trois jours après l'arrivée.

Luc était ému de laisser cette famille qui l'avait si bien accueilli. Il donna ses derniers conseils à Joseph.

Samuel se montrait inquiet, il serait désormais seul pour voyager et protéger les siens. Il se demandait encore où il allait s'installer quand Philippus l'amena auprès du gouverneur de Londinium.

Néron ordonnait par courrier à celui-ci de faire construire un logement et une bibliothèque à Samuel et à sa famille où bon lui semblait.

- Je reconnais bien là Néron, une maison passe encore mais une bibliothèque ! lança le gouverneur.

- L'enfant saura vous conseiller, affirma Philippus.

Le gouverneur regarda pensivement le décurion ne sachant de quel enfant il parlait. Il se tourna vers Samuel.

- Où souhaitez-vous vous installer ?

- Je ne sais pas encore, je ne connais pas la Bretagne.

- Bien, j'ai mon idée.

Antoine et Mélania

L'hiver d'Antoine et de sa compagne était beaucoup plus doux. Ils avaient du temps et ils profitaient des rives de la mer Aegaeum. Ils avaient parcouru le port du Pyrée lors des nombreuses promenades. Ils étaient heureux

Le voyage fut confortable. Ils traversaient des territoires pacifiés depuis longtemps et la compagnie des légionnaires était assez agréable. La décurie avait une mission facile et comptait bien en profiter.

Ils étaient tous des connaissances d'Antoine et lui faisaient confiance. Certains légionnaires profitèrent du temps passé à Athènes pour aller voir leur famille. Le décurion, Nigidus, ne s'inquiétait jamais.

Il montra tout de même une certaine impatience. Cela faisait plus d'un mois que ce rabbin tatillon triait, lisait, recopiait sur des volumens des textes interminables. Lui qui n'avait jamais appris à lire trouvait disproportionné de prévoir une charrette couverte entière pour transporter des écrits. Il crut à une blague quand il avait entendu le rabbin lancer :

- Cela ne rentrera jamais.

Effectivement, le sous-sol de la maison qui était prêtée à Antoine et sa compagne était rempli de ces fameux volumen. Le rabbin lui avait expliqué qu'il y avait aussi des rotulus mais le légionnaire ne voyait pas de véritable différence.

- Ecrivez dans le sens qui vous sied mais il faudra partir avant l'hiver, avait-il déclaré.

Ses derniers hommes l'avaient rejoint à quelques jours du nouvel an. Il avait eu très peur de ce retard, il avait cru à des désertions. Rassuré par leur retour, leur chef leur épargna une colère noire.

Ils le virent sourire la veille du jour de l'an quand Antoine et le rabbin avaient invité la décurie pour les fêtes de la nouvelle année en annonçant :

- Le chargement des documents pourra être effectué la semaine prochaine, le tri est terminé.

Joseph, troisième du nom, et Samuel avaient confié à Antoine un courrier qu'ils avaient rédigé ensemble à l'attention de Rebecca et Moshé.

Joseph rassurait sa tante. Il continuerait sa vie auprès de son oncle pour obéir aux dernières volontés de son père. Le cœur triste, il apprenait le terrible destin de ses parents dans le grand incendie dont elle avait certainement entendu parler.

Joseph avait livré tous ses sentiments sur le papier. Rebecca ressentait la peur du jeune garçon face à un avenir jamais envisagé dans un si jeune esprit. Elle pleura beaucoup. La présence de Mélania la rassura. La Romaine la réconforta par sa grande humanité et la description de la « belle famille » qu'avait fondée Samuel.

Rebecca avoua sa rancœur contre son frère qui avait disparu. Les premiers mots de la lettre de Samuel étaient d'ailleurs des excuses.

Son éternel regret serait de ne pas avoir revu Israël et sa famille. Il s'était laissé emporter par ses voyages et maintenant l'empereur l'envoyait en Bretagne sous escorte militaire. Si un jour il souhaitait faire le chemin du retour cela serait sans escorte donc extrêmement risqué. Il ne la reverrait sûrement jamais mais l'aimerait toujours. Antoine le rejoindrait dans cette île si éloignée et connaissait toute sa vie. Elle pouvait s'en remettre à lui si elle avait des questions.

Rebecca fut assez réservée, du moins, dans un premier temps. Elle logea ces deux inconnus dans la maison de son frère, Joseph.

Moshé, le mari de Rebecca vint chaque jour car le logis accueillait aussi l'école juive d'Athènes. En l'absence de son beau-frère, il s'occupait du lieu. Cette mission qu'il investissait de plus en plus, il devrait s'en charger seul désormais.

Il se montrait peu inquiet et il endossait avec délicatesse le rôle de patriarche religieux dans cette grande ville.

Son beau-père avait ressuscité la communauté juive athénienne, il en était désormais son garant. Les relations s'étaient légèrement tendues avec les autorités romaines. Des questions insidieuses sur ses relations avec les Chrétiens venaient régulièrement.

Antoine l'éclaira à ce sujet. Il comprit que Néron souhaitait détourner l'attention de ses agissements à Rome en pourchassant les Chrétiens des cités importantes.

- Pourquoi eux ? demanda Moshé.

- Ils souhaitaient être connus, ils ont réussi, voilà tout.

Mélania questionna un jour Moshé sur sa femme. Elle était surprise que celle-ci ne souhaite pas en savoir plus sur ses deux frères. Moshé répondit :

- Un jour, elle viendra et ce jour-là, vous vous coucherez tard. Elle me pose des questions mais je préfère qu'elle vous parle directement alors je lui dis que je suis trop occupé pour discuter avec vous. Ce n'est pas complètement faux. Je retourne à mon travail.

Par son travail il entendait le tri des écrits de son beau-père et de son beau-frère. A l'intention de son neveu il avait

194

sélectionné une Torah, le journal de son père et quelques réflexions religieuses de ses ascendants. Cela lui prit du temps car il dut éliminer certains textes donc tout lire et il en recopia d'autres afin d'en conserver pour lui-même. Il utilisa son écriture la plus fine afin de diminuer légèrement le nombre de rouleaux.

A la fin de décembre, la nuit était tombée et Moshé était sur le point de finir sa sélection et sa copie. Mélania l'invita à dîner avec eux pour qu'il puisse mettre un point final à son travail. Il accepta volontiers et chargea son dernier élève de prévenir sa femme qu'il rentrerait tard.

On frappa à la porte. Antoine se leva. Moshé l'arrêta :

- J'y vais, c'est Rebecca.

- Qu'en sais-tu ?

- Cela fait plus de vingt ans que je l'aime.

Il sourit et ouvrit la porte. Il embrassa sa femme. Elle pénétra dans la cuisine avec un panier de victuailles alléchantes.

Moshé avait eu raison. Elle posa peut-être des centaines de questions sur le voyage de Samuel et l'homme qu'il était devenu. Antoine et Mélania furent attentifs à être fidèles à la vérité.

Rebecca n'hésitait pas à exprimer ses opinions quant aux choix de son frère. Elle souhaita avant tout que le couple de Romains lui transmettent son amour éternel. Elle avait élevé ses deux frères comme une mère et elle était heureuse s'il l'était.

La nuit était suffisamment avancée et les marchands matinaux traversaient silencieusement les rues. Rebecca demanda ce qui était arrivé exactement à Joseph et Hanna. Antoine raconta alors le sauvetage inespéré du rabbin. Le Romain avait risqué sa vie et ses mains portaient encore des blessures. Sa motricité restait hésitante.

Elle remercia Antoine d'avoir permis à son frère d'exprimer ses dernières volontés puis elle pleura.

Après plusieurs mois d'inquiétude et de résignation, la révélation des derniers instants de Joseph d'Arimathie, deuxième du nom, libérèrent la femme de ses larmes si longtemps contenues.

Un court sommeil reposa les deux couples et les légionnaires furent donc invités aux célébrations du nouvel an.

Au cœur de l'hiver, le contournement des Alpes se ferait par le sud, les contrées du nord risquant fort d'être enneigées.

Un cavalier, Kostas, fut envoyé à Rome pour tenir compte de la première partie de la mission. Rendez-vous lui était donné à Arelate début février. Cela permettrait au chariot de traverser ces nombreux milles sans risque et au cavalier de changer de monture sans risquer la vie de celles-ci.

Ainsi, le cavalier arriva début février. Il se rendit chez le plus haut magistrat de la ville. Celui-ci réglait des affaires hors du palais. Le cavalier se renseigna sur la présence de sa décurie dans la ville. L'esclave qui l'avait accueilli l'introduisit auprès d'un décurion en étape chez le magistrat.

- Décurion Philippus, mes respects, je m'attendais à rencontrer mon décurion, Nigidus, en ce lieu. Je suppose que vous êtes déjà sur le trajet du retour. Nous atteindrons vite la Bretagne.

- Si tu es là, ton décurion va bientôt arriver, je lui ferai un rapport de notre voyage. Pour ce qui est de la neige, elle a tapissé la route que nous avons prise après notre passage. Il faudra être prudent.

Une voix interrompit Philippus :

- Alors, Kostas, tu te trompes de supérieur ?

Philippus et Kostas regardèrent l'homme qui les avait interrompus. Ils sourirent à Nigidus et à Antoine. Nigidus reprit :

- Nous allons loger au camp. Le magistrat ne sera pas ravi de nourrir deux décuries.

- Ne t'inquiète pas, affirma Philippus. C'est un curieux à la langue bien pendue. Il sera ravi d'en savoir plus sur votre voyage. Il avait bien apprécié Samuel.

Les deux décurions échangèrent sur leurs voyages respectifs. Philippus donna le nom de ses contacts pour se rendre en Bretagne. Il pensait qu'il pourrait gagner un peu de temps s'il passait par Bolonia pour traverser l'Oceanus Britannicus.

Nigidus préféra un voyage où tous les contacts étaient déjà pris.

Le magistrat reçut la présence de l'ami de Samuel comme une bénédiction. Il fit servir un repas fastueux aux deux décuries qui apprécièrent l'accueil exceptionnel que la présence d'Antoine permettait.

Luc était encore là. Il n'aurait jamais pu être aussi rapide, seul sur les routes. Il voulait retrouver les Chrétiens et savait qu'il devait retourner sur la péninsule italique ou en Grèce pour cela.

Le lendemain matin, les deux décuries se quittaient pour des destinations opposées. Luc avait un volumen avec lui.

- Quand je t'ai rencontré pendant l'incendie, tu avais déjà ce volumen avec toi ? demanda Antoine.

- Oui, j'ai pu compléter mon travail avec les récits de Samuel. J'ai voulu en prendre un deuxième mais c'était trop lourd. Je vais essayer de retrouver Pierre ou Paul et je m'installerai dans un lieu propice à l'écriture pour réaliser mon œuvre.

- Pierre a disparu pendant l'incendie. Paul a été aperçu sur la route de la Palestine mais il boite. Il vieillit. Fais vite si tu veux recueillir encore ces paroles, dit Mélania.

- Comment sais-tu tout ça ? demanda son conjoint.

- J'ai toujours eu des connaissances chez les Chrétiens. La disparition de Pierre, je l'ai apprise cet été à Rome. Pour Paul, ce sont quelques Chrétiens d'Athènes qui m'ont mise au courant.

- Il y a donc des Chrétiens qui n'ont pas été arrêtés ? questionna Luc.

- Oui, les arrestations n'ont duré que quelques semaines et ils se réunissent en cachette. Pour les retrouver, tu devras apprendre à reconnaître les indices qu'ils sèment.

Mélania expliqua à Luc comment retrouver ses coreligionnaires. Antoine lui demanda alors si elle était chrétienne.

- Je ne crois pas, la résurrection de Jésus, c'est trop mystérieux pour moi.

Le voyage continua paisiblement mais difficilement. A peine arrivés à Lugdunum, les voyageurs furent arrêtés par la neige. Ils durent attendre la fin du mois de février pour repartir.

Antoine et Mélania profitèrent de la halte forcée pour faire davantage connaissance.

Antoine révéla ses démons à Mélania et avoua les crimes dont il avait été l'auteur au nom de l'Empire.

Mélania raconta son enfance romaine. Relativement privilégiée, son père ne l'avait pas obligée à se marier. Il avait été élevé par une mère malheureuse qui avait dû épouser un homme bien plus vieux qu'elle auquel elle appartenait, du moins, selon le loi romaine.

Il n'avait pas souhaité la même chose pour sa fille. Elle était donc restée libre.

- Nous ne nous marierons peut-être jamais, dit-elle à Antoine. Au moins, nous n'aurons pas à être infidèles pour chercher un peu de bonheur.

C'est ainsi qu'ils se promirent fidélité pour la première fois.

Les embûches climatiques furent nombreuses avant l'arrivée du printemps. L'équinoxe ouvrit la porte à un soleil chaleureux propice au voyage. La fonte des neiges rendait les chemins boueux mais rien d'insurmontable pour une décurie entraînée.

Ils posèrent le pied sur le sol de Bretagne en quelques courtes semaines. Le temps clément et les contacts donnés par Philippus facilitèrent grandement le voyage.

Rejoindre Londinium fut aisé malgré une pluie régulière qui survenait chaque après-midi.

Le gouverneur de Londinium les reçut entre deux affaires.

- Vous rejoignez Samuel d'Arimathie sous les ordres de Néron ?

- Tout à fait, confirma Antoine.

- Bien, le chantier est loin d'être fini avec la bibliothèque. Comme Néron finance le tout et que votre ami m'a dit que vous viendriez aussi, un logement a été prévu pour vous. Un guide vous y mènera dès demain. Je n'ai pas besoin de vous au palais, j'ai assez d'occupations.

Il se tourna vers Nigidus :

- De même pour vous, mon secrétaire vous fera un rapport circonstancié à remettre à Néron, ainsi vous partirez dès demain.

- Et où allons-nous ? demanda Samuel.

- Nous tentons de créer une nouvelle cité romaine pour matérialiser les limites de l'empire romain. Vous vous rendez à la nouvelle cité Eboracum[35].

35 York

Samuel et Caletina

Elever une maison dans cette région humide était effectivement plus compliqué qu'en Grèce. Les chantiers auxquels Samuel avait participé dans sa jeunesse lui permirent de diriger efficacement les travaux. Deux maisons mitoyennes avaient été élevées auprès de la ferme qui servirait de commencement à la nouvelle ville. Samuel se vit peu à peu confier les chantiers à l'architecture celte demandant moins de connaissances.

Les bâtiments officiels devant bénéficier de marbre exposant la puissance romaine, les travaux furent dirigés par des architectes romains. Samuel laissa avec plaisir la manipulation de ce matériau si lourd dans ce pays boueux à ceux-ci. La bibliothèque nécessiterait tout de même leur collaboration afin d'appliquer au mieux les conseils de Luc.

Samuel, boueux, indiquait à des ouvriers bretons la marche à suivre afin de faire les fondations spécifiques de la bibliothèque.

Le manque de concentration se lut sur les visages des ouvriers.

Samuel aperçut son ami et sa compagne en se retournant. Il les étreignit chaleureusement. Il comprit qu'il avait commis une maladresse en entendant Mélania pousser un petit cri aigu. Il recula et vit que ses deux amis étaient couverts de boue.

Il rit :

- Désolé, vous vous y habituerez dans ce pays ... ou vous le quitterez. Il rit à nouveau. J'ai une surprise, je vais vous accueillir chez vous.

Il les amena à quelques minutes de marche du chantier et les fit pénétrer dans une petite demeure construite comme les maisons qu'ils avaient croisées dans les villages de Bretagne.

- Vous êtes chez vous. Reposez-vous de votre voyage et vous viendrez dîner ce soir à la maison.

L'humidité se leva du sol et les chantiers se couvrirent de brume. Samuel arrêta là les travaux.

Caletina préparait déjà un repas pour toute la famille et les invités qu'elle attendait avec impatience.

Antoine et Mélania arrivèrent à la tombée de la nuit. Les questions plurent sur les voyages respectifs des deux groupes. Mélania remit des lettres de Rebecca et Moshé à Samuel et Joseph. Joseph fondit en larmes et Samuel accompagna discrètement son neveu.

Conscients d'un retour peut-être impossible, Rebecca et Moshé leur disaient chaleureusement adieu et leur souhaitaient le meilleur.

Si Samuel en avait toujours eu conscience, Joseph le comprit à l'instant. Il se rappela la promesse faite à son père.

- Comment créer une école rabbinique ici ?

- Ne t'inquiète pas, répondit Samuel. Tu seras le seul Juif de Bretagne. Qui oserait remettre en cause ton enseignement ? Puis, deviens déjà un homme, un enfant ne peut être rabbin.

- Tu m'aideras à la construire ?

- Si je ne suis pas trop vieux. Sinon, la bibliothèque sera assez grande pour que tu y délivres ton enseignement.

- As-tu envie de fonder cette école ? demanda Mélania.

202

- Oui, c'est dans mon éducation, mon père, mon grand-père et mes aïeux ont toujours occupé cette fonction et je souhaite faire perdurer cette tradition. Pourtant Samuel a raison, j'ai bien l'éducation religieuse mais je dois devenir un homme.

- Je t'apprendrai à te battre, lança Antoine.

- Un homme doit-il savoir se battre ? rétorqua Anastasie.

- N'écoute pas cette brute ! s'exclama Mélania en riant.

La soirée fut remplacée par la nuit et cette nouvelle famille bretonne se consolidait. Ils connaîtraient la joie, le bonheur, la tristesse avec une certitude. Ils abandonnaient leur ancienne vie.

L'histoire les poussera à ne jamais oublier l'héritage qu'ils laisseront même si aucun d'entre eux ne pensait à cet instant qu'un petit objet, oublié dans un sac, dans la chambre de Samuel et Caletina, conduirait de grands hommes à s'intéresser à leur famille.

Pour cela Joseph d'Arimathie, troisième du nom, devait donc devenir un homme.

A une époque où le mariage entre jeunes gens de douze ans était commun. Joseph aurait pu se considérer comme un adulte.

Pourtant, la grande culture que lui avait offert son père et la connaissance du monde agricole possédée par sa mère lui avaient fait prendre conscience qu'il lui restait certainement des choses à apprendre.

Il dépendait de Samuel pour se nourrir et donc pour vivre au quotidien. Il décida de le suivre sur les chantiers. Après tout, il dirigerait un jour cette bibliothèque.

Antoine participait également aux chantiers. Il suivait régulièrement les conseils de Samuel pour la construction d'un futur commerce que les deux hommes tiendraient pour gagner leur vie.

A Eboracum, l'édification des différents bâtiments dont Samuel avait la gestion prit de longs mois pour le garçon. Il apprit beaucoup. Il observait la posture de son oncle, il comprenait ce que voulait dire « être un homme ».

La plupart des habitants de la future Eboracum ne se destinaient pas à la construction. Ils venaient tous à la recherche d'une nouvelle vie.

La communauté bretonne de la cité fit preuve d'une entraide sans faille. Les ateliers des artisans s'élevaient avec rapidité. Forgerons, menuisiers, paysans, tous trouvaient leur place et leur logis. Quand il fallut aider deux taverniers et un bibliothécaire, les Bretons aidèrent volontiers ces hommes qui avaient participé à tous leurs chantiers bien qu'ils ne soient pas originaires de l'île de Bretagne.

La connaissance du métier de tavernier aida à une élévation rapide d'un lieu que beaucoup d'habitants attendaient. Nombreux d'entre eux, encore jeunes au moment de l'oppression romaine ou n'ayant jamais vécu dans des bourgs où une taverne leur était ouverte furent ravis de la fête organisée par Samuel et Antoine. Le vin, que les deux taverniers avaient fait venir de Bretagne, rencontra peu de succès car les Romains étaient peu nombreux. Les Bretons préférèrent la cervoise de Londinium.

Samuel et Antoine eurent des promesses de production locale dès l'année prochaine car des cultivateurs avaient déjà commencé leur production. Si les participants à cette soirée qui marquait l'inauguration du quartier populaire de la ville n'avaient pas trouvé de terrain d'entente sur la boisson, les Bretons apprécièrent l'humilité et l'amabilité des représentants de Rome et de sa légion. En fins politiques, le préfet et le gouverneur d'Eboracum souhaitaient gérer une région en paix. Une ville unifiée au cœur de leur territoire était un point d'appui essentiel.

Cette soirée permit une collaboration efficace dans la construction de la bibliothèque. Le préfet envoya volontiers des architectes et des légionnaires aider au chantier.

Le bâtiment qui n'avait aucun sens pour les Bretons à cause de leur culture orale donna une aura particulière à Joseph. Ce jeune homme simple prêt à partager une conversation à tout moment, était donc également un savant à la science mystérieuse.

Il passa enfin de longues heures à la bibliothèque afin de relire les documents sélectionnés par Moshé et de les classer.

Il en apprit beaucoup sur sa religion mais aussi sur son père ; il lut son journal. De plus, celui-ci avait aussi écrit sur sa jeunesse en Palestine. Il fut éclairé sur le charisme de ce Jésus qui faisait tant parler aux abords de la mare Internum.

En participant aux chantiers, il avait grandi et s'étoffa peu à peu. Il restait tout de même un enfant, parfois, et profitait des jours de repos pour s'amuser avec Anastasie qui avait fait connaissance d'enfants bretons dont les pères participaient à la fondation d'Eboracum.

Partager des moments avec les familles sur les chantiers lui permit d'apprendre à connaître les Bretons.

Beaucoup d'entre eux avaient tout perdu lors des répressions romaines mais il fallait se reconstruire. Tenter sa chance à Eboracum était une belle opportunité.

Le sentiment vis-à-vis de l'envahisseur était ambigu. Bien qu'ils offraient une chance de richesse, les Romains ne se débarrassaient pas de leur image de tortionnaires.

Les propos d'Alban, de Darioritum, furent confirmés par certains hommes. Ils avaient compris que Joseph voulait simplement les connaître et ils se confièrent.

Plusieurs Bretons avaient rencontré Boadicée, plus jeunes. Une guerrière d'une beauté ravageuse. Elle avait réussi à semer le trouble au sein des légions présentes sur l'île. Quand les renforts étaient arrivés par milliers, la donne avait changé. Aucun témoin de massacres mais certains avaient traversé des villages ravagés. La terreur s'était installée dans la population.

Une fois faite prisonnière, Boadicée avait été mise en cage sur une place publique de Londinium où les Romains l'avaient laissée mourir de faim.

Quand il avait entendu ça, Joseph avait insisté sur le fait qu'il n'était pas romain. Les rancœurs restaient présentes sur le sol de Bretagne mais ceux qui participaient aux chantiers de la nouvelle ville souhaitaient simplement profiter de la main tendue maintenant que le bâton était rangé.

Joseph s'intéressa au sort de la ferme abandonnée sur laquelle la ville prenait appui. Elle avait été restaurée et des hommes et des femmes travaillaient déjà la terre.

Pour les Bretons, elle avait dû appartenir à des originaux mais les Romains n'étaient pas responsables de son abandon. Ceux-ci avaient attaqué des gens puissants, ils évoquèrent, comme Alban, le massacre des druides de l'île de Mona mais l'attaque d'une ferme était attribuée aux Pictes.

Les hommes peints du nord de l'île créaient un sentiment de terreur chez ces Bretons qui avaient accepté avec courage la domination romaine.

Antoine avait abandonné toute idée d'avoir un jour des enfants. Il partageait la vie de Mélania depuis plusieurs années et celle-ci n'était jamais tombée enceinte.

Régulièrement, les garçons et les jeunes gens de la nouvelle ville venaient lui demander de raconter des histoires de sa vie de légionnaire. Il les choisissait avec soin, évitant de parler de ses missions les plus honteuses. Il montrait parfois aux plus jeunes des mouvements de combat. Les plus grands observaient d'un air goguenard ces jeux d'enfants. Pourtant, les jeunes hommes se mettaient à l'abri des regards afin de reproduire les leçons d'Antoine.

Joseph, qui partageait parfois ces simulations de bagarre, apprit peu à peu à jouer de son physique. Il devenait un individu accompli.

Ses boucles noires et sa peau mate, rares dans cette région septentrionale, étaient aussi un outil de séduction. La finesse de son éducation lui interdit d'en abuser.

Joseph était devenu un jeune homme qui approchait des vingt ans. Il vivait désormais seul à la bibliothèque.

Anastasie et Mélania étaient ses seules élèves régulières bien qu'elles ne pratiquassent pas comme lui. Sa cousine écoutait par affection pour son cousin mais aussi car elle entretenait sa double culture. Elle avait trouvé un vieux druide qui lui enseignait les dieux celtes ainsi que l'usage de son pouvoir qu'elle développait avec lenteur. Caletina reconnaissait certains dieux qu'elle avait connus dans son enfance mais leurs noms changeaient toujours.

Mélania était une élève sérieuse qui s'intéressait vraiment au monothéisme cependant elle n'avait plus l'âge, ou l'envie, de se lancer dans une pratique religieuse rigoriste.

Parfois Samuel ou des visiteurs bretons venaient discuter avec Joseph de religion. Son oncle faisait souvent preuve de nostalgie. Les Bretons qui venaient à la bibliothèque souhaitaient souvent connaître un peu mieux ce jeune homme devenu leur ami.

Le druide qui travaillait avec Anastasie visitait parfois la bibliothèque et échangeait avec Joseph sur les principes généraux de leurs deux religions. Il était fasciné par l'accumulation des écrits en possession du bibliothécaire.

Pour gagner sa vie, il aidait régulièrement l'administration romaine dans la constitution d'archives que tout grand Empire produisait. Il était également devenu un témoin des échanges commerciaux. Il enregistrait les dettes et crédits des uns et des autres. Quand ceux-ci étaient réglés, les documents étaient détruits par ses soins. Ce travail était généralement rémunéré avec des denrées alimentaires ou des objets pratiques qu'il échangeait.

Joseph d'Arimathie, troisième du nom

Joseph d'Arimathie était-il devenu un homme ?

Cette question fut mise en second plan quand un hiver rude s'abattit sur toute l'île de Bretagne. Si les cultures produites à Eboracum étaient un peu justes, les commerces florissant et une alimentation rigoureuse permettraient de survivre à la crise.

Les Romains choisirent tout de même d'augmenter les patrouilles de légionnaires car les Pictes enverraient certainement des guerriers pour piller les villages et Eboracum était la première grande ville sur leur route. Ces peuples sauvages n'hésiteraient pas à braver les légionnaires romains si leurs familles n'avaient plus rien à manger.

Si l'hiver fut tranquille, le printemps vit arriver un jour un pauvre hère. Le hameau où il vivait avait été dévasté quelques jours plus tôt. Il fut recueilli et soigné par la famille de Samuel. Le jugement d'Anastasie fut sans appel. Cet homme devait se reposer et manger, elle ne pouvait rien faire pour lui.

Quelques jours passèrent encore et l'alarme fut donnée par un éclaireur romain qui patrouillait à quelques milles au nord de la ville.

Les Pictes étaient ici.

Il fallut quelques minutes aux hommes peints pour entrer dans la ville. Ils étaient méthodiques dans leur recherche de nourriture et, malheureusement, dans leur violence.

Joseph avait fait rentrer les gens qui étaient dans la rue dans sa bibliothèque. Les Pictes en passant devant le bâtiment comprirent vite que ce n'était pas un grenier. Les guerriers évitèrent un combat inutile pour la prise de cette structure protégée par plusieurs hommes.

Une poignée de minutes interminables s'écoulèrent, le calme reprit possession de la ville après l'appel d'une trompe. La bibliothèque se vida, chacun cherchant à prendre des nouvelles de ses proches. Mélania qui était dans la bibliothèque au moment de l'attaque partit avec Joseph. Samuel et Antoine étaient dans la taverne au moment de l'attaque.

En pénétrant dans l'édifice, Mélania hurla croyant les deux hommes morts ou blessés. Un corps gisait au milieu de la salle. Joseph secoua son amie :

- Calme-toi, regarde son corps ! Il est peint ! Ils ne sont pas là. Ils ont dû rejoindre vos maisons.

Leur course reprit et ils arrivèrent enfin. Ils comprirent immédiatement que la ferme aux abords des maisons avait été intégralement pillée.

La maison d'Antoine et Mélania était intacte mais la porte de la demeure de Samuel avait disparu.

Ils furent accueilli par Antoine qui saisit Mélania par la taille et l'embrassa. Il remercia Joseph d'avoir pris soin d'elle.

La porte du logis était réduite en miettes. Le réfugié avait subit une agression sauvage. Il était démembré au milieu de la pièce. Samuel redescendit. Il avait couché Caletina encore sous le choc. Elle avait assisté à l'assassinat de leur hôte. Sa vie était sauve car les agresseurs avaient fui en entendant la trompe.

Samuel raconta à son neveu ce qu'il avait vécu.

La porte de la taverne avait été enfoncée par deux hommes, vraisemblablement à la recherche de provisions. Ils utilisaient entre eux un dialecte dans le but de ne pas être compris. Cette technique était connue des deux anciens légionnaires. Le combat ne tarda pas à éclater. Les guerriers pictes furent surpris par les techniques des deux hommes pourtant d'un certain âge. Antoine enfonça avec rapidité une planche de bois dans le nez du premier assaillant qui s'affala contre le mur où Anastasie s'était réfugiée. Samuel, qui essayait d'ouvrir un tonneau auparavant, avait la chance d'avoir un marteau en main. Avec deux coups fermes, il écrasa la tête du second Picte, celui qu'avaient aperçu Mélania et Joseph dans la taverne.

Quand Antoine et Samuel se retournèrent vers le premier assaillant, celui-ci avait saisi Anastasie par les cheveux et s'enfuyait. Une chevauchée résonna dans la rue et les deux anciens légionnaires partirent à la suite des cavaliers. Arrivés devant leur logis, la trompe retentit et ils s'engouffrèrent dans la maison de Samuel qui était grande ouverte.

Caletina hurlait. Une fois calmée, la femme de Samuel expliqua que deux hommes étaient entrés dans la maison. Ils avaient explosé la porte à coups de haches. L'hôte de la famille prit un couteau pour les menacer mais les guerriers le démembrèrent en quelques secondes. Ils questionnèrent Caletina en la frappant. Ils étaient à la recherche de nourriture.

Ils partirent quand une voix les appela au dehors, durant un instant Caletina resta seule, incapable de bouger. Elle se mit à hurler en entendant la trompe.

- Partons maintenant si nous voulons retrouver Anastasie, lança Joseph.

L'affection des villageois pour ces nouveaux Bretons mit en marche la solidarité. On leur confia des chevaux de trait et on leur donna un peu de pain. Samuel et Antoine vieillissant se laissèrent guider par Joseph et le légionnaire qui avait donné l'alerte. Celui-ci voulut les accompagner.

Ils suivirent les traces laissées par le groupe de guerriers. La poursuite était aisée. Le sol assez sec pour la saison permettait aux traces de rester. Le légionnaire les

211

trouvait avec facilité jusqu'à la nuit tombée. L'obscurité les arrêta. Ils se reposèrent jusqu'au lever du soleil qui fut accompagné d'une pluie diluvienne. La pluie qui les réveilla tôt effaça toute trace. Les quatre hommes hésitèrent et Joseph décida :

- Désolé, mon oncle, nous ne pouvons pas retourner toute la Calédonie. Espérons qu'ils l'aient emportée sans l'intention de la tuer.

La chevauchée de la veille avait été si intense qu'il leur fallut deux jours pour rentrer.

Caletina avait emménagé avec Mélania en attendant le retour de son mari. Elle était terrifiée à l'idée de rester seule.

Le légionnaire vint les voir. On comptait une dizaine de morts parmi les villageois. Il y avait eu trois morts chez les Pictes dont deux par des légionnaires. L'attaque s'était déroulée avec une rapidité incroyable. La quantité de nourriture dérobée était finalement peu conséquente par rapport à la population d'Eboracum.

Avec Anastasie, deux autres jeunes filles avaient été enlevées. Leur retour n'était pas espéré par les Bretons. Pour les natifs de l'île, leur seule chance de survie était de trouver un conjoint parmi les Pictes qui assurerait ainsi leur survie.

Samuel regardait Joseph. Le pillage avait eu lieu une semaine auparavant. Un menuisier réparait sa porte. Un feu brûlait timidement dans la cheminée pour lutter contre l'humidité et la fraîcheur amenées par la pluie.

- La dernière fois que j'ai pu observer ainsi un homme travailler le bois, c'était Jésus en Israël. J'étais un enfant.

L'artisan l'interrompit.

- C'était un bon menuisier ce Jésus d'Israël ? Je ne connais pas cette ville de Bretagne.

- C'est normal. Israël a été nommée Palestine par les Grecs.

- Palestine ne me dit rien.

- C'est une contrée à l'est de la mare Internum.

- Ah ! La terre de ton enfance, c'est vrai que tu as beaucoup voyagé. Toi aussi, Joseph, tu viens de Palestine alors ?

- Non d'Athènes en Grèce.

- La Grèce j'en ai déjà entendu parler par contre. Je ne sais pas où c'est mais les Romains adorent les Grecs, non ?

- On peut le dire ainsi, répondit Samuel.

- Maintenant que vous avez changé tous les deux, vous êtes Bretons désormais.

- Que veux-tu dire ? questionna Samuel.

- Tu es un vieil homme, mon ami. L'enlèvement de ta seule fille t'a peiné. Tu as cette tristesse dans le regard des personnes qui ont trop vécu. Et ton neveu, c'est un vrai homme. Il a fait preuve de courage en partant à la recherche de sa cousine, et de raison en choisissant de rebrousser chemin. Toutes les jeunes filles du village vont rêver de lui.

L'artisan souleva son ouvrage et le fixa avec aisance aux nouveaux gonds qu'il avait installés. Joseph regardait son oncle. Ses yeux posaient cette question qui était restée sans réponse quelques jours auparavant. D'un bref signe de tête, Samuel donna son assentiment.

Joseph d'Arimathie, troisième du nom, était un homme.

Les cinq promesses avaient été tenues.

Le retour de la fille prodigue

Samuel avait une fille. Elle n'avait jamais demandé plus que ce dont elle avait besoin. Elle avait traité ses deux parents avec amour. Sa subite disparition, involontaire, plongea ses parents dans une profonde tristesse.

Son père se réfugia dans la prière, guidé par son pieux neveu. Joseph n'appréciait pas les vaines prières. Il exhortait son oncle à profiter des dernières années de sa vie bien que celui-ci se sentît la force de vivre encore des dizaines d'années de tristesse dans l'espoir de revoir son enfant.

Sa mère se souvint des rites anciens et fit des offrandes à Matrona.

Le dernier espoir pour la vie d'Anastasie était alors de susciter le désir chez un homme qu'elle n'aimerait peut-être jamais.

Seul le vieux druide était confiant. Il se contentait de soliloquer en prédisant le retour de son élève. On le crut fou. Longtemps.

La famille d'Anastasie découvrirait-elle qu'elle avait sauvé sa mère ?

Alors qu'elle avait été enlevée pour servir de bouclier humain, elle griffait avec agilité le visage de son ravisseur. lorsqu'elle aperçut deux guerriers pictes s'introduire dans sa propre maison. Elle ne pouvait intervenir directement. Elle introduisit avec vigueur ses pouces dans les globes oculaires de son ravisseur qui chut assez vite.

Elle guida le cheval vers d'autres hommes peints et leur proposa de les diriger vers un grenier bien rempli. Ceux-ci rameutèrent leurs compagnons. L'un d'eux se saisit de la jeune

214

fille et plaça agilement une lame sous sa gorge. Anastasie tint sa promesse espérant la fuite des Pictes, une fois un butin en main.

Elle avait raison mais elle fut assommée et emportée avec les précieuses provisions. Elle avait réussi à précipiter le départs des Calédoniens et sauver de justesse sa mère.

Anastasie avait grandi vite. Eboracum était sorti du sol et Anastasie était devenue femme comme son cousin était devenu homme.

Une jeune fille qui suivait l'enseignement druidique avait freiné l'entrain des garçons. De plus, elle avait révélé son pouvoir à quelques reprises en soignant et les hommes n'appréciaient pas, à cette époque aussi, d'être associés à une femme trop puissante.

Elle avait appris grâce à son maître l'utilisation des simples et plantes variées pour aider les animaux et les humains à guérir.

En devenant femme, son appartenance à la communauté bretonne s'intensifia.

Son cousin, en partageant son culte avec elle, lui avait prouvé que, ailleurs dans le monde, on considérait la vie comme sacrée. Les rites et les dieux étaient différents mais les hommes, quel que soit leur culte, fondaient des communautés avec leurs pêcheurs et leurs saints.

Imprégnée de la culture celte, orale avant tout, elle n'aurait jamais osé écrire les enseignements de son maître mais elle appréciait pourtant les textes poétiques des psaumes que Joseph lui avait appris à lire.

Le jeune femme se réveilla. Elle ressentit une douleur pénible à la tête. La blessure était bénigne mais elle avait saigné.

Les guerriers mangeaient un gruau quelconque afin de reprendre des forces. Aucun foyer n'avait été allumé, ils souhaitaient certainement rester discrets.

Malgré la nuit, Anastasie put apercevoir deux jeunes filles du village attachées à un arbre. L'une d'elle pleurait. Anastasie se leva pour la consoler. Un guerrier lui fit face. Il s'était couvert d'une peau mais son visage et son torse peints donnaient l'impression d'avoir à faire à un tueur sanguinaire.

Elle soutint son regard :

- Donne-moi de l'eau pour que je me soigne et laisse-moi consoler mon amie. Anastasie leva le menton vers la jeune fille en pleurs.

- Il ne te comprend pas, lança une voix dans la pénombre.

- Puisque tu me comprends, dis-lui ce que je veux.

Après un bref dialogue en dialecte calédonien, l'homme qui faisait barrière à la jeune druide lui donna une outre et lui céda le passage.

Anastasie se dirigea vers les deux Bretonnes. Elle rassura celle qui pleurait. La jeune fille avait perdu ses parents. Elle était désemparée. La druide qui avait appris à soulager les âmes trouva les mots rassurants à prodiguer. Elle promit aux deux jeunes filles d'assurer au mieux leur protection même si elle n'était pas encore une vraie druide.

Les hommes acceptèrent de libérer les deux Bretonnes. Elles nettoyèrent le visage de la jeune femme qui était leur dernier espoir.

Anastasie inspecta sa blessure au front. Rien de grave.

Elle remarqua qu'une de ses deux compatriotes ne pouvait plus lever le bras. Elle l'examina.

Ses ravisseurs l'avaient emportée en la saisissant par le bras. Son coude s'en trouvait douloureux. Anastasie prodigua quelques soins pour la soulager. Elle ne put voir les regards des Pictes qui avaient observé les trois jeunes filles.

- Peux-tu nous aider ? demanda la voix qui l'avait interpellée plus tôt.

- Que veux-tu ?

- Tu sais guérir les autres apparemment ?

- La nuit, dans une forêt, c'est plus compliqué mais comme notre survie dépend pour le moment de la vôtre, dis-moi toujours.

L'homme qui parlait ne se leva pas. Le guerrier imposant vint à elle. Il amena Anastasie à un cheval. Il boitait mais les montures manquaient. Après un examen minutieux, Anastasie se concentra au mieux. Le cheval tiendrait encore deux ou trois jours s'ils évitaient le galop. Après, un long repos serait nécessaire. Ensuite, la voix l'invita à venir à elle. L'homme qui lui parlait n'était pas aussi imposant que le guerrier qui la surveillait si prudemment.

- Tu n'es pas un homme qui travaille la terre. Tes mains révèlent une situation favorisée.

- Je suis le futur chef du village. Je suis aussi en bien mauvaise posture. Peux-tu soigner ma jambe ?

- Non, les deux os dans ton mollet sont brisés. Tu ne supporteras pas plus le galop que le cheval blessé. Avec ton ami, dit-elle en désignant son gardien, nous pouvons te fabriquer de quoi maintenir ta jambe.

Après une petite heure, la jambe se trouva maintenue entre deux solides branches. Le futur chef décida qu'il était temps de repartir. L'attaque d'Eboracum avait diminué leurs forces et ils avaient trouvé de quoi tenir jusqu'aux prochaines moissons. Il ne fallait pas se faire prendre. Surtout que le plus dur avait été fait.

Anastasie put chevaucher librement. Le cheval blessé lui avait été confié. Machan, le fils du chef, faisait confiance à son instinct. Cette femme ne trahirait pas la promesse faite à ses pairs. Elle les suivrait jusqu'au village au bord du Loch Long.

Les arrêts étaient courts, les chevauchées duraient des heures. Les Pictes prenaient un chemin qu'ils connaissaient bien. Ils connaissaient leur route. Avec deux jours de pas forcé, Anastasie ne pouvait plus dormir. De plus, sa monture nécessitait des soins permanents pour tenir jusqu'à leur but.

Des miséreux tentèrent d'attaquer le convoi. La survie du village de Machan dépendait de leur retour et les assaillants furent massacrés jusqu'au dernier.

Quand Anastasie s'offusqua de la violence des Calédoniens, Machan expliqua que ces pilleurs étaient perdus. Ils auraient tué et agressé. Ils auraient fait du mal ou seraient morts de faim.

- Tu as bien attaqué Eboracum pour nourrir les tiens !

- J'aurais peut-être pu négocier cette nourriture mais je n'achèterai jamais rien aux Romains.

- Dans les hommes que tu as volés, il y avait des Bretons aussi.

- Un peuple qui a accepté la domination romaine. Les Calédoniens n'accepteront jamais d'être dominés par un autre peuple.

Machan avait raison. Presque 1500 ans plus tard, le roi d'Ecosse deviendrait roi d'Angleterre et une union réelle existerait entre l'Ecosse et un autre pays.

Anastasie avait gagné la confiance de Machan malgré leur désaccord. Elle fut laissée libre de ses déplacements dans le village.

En arrivant aux abords du Loch Long, les yeux d'Anastasie clignèrent de plus en plus. Elle installa son cheval à l'étable et s'endormit sur la paille. Elle n'avait pas dormi depuis plus de deux jours.

Anastasie se réveilla alors que le soleil se couchait. Les lueurs orangées de l'astre solaire se reflétaient dans ce qui semblait être une rivière au premier regard. L'eau était calme. Anastasie comprit alors qu'elle faisait face à un lac tout en longueur. Sans effort, à la nage, elle aurait pu le traverser.

Elle ne savait pas par où aller et l'attaque à laquelle elle avait assisté l'invitait à rester là. Dans un village inconnu où le fils du chef ne s'était pas montré hostile.

Avant de retourner vers le village, elle s'avança dans l'eau. Elle sentit qu'elle communiait avec la nature. L'énergie de l'eau chargeait son corps de la force nécessaire pour affronter les moments qu'elle allait vivre. Quand elle reprit conscience après sa paisible méditation, elle s'aperçut que l'eau lui couvrait les épaules.

Elle fit demi-tour. Elle vit la petite écurie où elle avait dormi. Elle voulait s'occuper du cheval qui l'avait amenée jusque-là. Elle entendit un rire.

Le soleil éclairait trois personnages qui offraient un tableau incongru. Une petite fille rousse tressait de longs cheveux blancs. C'est son rire qu'Anastasie avait entendu. Elle riait, riait puis elle partit en courant. La tresse retomba le long d'un corps maigre vêtu d'une longue robe de laine.

Elle observa longuement le vieil homme qui la regardait calmement. La petite fille avait tressé une mèche de barbe avec des mèches de cheveux. Cela lui donnait une touche d'originalité surprenante en opposition à une apparence austère. Il interpella Anastasie dans un breton approximatif.

- Elle est tombée de cheval, depuis elle rit. Elle chasse sa peur ainsi.

Puis il fit demi-tour, suivi du guerrier imposant qui l'avait surveillé durant le voyage. Ils s'arrêtèrent :

- Lui, c'est Darren. Moi, c'est Keir. Ton cheval va bien, je m'en suis occupé. J'ai besoin de ton aide pour soigner Machan.

Elle les suivit, laissant quelques pas entre eux.

Ils avaient traversé le hameau. En arrivant devant une maison plus cossue que les autres, elle sentit une main saisir la sienne. La petite fille rousse fit accélérer Anastasie. Elles doublèrent Keir et Darren.

Elles traversèrent une grande pièce. Dans un coin, elle reconnut les jeunes filles d'Eboracum. L'une d'elle avait le visage griffé et les yeux qui avaient beaucoup pleuré. L'autre lui fit un sourire :

- Nous te verrons plus tard, je m'occupe d'elle. Ce que tu as à faire là-bas peut changer notre vie ici.

La petite fille rousse l'introduisit dans une pièce où un grand feu brûlait. Une femme de l'âge de sa mère les regarda. Elle aussi avait beaucoup pleuré. Elle la salua de quelques mots mal prononcés. Elle ne put répondre quand Anastasie la questionna. Elles furent interrompus par un homme qui parla sur un ton agressif à Anastasie et en calédonien. La femme essayait de le calmer et la petite fille se mit à hurler. Les trois adultes se bouchèrent les oreilles. Une main blanche, fine et ridée se posa sur l'épaule de la petite fille qui se mit à rire.

La petite Calédonienne tira à nouveau Anastasie vers une autre pièce. Une jeune femme pleurait. Elle veillait sur Machan. Celui-ci avait un teint pâle. Il était inconscient et transpirait. Elle se jeta aux pieds d'Anastasie. Ses pleurs s'accompagnaient de paroles bredouillées dans cette langue que ne comprenait pas Anastasie.

- En breton, exigea Keir.

Le visage s'inonda de larmes. Ces larmes d'impuissance face à un amour qui s'en va. Ces larmes qui viennent quand la vie exige de nous ce qu'on croit ne plus pouvoir donner.

- Sauve-le, dit-elle simplement.

La petite fille rousse n'arriva pas à tirer la jeune femme et Darren, pourtant si imposant, apparut subitement. Anastasie se demandait comment il avait pu être si discret jusque-là. Il saisit la jeune femme comme une plume et l'emporta.

Une fois le calme revenu. Anastasie comprit.

La couverture de laine, qui recouvrait Machan, avait été jetée au sol. Certainement dans un délire dû à la fièvre.

Elle regardait la jambe. La plaie avait été nettoyée, un baume, certainement cicatrisant, la recouvrait et une attelle maintenait celle-ci. Par curiosité, elle renifla l'onguent afin de déterminer sa composition. Keir expliqua :

- J'ai nettoyé la jambe et remis les os au mieux. Il boitera mais il marchera. Par contre, la chaleur va le tuer.

Anastasie n'avait pas froid, il est vrai, pour autant la chaleur n'avait rien de mortel. Face à l'incompréhension de la jeune druide, Keir s'effondra. Sa tête bougeait de gauche à droite.

Tout à coup, Anastasie comprit, le vieil homme ne connaissait pas le mot fièvre, tout simplement. Les idées coulèrent comme l'énergie de l'eau quand les trois Calédoniens l'observaient. Elle puisa dans les connaissances accumulées depuis l'Armorique. Elle savait quels types de plantes la situation nécessitait. Elle donna des noms au vieil homme qui ne comprenait pas. Il appela :

- Peigi.

La petite rousse arriva.

- Elle connaît toutes les plantes dans les environs, tu pourras lui décrire ? Darren vous accompagnera.

- Je ne compte pas m'enfuir, s'offusqua Anastasie.

- Je le sais mais l'hiver a été rude dans toute l'île de Bretagne, il ne vient pas pour te surveiller mais pour te protéger.

Leurs yeux s'expliquèrent. En quelques secondes, sans aucun mot, Anastasie fit comprendre son désarroi d'avoir été arrachée à sa famille. Keir exprima, quant à lui son empathie, sa compréhension.

- Je crois que nous devions nous rencontrer. Va maintenant.

Peigi menait la troupe riant toujours. Darren la suivait muni d'une épée et Anastasie munie d'un grand sac de toile.

En sortant de la grande maison, la lumière du soleil n'était désormais plus qu'un fil ténu à l'horizon. La cueillette se ferait de nuit.

Anastasie cherchait deux sortes de plantes, si possible en grande quantité pour faire beaucoup de remède.

Peigi ne parlait jamais. Lorsqu'Anastasie décrivait les plantes elle fermait les yeux. Elle grognait doucement et ses yeux s'ouvraient. Son rire fusait et ses jambes se mettaient à galoper entraînant toute la troupe derrière elle. La première course dura suffisamment longtemps pour essouffler Anastasie.

Si l'eau lui avait donné de l'énergie, elle avait tout de même besoin de manger. Arrivés au lieu de cueillette, la lumière de la lune révéla ce qu'ils étaient venus chercher. Après avoir ramassé cette première plante, Anastasie s'assit :

- Désolée, j'ai la tête qui tourne, j'ai faim, je crois.

Peigi sauta dans les bras de Darren et sortit de son dos, comme par magie, de la viande salée et du pain.

Ils mangèrent tous trois les provisions salvatrices de Darren.

Après ce frugal repas, une nouvelle course démarra.

Ils arrivèrent au village quand la lune fut cachée par un nuage épais qui occulta entièrement la lumière de l'astre.

Les dieux leur avaient donné la luminosité nécessaire à leur mission. Quand ils entrèrent dans la grande maison, la pluie tomba, l'orage retentit.

Les deux jeunes Bretonnes confectionnaient un repas en compagnie de la maîtresse de maison qui avait salué Anastasie un peu plus tôt. L'homme restait renfrogné pourtant il ne se montrait pas aussi véhément qu'auparavant. Anastasie devina que Keir avait une certaine autorité sur lui.

Anastasie prépara alors le remède qu'elle avait imaginé. Une plante servirait à nettoyer l'intérieur du corps de Machan. Il pouvait avoir une infection dans son organisme à cause des plaies ou du voyage. De plus cette plante permettrait à la suivante d'agir plus efficacement contre la fièvre. La préparation fut courte. Alors qu'Anastasie attendait patiemment que l'infusion soit suffisamment efficace, Peigi lui amena du plat que les trois femmes avaient préparé.

Keir et Anastasie firent boire Machan. La posologie se montra complexe. Pour éviter une réaction trop vive de l'organisme de Machan, Anastasie préféra lui donner de petites quantités mais avec régularité. Toute la maisonnée s'impliqua dans la guérison.

Cinq jours plus tard, Darren installait Machan dehors. Il ne pouvait toujours pas marcher. D'un commun accord, Keir et Anastasie ordonnaient au futur chef du village de prendre le soleil pour mieux guérir désormais. Anastasie allait pouvoir découvrir le village et la région. Elle souhaitait en savoir plus aussi sur le sort réservé à ses consœurs.

Le cheval qui l'avait amenée au bord du Loch Long lui fut donné. Elle apprit qu'il avait été volé durant le trajet qui avait amené les Calédoniens à Eboracum.

Sa monture découvrait donc avec elle cette nouvelle terre qui deviendrait peut-être la leur.

Keir voulut lui apprendre sa langue, tâche à laquelle elle s'attela volontiers. Elle souhaitait être comprise de tous et ne voulait plus se faire apostropher comme l'avait fait le père de Machan, car c'était son père qui s'était emporté contre elle.

Elle acceptait de vivre dans ce village mais elle n'avait rien demandé. Elle exigeait qu'on la respecte.

Machan avait repris des forces, ses plaies étaient belles, il avait l'énergie suffisante pour discuter.

Anastasie lui demanda des comptes quant aux deux jeunes Bretonnes.

Il raconta lui-même qu'un guerrier avait essayé de violer l'une d'elles. Cela expliquait la fille en pleurs lorsque Anastasie avait pénétré pour la première fois en sa demeure. Celui-ci avait été tué dans la querelle qui avait suivi l'agression.

Machan, et son père avant lui, avaient toujours admis ces excès dans les pillages. Pour une lignée de chefs, trouver une conjointe était aisé mais pour certains hommes du village, cela pouvait être moins évident. A chaque expédition, des femmes étaient alors enlevées à leur terre. Par contre, Machan exigeait qu'elles soient traitées avec respect. Son père lui avait toujours expliqué que chaque famille du bourg devait être heureuse afin de préserver un équilibre parfois précaire dans des terres si rudes. Ces futures mères, forcées à l'abandon de leur famille, devaient donc s'intégrer à la communauté. Elles avaient alors le choix de leur époux bien que la plupart d'entre elles n'en soient pas conscientes et acceptent le premier prétendant à l'air suffisamment avenant pour ne pas les effrayer.

Forte de ces informations, la jeune druidesse conseilla les jeunes femmes de l'avertir de toute proposition qui leur serait faite. Grâce à Keir, elle avait rencontré la plupart des villageois. S'il n'en avait fait que de rapides portraits, les moues de Peigi en disaient long sur les habitants du village.

Elle était rassurée de leur sort à toutes trois. Elle trouverait de bons hommes pour ses amies et elle avait trouvé un nouveau maître, en la personne de Keir, qui lui promit de faire d'elle une druidesse accomplie.

Anastasie montra des connaissances solides dans les divinités celtes. Elle expliqua ses origines maternelles à Keir. Si les noms des dieux différaient, ils étaient bien les mêmes. Les légendes étaient un peu différentes mais le fond restait identique.

L'apprentie attachait une grande importance à Matrona que le maître appelait Eithne. Nom que celui-ci tenait des Scotties[36]. Elle avait un jour fait un parallèle entre le couple que formaient Eithne et son époux et le dieu unique de son cousin. Tout comme son précédent maître, Keir fut surpris par cette croyance fort originale dans cette terre.

Keir décida assez vite qu'il avait peu à apprendre à Anastasie. Il lui organisa un parcours d'étude bien précis. Dans les mois à venir, ils allaient rencontrer plusieurs druides répartis dans toute la Calédonie et l'île des Scotties.

Parfois, quelques jours de marche suffisaient pour rencontrer un nouveau druide. Elle alla ensuite avec son maître, et sous la protection de Darren, plus au nord en Calédonie avant d'envisager d'explorer l'île des Scotties. Au-delà d'un simple garde, celui-ci devint un véritable ami.

Certains lui apprenaient simplement comment réduire certaines fractures spécifiques, d'autres la propriété de

36 Irlandais

certaines plantes. Elle apprit à doser le pouvoir de simples puissantes qui pouvaient tuer.

Le druide qui lui apprit ces nouvelles plantes avait dit en rigolant qu'il avait plusieurs fois surdosé ses remèdes volontairement.

Ce sombre personnage avait mis mal à l'aise Anastasie. Elle reprocha à Keir cette rencontre. Il avait répondu :

- Ne sois pas trop humble. Tu deviens la femme la plus puissante que je n'ai jamais connue. Bien plus puissante que certains de mes maîtres. Tu as le pouvoir de tuer, que tu le veuilles ou non. Tu n'es pas à l'abri de devenir un jour comme cet homme. Et ce don, tu le transmettras un jour. Quand ce jour sera venu, tu devras avertir ton élève de l'importance de ces pouvoirs. Ils te rendent responsables.

Après des mois à sillonner la Calédonie, Anastasie prépara son périple en pays scottie. Keir était fatigué et resterait au village avec Darren qui était un piètre marin. Keir choisit une équipe constitué de deux hommes, un marin et un ancien Scottie qui avait choisi leur village comme point de chute. Les trois adultes seraient accompagnés de Peigi. Elle n'était pas nécessaire au voyage mais Keir pensait qu'un peu de compagnie amicale et féminine ferait du bien à sa disciple.

Anastasie était très respectée dans le village. Machan l'invitait régulièrement à sa table en signe de reconnaissance. Elle avait même réussi quelques accouchements difficiles.

Les deux Bretonnes avaient trouvé des époux qui leur plaisaient. L'une d'elle était déjà enceinte. Mélancolique et un peu angoissée par son voyage, Anastasie avait besoin d'être avec des amis. Peigi l'avait trouvée seule dans les chemins qui

227

servaient de rues au village. La petite fille avait bien compris les sentiments de la druidesse. Elle l'accompagna chez Darren qui se montrait familier envers Anastasie. Il avait assisté à une bonne partie de son apprentissage et parlait avec elle sans l'appréhension et la déférence induits par sa fonction.

Darren fut d'abord surpris par la présence de Peigi et Anastasie dans sa demeure. Celle-ci se constituait d'une seule et unique pièce. Il avait construit de ses mains sa maison. Malheureusement, Darren finit sa croissance tardivement et il se trouva qu'à la fin de cette croissance tardive, son physique puissant avait dépassé son logis. Il n'avait jamais envisagé de construire une autre maison.

Peigi se servit dans les réserves de Darren sans la moindre autorisation et les trois amis partagèrent un repas chaleureux.

La fille disparut sans que les adultes y aient prêté attention. Darren et Anastasie étaient désormais seuls.

Après quelques blagues sur les voyages qu'ils avaient partagés avec Keir, le silence s'imposa avec une légèreté qui imprégna Anastasie. Elle était bien là, en ce lieu et cet instant. Elle monta sur un coffre où était assis Darren. Etonné, il se leva. Elle le dévisagea, leurs yeux au même niveau. Elle l'embrassa. Il la souleva et l'installa sur sa couche. Ils firent l'amour. Malgré sa puissance, Darren fut doux avec Anastasie qui découvrit l'amour physique et sentimental au même moment. Elle comprit qu'elle était tombée amoureuse de Darren au cours des derniers mois.

En plus d'être un amant délicat, Darren permit à Anastasie de découvrir la sensation de plaisir.

Au milieu de la nuit, Anastasie belle et nue se leva afin de boire un peu d'eau. Darren comprit en admirant cette belle femme qu'elle venait de perdre sa virginité. Elle rit en voyant le regard surpris de Darren. Elle lui demanda :

- Qu'as-tu ? Il fallait bien que cela m'arrive un jour. C'est normal, tu sais. D'ailleurs je pense que ce n'était pas la première fois pour toi. Non ?

- Effectivement, je ne pensais pas que tu étais vierge. Voilà tout.

- Je suis heureuse que cela soit avec toi. Me seras-tu fidèle ?

- Je le suis depuis que je t'ai rencontré. Keir se doute de mes sentiments, je crois.

- Je n'avais rien remarqué. J'ai encore des choses à apprendre.

- Keir m'a dit qu'en rentrant du pays scottie tu saurais peut-être lire dans les âmes. Si tu es si puissante, m'aimeras-tu encore quand tu reviendras ?

- Je ne suis pas experte dans les arts divinatoires mais j'ai envie de t'aimer pour toujours.

Ils s'embrassèrent et s'endormirent.

La matinée fut consacrée aux ultimes vérifications. Pour les bagages et les vivres, les voyageurs étaient confiants. La démarche d'Anastasie était fort respectée dans toutes les contrées celtes. Les habitants des villages qu'ils traverseraient se montreraient solidaires.

Keir souhaitait surtout vérifier que les deux hommes pourraient conduire efficacement le groupe chez les Scotties.

La petite embarcation partit. Les deux hommes et Anastasie saluèrent leurs amis qui restaient sur les bords du Loch Long. Peigi pleura. Elle prit la main d'Anastasie.

La jeune femme observa son visage :

- Tu ne ris pas aujourd'hui. C'est bien la première fois que je te vois pleurer.

- J'ai peur mais je suis heureuse.

- Tu me parles enfin ! Tu pourras me raconter ton histoire.

- Keir ne t'a rien raconté ?

- Non, le moment devait venir pour toi. Machan m'a parlé de toi, un peu, et je lui ai demandé de ne pas en dire plus. Je veux connaître ton histoire de ta bouche. Les mots des autres me raconteront peut-être ce qui t'est arrivé, les tiens me révéleront ce que tu as véritablement vécu.

Les confessions de Peigi durent attendre. Si Anastasie avait bien supporté la traversée de l'Oceanus Britannicus quelques années plus tôt, elle reproduisit l'expérience de son grand-père, Joseph d'Arimathie, premier du nom, en Mare Internum. L'âge lui avait permis de développer ses pouvoirs et elle ne pensait pas avoir hérité du mal de mer de son ancêtre qu'elle n'avait jamais connu. Elle connaissait tout de même cette histoire pour avoir entendu son père la raconter à son cousin qui la couchait sur le papier.

Ils arrivèrent tout au nord de l'île.

Un premier village de pêcheur les accueillit respectueusement. Le Scottie qui les accompagnait expliqua le but du voyage. Ils furent conviés à la table du chef. Un druide de passage dans les lieux partagea leur repas et indiqua toutes les routes nécessaires à la formation d'Anastasie.

Celui-ci discuta volontiers de religion avec la jeune druide. Il avait peu de pouvoir naturel et savait peu sur le soin, par contre il avait une connaissance des mythes celtes extrêmement riche. Il apporta des précisions sur les légendes celtes moins célèbres.

Il félicita Anastasie pour l'éventail des fonctions qu'elle abordait dans sa formation. Il avait rarement vu des druides aussi complets, encore plus à son jeune âge. C'est à ce moment qu'Anastasie comprit un peu mieux les avertissements de Keir.

Elle connaissait la culture celte depuis un peu plus de dix ans maintenant et ses pouvoirs et l'ouverture d'esprit cultivée par ses parents l'amenaient à intégrer une classe dirigeante et respectée de tout le monde celte.

Peigi profita du voyage sur la route vers le cœur de l'île pour raconter son histoire à son amie.

Elle avait arrêté de parler le jour du meurtre de ses parents. Le village avait subi un pillage. Pas plus violent qu'un autre mais à cette époque, la maison de sa famille était la première sur la route de la horde.

Elle était très jeune et se souvenait uniquement de gestes de violence. La nuit, parfois, elle voyait encore le crâne fendu de son père. Et la chute de sa mère. En ayant revu ce geste des milliers de fois, elle est certaine que l'homme qui a bousculé sa mère ne voulait pas la tuer. Sa mère avait chu sur une pierre qui servait de siège dans la maison. Elle s'était relevée, le front ensanglanté. La blessure saignait, saignait. Elle avait pris sa fille dans les bras pour une dernière étreinte. Malgré son jeune âge, Peigi se rappelait de la force qui quittait les bras de sa mère.

Elle avait pleuré des heures, peut-être, des jours, sûrement. La faim l'avait poussée dehors. C'est la mère de

Machan qui l'avait recueillie. Personne n'était rentré dans la maison pensant toute la famille décédée.

Depuis ce jour, Peigi avait arrêté de parler et de pleurer car elle voulait rire pour toujours.

- Ton histoire est terrible, Peigi, souffla Anastasie.

- Je crois que oui. Je crois aussi qu'elle n'est que le reflet de notre monde.

- Tu as raison. Mon père a beaucoup voyagé et il m'a raconté les plus belles et les plus horribles histoires.

- En te voyant changer, j'ai compris que j'avais besoin de grandir mais je n'y arrivais pas au bord du Loch Long. Merci de m'offrir l'opportunité de voyager.

- Merci d'être là.

- Nous serons sœurs à présent.

Dans un premier temps, la formation de la jeune druide s'orienta vers les arts divinatoires. Elle apprit à lire les signes de la nature et les comportements des hommes et des femmes. Ces indices permettaient à un observateur avisé de prédire certains événements. Les druides étaient unanimes. Ce pouvoir devait s'exercer avec humilité car il était le plus aléatoire.

Les prédictions pouvaient être vagues si le temps pour observer était insuffisant. Contrairement à son don de thaumaturgie qui lui était naturel, elle aurait besoin de travail pour développer celui permettant de prédire l'avenir. Qui plus est, une révélation pouvait modifier d'autres révélations qui auraient pu s'avérer exactes.

Entrait alors en jeu la seconde partie du programme d'enseignement avec la manipulation des esprits. Les plus grands devins étaient aussi de grands manipulateurs.

Un druide farceur montra l'étendue des pouvoirs en « transformant » ses compagnons de voyage en cochons. Peigi et les deux hommes se mirent à grogner d'un simple claquement de doigt. Il arrêta vite la blague.

Le farceur lui apprit à résister aux manipulations de l'esprit.

Après trois mois à traverser l'île, son parcours rejoignait la Calédonie. Le farceur lui conseilla un voyage en Bretagne et en Armorique pour rencontrer ceux qui lui enseigneraient l'art de la manipulation.

Le voyage du retour fut moins pénible pour Anastasie. Peigi la félicita de s'être habituée si vite à la mer. Elle trouvait d'ailleurs qu'Anastasie avait bien profité du voyage. Elle était belle et bien en chair.

La druide rit. Elle expliqua que le mal de mer n'avait rien à voir avec ses vomissements de l'aller. Peigi comprit et félicita son amie. Le marin lança :

- Darren va être déçu.

- Pourquoi ? demanda Anastasie.

- Il parle souvent de toi et tu reviens enceinte, il sera déçu, voilà tout.

- C'est lui le père.

- Alors tant mieux, j'aime bien Darren.

- Curieux ! cria Peigi en rigolant.

« Maintenant, je sais pourquoi Darren a agrandi sa maison » furent les premiers mots de Keir à la vue de son élève.

Machan accueillit tout le monde pour la soirée. Les voyageurs racontèrent leur périple. Peigi qui avait retrouvé la parole fut fort prolixe.

Keir se montra très satisfait des avancées de sa disciple. Il décida qu'il ne serait plus son maître. Elle l'avait dépassé en puissance depuis longtemps et elle était raisonnable. Elle avait appris à comprendre les gens et à analyser les gestes.

- Je deviens vieux, tu voyageras seule car tu peux encore progresser. Tu feras le voyage qu'on t'a conseillé en Bretagne et en Armorique.

Machan prit la parole.

- Tu reviendras au village ?

- J'espère, l'interrompit Darren.

- Bien sûr. Je prendrai la place de Keir quand il le souhaitera. Je sais bien qu'il espère que je lui succède. Et j'aime Darren, je veux revenir près de lui.

- Un guerrier et une druide. Vais-je rester chef du village ? s'inquiéta Machan.

- Ils ne s'intéressent pas à ce pouvoir, tu peux être en paix, répondit Keir.

Le cœur de l'hiver poussa Anastasie à repousser son voyage de plusieurs semaines. Le père de Machan tomba malade et elle resta à son chevet.

Malheureusement, le mal qui le rongeait était trop puissant. Les pouvoirs d'Anastasie lui permirent d'offrir le choix de sa mort.

Le père de Machan voulait rester au mieux de sa forme. Anastasie opta alors pour les plantes. Il ne servait à rien d'utiliser son pouvoir sur un mal si puissant sinon à prolonger des souffrances.

Les plantes choisies par Anastasie donnèrent une grande force au vieil homme. Machan goûta le mélange préparé par la druide et il ne put dormir pendant deux jours. Son père coupa du bois jusqu'au jour de sa mort. Une nuit, son sommeil se fit éternel.

Darren et Peigi devaient accompagner Anastasie pour son prochain voyage qui l'amènerait jusqu'en Armorique. Elle savait que le commerce de son père lui offrirait une route sûre pour cette région lointaine. Elle regrettait de revoir son père en devant lui demander un service.

Keir la rassura. Il comprendrait les circonstances. Il serait certainement heureux de savoir que sa fille retrouvait toute sa liberté et qu'elle fût si puissante.

Darren connaissait la route pour Eboracum. Il avait peur de l'accueil qu'on réservait à un guerrier picte qui était venu piller la ville un peu plus d'un an auparavant.

Keir lui conseilla effectivement de rester discret sur son rôle dans le pillage et de se présenter comme Calédonien et non Picte. Ces deux identités se ressemblaient dans l'imaginaire des Bretons mais c'est l'image des Pictes que son peuple avait exploité pour terroriser les régions qu'ils traversaient.

Anastasie hésita longtemps sur la personne à voir en premier. Son impatience prit le dessus et elle choisit d'aller chez elle pour retrouver sa mère. La porte de la maison était fermée. Les abords de la vieille ferme étaient calmes. Anastasie ne vit aucun voisin. Peigi s'était adossée à la porte d'entrée. Celle-ci bascula légèrement et la fille tomba devant une femme qui poussa un cri.

- Que veux-tu, petite ?

Peigi appela Anastasie en criant. Quand le femme reconnut ce nom, elle se précipita dehors. Elle se figea en apercevant Darren à la stature si impressionnante. Le géant sourit et appela à son tour Anastasie.

Quand Caletina se retourna, elle vit enfin sa fille qui se dirigeait vers elle. Elles se prirent dans les bras :

- Maman, tes cheveux, ils sont tout blancs. Qu'est-il arrivé ?

- Je te croyais morte mon amour. Et tu me reviens enceinte. Merci, ma chérie.

Tout alla très vite. Caletina envoya des enfants du quartier chercher ceux qui attendaient ce retour. Les premiers à arriver étaient les parents des deux jeunes Bretonnes restées en Calédonie. Elles n'avaient pas souhaité faire ce voyage de peur que leurs parents ne leur pardonnent pas les vies qu'elles avaient choisies. Les mères comprenaient les choix de leurs filles. Anastasie serait en charge de les prévenir que leurs familles étaient heureuses de savoir que leur sort n'avait pas été aussi terrible que ce qu'elles pensaient.

Joseph d'Arimathie arriva avec Mélania. Elle l'aidait au quotidien à la bibliothèque car il avait de nombreuses fonctions à Eboracum désormais. Il étreignit sa cousine.

- Tu me raconteras ton périple, cela fera un nouvel épisode dans l'histoire de la famille.

Joseph était en charge du classement et du tri des écrits des Romains pour la cité. Il avait également profité du commerce de boisson de son oncle pour créer un commerce de papier et parchemin. Il importait des volumen d'origine végétale et exportait du parchemin en échange. Il arrivait même à faire un peu de profit.

Joseph s'interrompit :

- Il y a plus important. Retourne-toi.

Samuel et Antoine étaient là. Samuel saisit sa fille et pleura. Longtemps. Antoine lui parla beaucoup, décrivit leur commerce. Peu à peu, les gens partirent. Antoine et Mélania allèrent à la taverne préparer un festin pour la soirée. Peigi les accompagna. Joseph proposa à Darren de découvrir sa bibliothèque.

Anastasie était seule, avec ses parents.

- Papa, tu ne m'as rien dit. M'en veux-tu ?

- Pourquoi je t'en voudrais ?

- Je ne sais pas, je reviens avec Darren et enceinte, je comprendrais que ...

- C'est comme une résurrection, diraient les Chrétiens. Je te croyais morte et pour moi, tu reviens vraiment à la vie. Je ne souhaitais rien d'autre que d'être grand-père un jour. Ma vie n'avait plus de sens, tu lui redonnes corps. Sache surtout que je ne t'en voudrais jamais. J'ai travaillé pour Néron. J'ai fait des choses terribles pour lui. Puis je n'ai pas toujours obéi à mon propre père. Je suis loin de mener la vie d'un fils de rabbin.

- Merci, j'avais peur.

Caletina les interrompit :

- Venez à l'intérieur Je vais vous faire une boisson chaude, ça nous fera du bien.

237

Anastasie s'en chargea. En observant ses gestes, ses parents comprirent qu'une femme accomplie préparait devant eux une infusion.

Caletina reconnaissait les mouvements des religieux de son enfance. Samuel regardait sa fille et se contentait de l'aimer.

La fin du voyage

La grossesse d'Anastasie se passait bien. Pourtant la première étape du voyage avait beaucoup fatigué la jeune femme.

Elle profita de l'accueil familier et amical que lui réservait sa famille pour se reposer.

Joseph logea les trois voyageurs avec lui dans le logis aménagé dans la bibliothèque. Cette vie de groupe lui rappelait son enfance à Athènes.

Les deux cousins racontèrent à Darren et à Peigi l'incendie de Rome où ils s'étaient rencontrés, leur périple jusqu'en Bretagne et la fin de leur enfance durant la fondation d'Eboracum.

Quand Anastasie et Joseph hésitaient, Darren fut surpris de voir Joseph chercher des volumen afin de les consulter et vérifier l'ordre des événements. Darren n'avait jamais été confronté à un écrit. Il demanda à Anastasie pourquoi elle n'utilisait pas ce système pour se souvenir de tous ses enseignements.

Elle expliqua que c'était interdit pour un druide puis elle ne savait comment se procurer un support d'écriture en Calédonie.

- Ça, ce n'est pas un problème, rétorqua Joseph, je peux t'en procurer, moyennant finance car ça me revient un peu cher.

- Ça ira, c'est interdit et comme je suis payée en légumes et poulets pour mes pouvoirs, je ne pense pas que nous puissions faire affaire.

- Je comprends que les druides interdisent l'écrit mais si tu as besoin d'argent, viens en ville de temps en temps. En soignant des Bretons ou des Romains aisés, tu pourrais gagner des sommes intéressantes.

- Je ne souhaite pas utiliser mes pouvoirs ainsi.

- Je te comprends mais vois cela sous un autre angle. Mon père et ton grand-père, les deux premiers Joseph, ne s'intéressaient pas à l'agriculture, c'étaient des rabbins avant tout. Pourtant, ils ont tous les deux investi dans des fermes, à Jérusalem puis à Athènes. Pourquoi ?

- Pour leur communauté, tu m'as bien expliqué le principe de communauté juive qui se réunissait dans les grandes villes de l'empire.

- Bien, cet argent, il pourrait servir à ta nouvelle communauté. Tu as trouvé ta place et j'en suis heureux pour toi mais à quel prix ? Plusieurs morts lors du pillage !

- Effectivement, et cet argent pourrait servir en cas de mauvaise année. Le village pourrait commercer au lieu de détruire et de voler.

- Tu m'as compris. Laisse l'idée faire son chemin et tu seras toujours bienvenue à Eboracum chez moi. J'ai même quelques connaissances qui peuvent t'introduire auprès de familles puissantes à Londinium.

- En parlant de Londinium, je dois aller en Armorique. Peux-tu m'aider ?

- J'y vais cet été. Si tu te sens capable de faire le voyage avec ton enfant, pourquoi pas.

La proposition de Joseph tomba à merveille. L'ancien maître d'Anastasie, qui l'avait initiée au druidisme, la revit avec plaisir. Il avait prédit son retour depuis son enlèvement. Il put enseigner à Anastasie sa manière de prédire l'avenir. Joseph l'avertit du danger de ce pouvoir.

Il avait peut-être toujours eu raison mais nombreux sont les habitants qui l'ont traité comme un fou durant la disparition de son élève. Les mêmes qui aujourd'hui s'enorgueillissent d'avoir un druide si intelligent.

Les deux compagnons d'Anastasie allèrent de surprises en surprises en observant le mode de vie de Joseph. Ils comprirent que les deux cousins étaient le résultat de brassements de cultures dont ils n'avaient pas connaissance.

Le monde de Darren et Peigi s'arrêtait aux îles de Bretagne et de Scottie. Pour impressionner ses invités, Joseph leur lut l'histoire des voyages de son oncle Samuel. Darren trouva incroyable les péripéties vécues par cet homme vieillissant qu'était pour lui son beau-père.

Darren allait avec plaisir rendre service à Antoine et Samuel à la taverne en échange du récit de leurs aventures.

Peigi et Darren posèrent également beaucoup de questions sur la religion de Joseph. Celui-ci eut bien du mal à leur faire croire qu'une grande communauté juive existait dans une contrée ensoleillée et fort lointaine. Il leur parla également des Chrétiens qui convertissaient à tour de bras sur les côtes de la Mare Internum.

- En quarante ans, j'ai rencontré des Chrétiens de Jérusalem jusqu'au nord de Rome. Dans cent ans, où seront-ils ?

Anastasie intervint :

- Un jour, ils domineront l'Empire romain.

- Ça ou le polythéisme. Pour le seul Juif de Bretagne, ça ne change pas grand-chose.

- Je ne suis pas certain que cette domination reste raisonnable avec le temps mais je suis certaine que nous ne serons plus là pour le voir. De toute manière, tes descendants ne seront plus juifs non plus.

- Pourquoi donc ?

- Tu souhaites rester à Eboracum.

- Oui, j'ai une belle vie ici.

- Tu offres une vie paisible à une femme. Ton métier et ton commerce sont suffisamment florissants pour qu'une jeune paysanne te séduise avec plaisir. Ou tout simplement une fille de bonne famille qui cherche un homme beau, gentil et cultivé. Tu es un bon parti, mon cousin.

Joseph rougit.

- Merci, pour les compliments et la franchise.

Un jour, Anastasie perdit les eaux. Caletina fut ramenée par Peigi. Le temps que Peigi et Caletina aillent trouver une obstetrix, elles arrivèrent toutes les trois devant la jeune druide qui avait accouché seule. L'obstetrix n'eut qu'à couper le cordon et tirer le placenta qui glissa naturellement.

Elle montra à la jeune mère comment allaiter et laissa la famille en paix.

Peigi autorisa enfin Darren à voir sa femme et son enfant. Il rencontra son premier fils, Morgad.

L'été arriva vite et le futur voyage se prépara. Une étape à Londinium était prévue mais le but était l'Armorique assez rapidement pour Joseph. Anastasie et Darren prendraient les contacts nécessaires pour s'assurer un retour en sécurité depuis l'Armorique. Les pouvoirs druidiques d'Anastasie assuraient le respect nécessaire de la part des populations celtiques pour faciliter le voyage.

Peigi fut confiée à Antoine et Mélania. Anastasie était très prise par Morgad et Joseph préférait ne pas avoir d'enfant avec lui pour ses affaires. Peigi, choyée par ce couple de Romains qui n'avait pas pu enfanter, était ravie.

En rangeant son logis, Antoine trouva le gobelet en bois de Jésus. La patine du temps donnait un côté brillant au bois qui s'était assombri et le travail réalisé par le charpentier se révélait d'une excellente qualité.

- Qui a rangé ça ici ?

- Moi, répondit Peigi, il traînait dans tes volumen, j'ai cru que c'était une erreur.

- Je comprends mais cet objet a été fabriqué par Jésus. Tu sais, le Juif que les Chrétiens croient ressuscité.

- Oui, ceux qui domineront je ne sais plus quel empire quand on sera tous morts.

- C'est l'idée. Enfin, si la prédiction d'Anastasie est vraie, cet objet sera précieux. Je vais mieux le ranger.

Anastasie allait terminer sa formation. Elle deviendrait une druide complète comme les Celtes n'en avaient pas vue depuis des siècles.

Morgad s'habitua vite au voyage. Sa mère, prévenante, le gardait propre et il tétait régulièrement. Sa santé semblait solide et cela sécurisait Darren et Joseph qui n'avaient jamais côtoyé le monde de l'enfance.

L'enfantement avait fait d'Anastasie une femme accomplie. Ses talents de druide faisaient d'elle aussi une obstetrix. Chaque village qu'ils rencontraient bénéficiait de la bienveillance d'Anastasie qui était devenue cheffe de ce voyage.

243

Pour une raison mystérieuse, Joseph se montrait parfois impatient. Il restait discret sur les causes de son empressement. Il expliquait que ses affaires ne pouvaient souffrir trop longtemps de son absence.

Anastasie réfuta son excuse. Elle ne le forcerait pas à parler mais elle ne croyait pas que ses marchandages soient si pressants.

Darren, lui, devenait père par la force des choses. Anastasie refusait de garder Morgad avec elle quand elle soignait. Elle avait ordonné à Darren de garder son fils contre son torse durant ses absences. Le bébé appréciait ces moments où il profitait de la chaleur de son géniteur. Ses petites mains maladroites tiraient les poils du torse musclé de Darren et Morgad s'endormait paisiblement.

Les trois voyageurs arrivèrent à Londinium au rythme décidé par Anastasie. Celle-ci put s'apercevoir que son cousin avait noué des relations solides avec de riches personnages de la ville. Sa bonne connaissance de la Grèce et des grands philosophes grecs était fortement appréciée.

Ils furent accueillis par un couple que connaissait Joseph qui les reçut très chaleureusement. Julia et Marco étaient passionnés par tout ce qui sortait du monde romain. Le fonctionnaire et sa femme avaient été envoyés en Bretagne pour favoriser le commerce avec l'île. Ils s'y employaient avec soin. La femme de leur hôte s'activait à soigner ses relations sociales qui pouvaient influencer dans le travail de son conjoint.

Le voyage avec Morgad était fatigant et sa mère n'ayant pas ménagé ses efforts, leurs hôtes proposèrent quelques jours de repos aux voyageurs. Joseph était contrarié par ce nouveau contre-temps mais il comprenait le besoin de repos de sa cousine.

Leurs hôtes se passionnaient pour la vie d'Anastasie. Née à Rome, elle avait entièrement épousé la vie celte pour en devenir un haut représentant par sa fonction de druide.

Joseph profita de ces quelques jours pour nouer de nouveaux liens commerciaux. Il proposa de fournir en parchemin quelques hauts fonctionnaires romains ou intellectuels de Londinium.

Peu avant leur départ, leurs hôtes, qui étaient en sortie, vinrent chercher précipitamment Anastasie. Un nourrisson de leur connaissance était fortement fiévreux.

Anastasie porta secours au bébé. La situation la renvoyait à sa propre inquiétude pour Morgad.

La druide exerça son talent avec calme. Cette concentration fit l'admiration des Romains présents, habitués aux simagrées des prêtres et oracles qui aimaient attirer l'attention.

L'infection se révéla bénigne. Elle soigna le nourrisson et proclama :

- Il lui faut du lait de femme, pas de chèvre ou autres bêtes.

- Comment savez-vous que nous n'avons pas de nourrice ?

- Cet enfant a besoin de grandir avant de se passer du lait dont il a besoin. A chaque infection, il risque sa vie.

- Restez chez nous avec votre enfant, vous serez payée.

- Je dois continuer mon voyage, je ne peux rester des mois à Londinium. Il y a bien d'autres femmes dans cette ville qui ont un enfant et besoin d'argent.

Julia revint quelques heures plus tard. Elle était accompagnée d'une jeune Bretonne qui pleura en apprenant la somme qu'elle allait gagner pour nourrir un autre enfant que le sien. Elle fut logée avec sa petite dans un luxe dont elle ne soupçonnait pas l'existence.

En rentrant, Julia remit une bourse à Anastasie qui couvrirait amplement les frais de leur voyage jusqu'à son retour en Calédonie. Elle n'avait jamais possédé une si grande somme. Face à son incompréhension, Joseph lança :

- C'est le prix d'une vie pour ces gens. Avec cette somme tu pourrais nourrir ton village plusieurs mois. Plus aucun pillage nécessaire. Réfléchis-y !

Les voyageurs repartirent vers l'Armorique. Ils utilisèrent les routes fréquentées par les marchands qui travaillaient avec Joseph et Samuel. Ainsi, l'arrivée en Armorique fut rapide. Joseph quitta Anastasie et sa famille à Fanum Martis. Ses affaires le garderaient en ville quelques semaines. Darren le tiendrait au courant de l'avancée de leur parcours.

Anastasie voulait aller à Darioritum voir les amis qu'elle avait eus dans sa jeunesse, Nolven, Alban et Loane. Puis chez les Osismes[37] afin de terminer sa formation.

----

37 Territoire un peu plus grand que le Finistère

Les hommes avaient trouvé une cachette idéale. Depuis qu'ils avaient fui leur village pour vivre sur les chemins, ils avaient eu leur part de succès. Désormais, ils étaient une bande. Cinq celtes qui avaient refusé de vivre d'agriculture pour mener la grande vie.

Pour l'heure, la grande vie se résumait à une nuit froide au fond de la forêt de Brecheliant[38]. L'aubergiste de Penpont[39] les avait dépannés de quelques miches de pain. Il ne souhaitait pas attirer leur rancœur. Ces mauvais garçons pouvaient être dangereux quand ils avaient bu, il avait préféré leur rendre service pour éviter un raid punitif un soir de beuverie.

Quand ils virent un grand rouquin sur son cheval, ils avaient hésité. Cet homme seul ne devait pas avoir de grande richesse. Ils pourraient toujours revendre le peu de bien à récupérer et ils ne comptaient se contenter de pain encore longtemps.

Deux d'entre eux surgirent face à Darren, armés de gourdins. Celui-ci, habitué aux embuscades, jeta un regard en arrière. Deux autres sombres personnages barraient toute possibilité de retraite. Ils étaient eux équipés de dagues. En bon guerrier, Darren garda ses armes cachées. Il choisit la naïveté :

- Pardon, Messieurs, je suis perdu, je cherche la route de Fanum Martis.

- Tu n'es pas d'ici, lança un homme derrière lui. Quel drôle d'accent !

- Je viens du nord de la Bretagne.

- Donc tu ne connais personne ici. On ne te cherchera pas.

38 Brocéliande
39 Paimpont

Darren supposa que l'homme qui lui parlait dirigeait la bande. Ces quelques paroles avaient permis aux quatre hommes de l'encercler.

La seule chance de Darren de s'en sortir était de semer la confusion. Il prit son plus petit couteau et trancha subitement la gorge du supposé chef. Il lança sa petite arme vers un des autres assaillants qui esquiva prestement. Le Calédonien frappa au visage un homme armé d'un gourdin qui chancela.

Il sortit son glaive de son fourreau. Les deux derniers hommes avaient pris les dagues. Sans bouclier, Darren savait sa position compliquée. Il attaqua celui qui lui semblait le plus apeuré. Il se défendait bien. Il lança un grand coup de glaive dans la direction de l'autre attaquant. La chance lui sourit. Il frappa l'homme aux flancs. En retirant son épée, il vit une partie des entrailles de l'homme se déverser au sol.

Dernier assaillant. Il se retourna vers l'homme restant. Il entendit un bruit en hauteur. Un cinquième bandit caché dans les arbres lui sautait dessus. Il lacha son glaive, attrapa l'homme par la taille et lui fracassa le crâne contre un tronc d'arbre.

Darren sentit une douleur froide qui anesthésiait sa jambe. Le dernier voleur plantait sa dague dans sa cuisse.

- Tu aurais dû me tuer, lui dit Darren.

Il prit le bras armé de l'assaillant et lui enfonça sa propre dague dans un des globes oculaires. Darren ne put jamais se souvenir si c'était le gauche ou le droit.

Il examina le coup qui lui avait été porté. Sa femme lui avait expliqué que s'il saignait de ce genre de blessure, il mourrait en quelques minutes.

Il ne saignait pas. Il savait aussi qu'il risquait l'infection. Il fit un effort pour reprendre ses esprits. Son cheval allait bien, mort il aurait vallu moins d'argent pour ces voyous.

L'un gisait dans son sang la gorge tranchée.

Le deuxième avait le visage en sang mais il avait l'air bien vivant.

Le troisième baignait dans ses entrailles.

La quatrième avait la tête dans une position que Darren n'avait jamais vue. Il doutait fortement qu'il soit d'une quelconque aide.

Le dernier avait une dague qui dépassait de son visage.

Darren prit le peu d'eau qui lui restait et arrosa le bandit au nez cassé, seul homme pouvant lui venir en aide.

L'homme fut dans un premier temps paniqué. Il se calma quand Darren lui expliqua qu'il avait besoin de lui pour trouver un village afin qu'ils se fassent soigner. Biturix, tel était son nom, accompagna Darren à Penpont. Il certifiait que la route n'était pas longue, ils purent monter tous deux sur la monture.

Effectivement, les deux hommes arrivèrent vite à une petite bourgade.

- Pardon, vous êtes là ? demanda timidement Biturix dans l'auberge.

Ils entendirent une voix venir de la cave.

- Encore vous ! Je ne peux pas vous nourrir gratuitement éternellement. Je ne suis qu'un petit aubergiste de …

La phrase resta en suspension quand l'aubergiste vit un des petits brigands du coin le visage en sang, accompagné d'un géant roux boiteux.

- Au moins, vous ne mettrez plus le bazar dans le village. Où sont les autres ?

- Dans la forêt, répondit Biturix.

- Ils t'ont abandonné ? Sales amis !

- Non, je pense qu'ils sont tous morts, expliqua Darren.

- Pas plus mal. Je peux vous aider ?

- Biturix doit se laver le visage et je dois nettoyer ma plaie.

- Je ne sais pas faire ça. De quoi as-tu besoin ?

- D'eau chaude.

Biturix fut envoyé avec deux seaux au puits et l'aubergiste raviva le feu.

Darren raconta le but de son voyage. Il s'était perdu en rejoignant Fanum Martis. Il s'était endormi à cheval et celui-ci avait continué sa route au hasard. Il rejoignait Joseph pour lancer les préparations du départ car sa femme avait bientôt fini sa formation.

Après un instant, Biturix arriva. Il se nettoya le visage avec de l'eau froide. Il n'avait pas de plaie profonde. Son nez était différent d'après l'aubergiste, Darren le trouvait gonflé et de travers. Il devrait s'habituer. Dans le doute Darren nettoya sa plaie à l'eau brûlante. Il se brûla légèrement mais sa plaie était bien propre.

Sa femme prescrivait souvent du repos dans ces cas-là. Il devait prévenir Joseph de son état. Après une nuit de repos, Biturix fut envoyé avec le cheval de Darren à Fanum Martis.

Biturix était un suiveur et se retrouver seul dans Fanum Martis, qui était une grande ville pour lui, était déstabilisant.

Il essayait de quémander des renseignements aux piétons. Dans un premier temps, il chercha Joseph d'Arimathie puis il se rappela que Darren lui avait conseillé de chercher un négociant en vins et cervoises. On lui donna enfin une piste. Il fut dirigé vers le marché. Des gros négociants s'y approvisionnaient parfois.

Il y avait apparemment un gros négociant qui avait pignon sur rue mais personne ne connaissait son habitation. Un enfant l'incita à aller voir des marchands. Un de ceux-ci avaient forcément déjà effectué une livraison chez lui. Avec pour seul indice un vague nom dont personne n'était certain il alla questionner des vendeurs.

- Bonjour, je cherche un certain Vindiorix.

Une cliente l'interrompit :

- Toi ! Tu cherches Vindiorix ? Que lui veux-tu ?

- Heu Vindiorix, oui c'est peut-être ça. Heu …

- Que lui veux-tu ? Tu ne risques pas de te lancer dans le commerce avec cet accoutrement.

Le vendeur rit en détaillant Biturix. Ses mains étaient noires de crasse. Seul son visage était propre mais son nez, qui avait un peu dégonflé, était encore tout rose et franchement de travers.

- En fait, un ami a besoin d'aide et …

- Qui est cet ami ? reprit la jeune femme.

- Disons plutôt une connaissance et elle m'a dit d'aller quérir Jospeh d'Arimathie. Je crois qu'il est logé chez Vindiorix.

- Tu connais Joseph ?

- Non. C'est Darren qui le connaît.

La jeune fille se fit souriante.

- Tu sais où est Darren, viens vite.

Anastasie donnait des ordres à tout le monde pour repartir vers Penpont chercher son homme.

Elle était arrivée la veille et l'absence de Darren l'avait rendue folle d'inquiétude.

Joseph et Vindiorix devaient préparer un chariot confortable pour installer le blessé.

Verica, qui était la fille de Vindiorix, fut vivement remerciée d'avoir rencontré Biturix. Anastasie salua les dieux de l'avoir envoyée au marché pour aider son père dans ses affaires. Celle-ci rougit. Anastasie crut que ses compliments en étaient la cause. La vérité se révèlerait quelques heures plus tard.

Morgad serait confié à la mère de Verica.

Biturix fut envoyé aux thermes. Anastasie jugea qu'il en allait de sa santé. Elle fit bouillir ses vêtements aux risques qu'ils fondent définitivement vu leur état.

En revenant des thermes, Biturix trouva Anastasie, Joseph et Verica prêts à partir. Ils lui donnèrent un morceau de pain et ils partirent pour Penpont.

La charrette allait d'un bon train. Ils voulaient arriver avant la nuit noire à Penpont. Ils espéraient que l'aubergiste pourrait les loger.

Anastasie était surexitée. Elle racontait ce qu'elle avait appris. Elle pouvait forcer certaines personnes plus ou moins sensibles à faire ce qu'elle voulait. Joseph restait dubitatif. Anastasie chanta une petite mélopée.

252

Elle chuchota à l'oreille de Joseph et celui-ci se trouva comme transit. Elle confia les rênes à Biturix.

- Qu'es-tu vraiment venu faire en Armorique ? souffla-t-elle doucement.

- Demander à Verica de venir vivre avec moi, s'entendit répondre Joseph.

Verica rougit encore et Anastasie rit. Elle claqua des doigts et Joseph fut libéré de sa torpeur.

La druide se doutait bien que son cousin lui cachait quelque chose, maintenant elle savait quoi.

En faisant la liste des savoirs de sa cousine, Joseph fut un peu effrayé. Heureusement, il avait toute confiance en elle pour rester quelqu'un de bien.

Sa cousine le questionna sur ses sentiments et félicita les jeunes amoureux pour leur future installation. Elles auraient tout le temps de faire connaissance durant le voyage du retour.

La compagnie s'intéressa ensuite à Biturix et à sa rencontre avec Darren. Anastasie le félicitait pour sa bienveillance envers son conjoint. L'ancien voleur était cramoisi. Anastasie ne comprenait pas la réaction de Biturix et lui rappela ses pouvoirs. Biturix renonça à son secret.

- Disons que si Darren est blessé c'est un peu de ma faute et de celle de mes amis.

- Et tes amis, où sont-ils ?

- Nous devrions les croiser dans la forêt de Brecheliant avant d'arriver à Penpont. Du moins si personne n'a bougé leurs cadavres.

- Que leur est-il arrivé ?

- Ils ont essayé de voler Darren.

- Ah, mauvaise idée effectivement. Et toi ?

- Moi aussi mais j'ai eu de la chance, il a choisi de m'épargner contre mon aide. Je lui dois la vie.

La nuit était tombée depuis moins d'une heure quand la charrette entra dans le village.

Ils trouvèrent Darren boitant et servant des cervoises aux habitués. Il ne parvenait pas à rester en place.

Anastasie l'amena dans une chambre afin de le soigner correctement. La plaie était bien nettoyée et la brûlure peu importante. Avec un emplâtre de qualité, il cicatriserait vite.

Joseph dédommagea l'aubergiste, lui offit un tonneau de cervoise et prit des chambres pour la nuit. L'aubergiste ordonna à Biturix de s'occuper des derniers clients. Celui-ci s'exécuta docilement.

La nuit fut calme. Le sommeil fit son office sur les âmes encore perturbées par cette folle journée.

Le lendemain matin, Darren se réveilla bien après l'aube. Le soleil, déjà haut dans le ciel, lui chauffa le visage alors qu'il était encore au lit.

Il trouva Anastasie et Biturix se lavant les mains à la fontaine. Elle avait obligé le jeune garçon à offrir une sépulture à ses anciens amis pour dire adieu à son ancienne vie.

Elle l'avait un peu aidé à creuser mais avait surtout découvert la forêt. Ce lieu était plein d'énergie. Elle retrouva la force de la nature qu'elle ressentait souvent sur les bords du Loch Long. Elle reviendrait en ces lieux, elle en était certaine. Pour elle, tous les druides devaient connaître ce lieu « magique ».

Habitués au voyage, la présence d'un bébé, d'un blessé et d'une jeune femme qui n'avait jamais voyagé ne ralentit pas la route des deux cousins.

Anastasie soignait toutes les personnes malades dans les villages qu'ils croisaient. Parfois, elle se contentait d'aider un peu un druide déjà présent mais il arrivait qu'elle trouve des hameaux démunis. La troupe s'arrêtait alors parfois plusieurs jours.

Darren fut remis de sa blessure avant l'arrivée à Londinium. Morgad grandissait. Il regardait toujours celui qui le prenait dans les bras droit dans les yeux. Il donnait l'impression de jauger les gens mais il offrait souvent un sourire afin de s'attirer les bonnes grâces des adultes.

Verica profita du voyage pour questionner Anastasie sur la sexualité. Elle avait bien assisté à des scènes d'orgie chez quelques riches Romains d'Armorique mais ces démonstrations étaient peu ragoûtantes. Anastasie, trop prolixe, parla des possibilités qu'offrait la sexualité dans le druidisme. Elle comprit assez vite que la compagne de son cousin évoquait l'acte sexuel avec Joseph.

Anastasie conseilla à Verica d'évoquer ses inquiétudes avec le principal intéressé. Joseph était quelqu'un de bien. De plus, Anastasie doutait que Joseph soit expert dans ce domaine. S'il maîtrisait à la perfection sa religion, connaissait bien les traditions celtiques et se révélait fin marchand, il grandissait avec Anastasie depuis ses douze ans et n'avait jamais témoigné d'expérience amoureuse mémorable.

A Londinium, l'étape se prolongea plus d'une semaine. Julia avait vanté les talents d'Anastasie. La druide accepta ce manège. Elle tira une somme conséquente de ces visites, somme qui lui permettrait d'aider son village du Loch Long ou ses parents.

Le retour à Eboracum parut familier. Joseph, habitué à cette route, se montrait serein. Toujours accompagné d'hommes de main, expliqua-t-il à Verica, la présence de Darren valait celle de cinq personnes. Il l'avait d'ailleurs démontré dans la forêt de Brecheliant.

Verica connaissait déjà Samuel, Antoine et leurs compagnes. Depuis quelques années, Joseph faisait les voyages et elle les trouva vieillis.

Samuel s'était beaucoup apaisé et finalement, Peigi avait beaucoup aidé Caletina et Mélania, elles aussi gagnées lentement par l'âge.

Darren prépara le retour en Calédonie. Il eut tout son temps car Anastasie laissa ses parents profiter de Morgad.

Le séjour de Peigi l'avait métamorphosé. Elle était à l'âge où elle grandissait vite et la vie entourée d'Antoine et Mélania fit revivre l'époque enfouie dans sa mémoire où ses parents étaient en vie.

L'arrivée au bord du Loch Long se faisait plus que désirer et Darren se montrait impatient de retrouver son village. Il n'avait jamais pensé se mettre en ménage avec une druide qui l'amènerait à traverser l'Oceanus Britannicus.

Partis à trois, ils étaient désormais quatre. Le petit Morgad fut accueilli avec bonheur dans le lieu d'origine de son père. Keir se montra fier de son ancienne élève qui l'avait dépassé au-delà de toutes ses espérances. Il se montrait humble face à elle.

Pourtant après un banquet de fête et une nuit sous les étoiles de Calédonie, Keir se montra directif. Machan les convoquait. L'entrevue ne pouvait attendre.

Le logis de Machan fut vidé de tous ses habitants. Seuls Keir, Machan et Anastasie étaient là.

Keir avoua à Anastasie qu'il était mourant. Il doutait que leur médecine puisse venir à bout de ce mal étrange, aggravé par l'âge. Anastasie se permit de palper le corps de son maître. Elle pouvait prolonger sa vie au prix de souffrances certaines. Keir ne voulait pas endurer des maux inutiles.

Anastasie pleura mais Machan l'interrompit.

- Tu as fait beaucoup pour nous et Keir t'a rendu ton investissement avec son enseignement mais nous avons besoin de connaître tes projets.

- Je comprends. Je suis arrivée dans le village il y a quelques années. Je sais que notre situation est parfois précaire. Sachez que jusqu'à ma mort, je serai désormais une Calédonienne. J'aime profondément Darren et sa vie est ici, je ne peux pas l'arracher à son village. Par contre, je devrai voyager régulièrement. Je ne peux pas garder mon pouvoir uniquement pour les habitants du Loch. J'ai aussi désormais un devoir d'enseignement de tous ces savoirs et compétences. Certains de ces voyages pourront durer plusieurs mois.

- Merci pour ta franchise et ta fidélité, répondit Machan satisfait.

- J'ai autre chose pour notre communauté.

Anastasie dévoila la lourde bourse chargée de monnaies romaines.

- Qu'allons-nous faire de ceci ? demanda Machan.

257

- Je me suis posée la même question mais Joseph, un membre de ma famille, m'a convaincue. Avec cet argent, à la prochaine pénurie, nous pourrons acheter notre nourriture. Cela évitera les pillages et les morts inutiles.

- Plus besoin de faire la guerre ?

- Pas de notre initiative mais nous attirerons les jalousies. Nous devons garder des soldats puissants et expérimentés. Cette position que nous offre cet argent n'amènera pas que des aménités. Il nous permettra d'influencer les autres. Nous devrons veiller à ce que cette domination soit exercée avec justesse par nos descendants.

Les trois participants à cette réunion secrète restèrent silencieux. Machan et Anastasie incitèrent Keir à donner son avis. S'il avait toute confiance en Machan et Anastasie, il restait dubitatif. Machan et Anastasie avaient tous deux eu beaucoup de chance dans leur vie. Machan par sa position sociale et Anastasie avec la protection que son père avait su lui apporter.

- Méfiez-vous, les épreuves de la vie peuvent durcir les gens, les rendre parfois cruels. La décision vous appartient.

Keir mourut quelques jours plus tard. Sur son lit de mort, il remercia Anastasie pour avoir éclairé ses dernières années. Il était confiant, elle aurait une belle vie.

Quelques mois plus tard, elle retourna à Eboracum prendre des nouvelles de ses parents avant d'explorer le site de Stonhenge sur les conseils d'un de ses pairs.

Elle fit le voyage avec Peigi uniquement. En cas d'attaque, ses pouvoirs suffisaient à les défendre. Malheureusement, elle arriva à Eboracum pour assister aux derniers instants de son père. Il avait conservé ses dernières forces pour revoir sa fille.

Joseph fut d'un grand soutien et s'occupa d'offrir à son oncle des funérailles respectant la tradition juive.

Le premier enterrement juif de Bretagne avec quelques siècles d'avance sur les suivants.

An 127, Maia[40]

La vieille femme posait délicatement le pied au sol. Sa barque tanguait un peu mais elle avait pris l'habitude d'effectuer le voyage.

Elle avait toujours désapprouvé ce projet mais personne ne se souciait de son avis. Du moins, chez les Romains qui avaient décidé cette folie.

Un mur qui divise la Bretagne. Grâce à elle, son village n'avait plus attaqué le reste de l'île mais la famine avait frappé la Calédonie à plusieurs reprises durant sa longue vie. Les différentes tribus avaient été poussées au pillage par la nature rude qui dirigeait ce pays.

Désormais, les habitants du Loch Long ne pourraient plus commercer avec le reste de l'île.

L'empereur Hadrien condamnait ses amis et certains de ses enfants à la vie difficile qu'elle avait découverte des dizaines d'années auparavant au bord du loch.

Elle marchait lentement vers la tente des architectes qui s'occupaient du chantier.

40 Bowness-on-Solway

Les légionnaires ne l'interpelaient pas. Ceux qui avaient essayé avaient été envoutés et puis elle avait l'air inoffensive. L'un deux finit par la regarder.

- Jekel n'est pas encore arrivé.

- Merci, jeune homme. Vous n'auriez pas une collation ?

- Partagez ce pain et ce lard avec mon ami et moi.

Il tendit le bras pour l'inviter à s'asseoir. Il retint légèrement son geste.

- Tu as mal à l'épaule ? questionna la vieille dame.

- Oui, une pierre est tombée sur un ouvrier et je l'ai dégagé mais la pierre était lourde.

- Enlève ta tunique, ordonna-t-elle.

Elle fit quelques manipulations. Le légionnaire entendit claquer son épaule, une douleur vive parcourut son bras.

- Ne bouge pas, je n'ai pas fini, entendit-il.

Son épaule chauffa et la douleur disparut.

- Merci !

- De rien, mais un peu de repos ne serait pas inutile.

- D'accord. Tu es magicienne ?

- Donne moi du pain et du lard au lieu de raconter des âneries.

Ils partagèrent les provisions des légionnaires en silence.

- Anastasie, tu es déjà là ?

Le vieille dame se leva et enlaça Jekel, le fils de son cousin, Joseph d'Arimathie, troisième du nom.

- Jekel, comment vas-tu ?

- Bien, je suis content de te voir. Le chantier est enfin fini et nous allons pouvoir nous rendre à Eboracum dès ce soir.

- Il est risqué de voyager la nuit.

- Pas avec les légionnaires qui nous accompagneront.

- Nous avions traversé la Gaule avec ton père durant notre enfance.

- Je sais, tu as oublié que père a tout écrit ?

- Non, il a même fini par écrire mon histoire. L'histoire d'une druide qui cache tous ses secrets de l'écrit. Il a mis sur ses parchemins les événements de ma vie. Il m'a bien questionné sur les origines de mes savoirs mais il a accepté de les garder éloignés des écritures. Comment va ton père ?

- Il est très fatigué. Il classe la bibliothèque à longueur de temps et me pousse à lire les documents les plus importants. Il a fait pareil chez le gouverneur, son remplaçant a trouvé l'intégralité des documents rangés avec soin.

- Nous avons tant partagé avec ton père. Partons, je ne voudrais pas arriver trop tard.

Arrivés à Eboracum, ils se rendirent à la bibliothèque qui servait de lieu de vie à Joseph. Les deux cousins se saluèrent avec affection.

Anastasie reprocha à Joseph d'avoir poussé Jekel à accepter de travailler sur le chantier du mur d'Hadrien.

- Le projet allait se faire avec ou sans nous. Au moins, Jekel a engrangé une généreuse paye d'architecte pendant les cinq années du chantier. De plus, il a pu te renseigner sur les moyens de passer le mur sans risque pour toi et tes enfants. Comment vont-ils d'ailleurs ?

Anastasie donna des nouvelles de ses neuf enfants encore en vie. Elle avait vu mourir deux de ses enfants. Elle en avait été profondément blessée bien qu'elle fût consciente de sa chance d'être si bien entourée aujourd'hui.

Elle examina finalement son cousin. Il était bien au seuil de ses derniers jours. Elle lui proposa une mort sans douleur mais il souhaitait rester conscient jusqu'à son dernier souffle.

La mort future de Joseph faisait naître un sentiment de profonde solitude chez Anastasie. Elle perdrait un ami qui avait partagé son enfance. Elle reposerait seule désormais sur un héritage solide : ses neuf enfants, les deux enfants de Joseph et ses nombreux élèves dans tout le monde celte.

Aucun de ceux-ci n'avait atteint sa maîtrise globale des savoirs druidiques mais ses connaissances avaient été transmises.

Joseph fit promettre à Jekel et Anastasie de réciter le kaddish pour lui, faute de vraies funérailles juives.

Joseph mourut quelques nuits plus tard. Il avait accepté son sort et son départ en fut d'autant plus paisible. Beaucoup d'habitants vinrent lui rendre hommage. Nombreuses étaient les familles qui avaient partagé des moments avec un des fondateurs de la ville. Il n'avait jamais refusé son aide à personne et était devenu un homme sur les chantiers d'Eboracum. Il était reconnu comme Breton par tous les habitants de la ville.

Sud des rives du Firth of Clyde[41], en l'an 140.

L'image des guerriers pictes avait été utilisée par l'empereur Antonin pour justifier la construction d'un nouveau mur.

Il divisait les terres calédoniennes et le peuple si cher à Anastasie. Elle pleurait en voyant les légionnaires et ouvriers célébrer la fin de chantier.

Sa famille devait tant aux Romains et pourtant elle ne pouvait s'empêcher de les détester aujourd'hui.

Quelle folie de construire des murs pour diviser des hommes qui vivent tous sur une même île. Elle n'avait jamais pu construire l'unité qu'elle avait prônée auprès de Machan et surtout de ses successeurs.

La peur de manquer dictait la conduite des hommes humbles de son village. Dire qu'un empire aussi puissant que Rome se nourrissait des divisions qu'il semait…

Elle avait lu certains des écrits de son grand-père, le premier Joseph d'Arimathie, qui témoignaient de cette poigne de fer exercée par Rome en Palestine, il y a plus de cent ans déjà.

Elle avait quatre-vingt-six ans déjà. Jekel était loin d'être un jeune homme. Elle avait dispensé son savoir druidique. Elle regrettait que celui-ci ait été morcelé mais il restait vivant en Scotti, en Bretagne et en Armorique.

Le fils de Jekel lui avait même demandé d'apprendre à décoder les textes hébreux présents à la bibliothèque. Elle était fière de voir que ses connaissances étaient restées gravées.

Ils trouvèrent même ce gobelet en bois qui avait appartenu à ce Jésus, souvent cité dans les journaux de son grand-père et de son oncle.

41 Partie du Canal du Nord (entre l'Ecosse et l'Irlande) bordant l'Ecosse

Son cousin aurait été fier de savoir que son petit-fils s'intéressait à ses écrits.

Elle irait à Eboracum dire adieu aux derniers membres de sa famille présents là-bas puis elle attendrait ses derniers jours aux bords du Loch long.

Epilogue

Je perds ici la trace du Graal. Le roi pêcheur, détenteur du Graal dans « la quête du Graal », serait le descendant direct de Joseph.

Anastasie, elle, aurait engendré une autre branche essentielle dans l'aventure arthurienne avec Merlin pour descendance.

Le concile de Nicée voulu par la mère de l'empereur Constantin, Hélène, en 325, donnera du pouvoir aux Chrétiens qui utiliseront les reliques et modifieront l'Histoire dans le but de déifier la personne de Jésus.

La chasse à la relique du Graal est difficile à dénouer des romans fantastiques des mythes arthuriens.

La Grande Bretagne ayant été désertée par Rome avant sa chute la vérité se perd dans la légende.

Les propositions les plus vraisemblables feraient d'Arthur un général romain qui aurait profité du départ des armées romaines pour asseoir son pouvoir. La détention de reliques lui semblait essentielle.

D'aucuns diraient que la solution de Clovis du baptème n'était pas qu'un choix de simplicité. Le roi franc aurait eu vent de l'échec d'une quête mystique sur l'île de Bretagne qui jeta l'opprobe sur son meneur.

Annexes

Grandes dates historiques évoquées dans ce texte

<u>Vers 32 après J-C</u> : Décès de Jésus. A quelques années près cette date ne fait pas consensus, tout comme l'année de la naissance de Jésus.

<u>Mars 59</u> : Décès de Julia Agrippina, mère de Néron. Ce meurtre a vraisemblablement été ordonné par Néron lui-même.

<u>61</u> : Massacre des druides sur l'île de Mona-Anglesey (au large du Pays de Galles).

<u>Juillet 64</u> : Grand incendie de Rome. Si son origine semble accidentelle, Néron aurait bien laissé propager le feu afin de donner un nouveau visage à Rome.

<u>Entre 122 et 127</u> : Construction du mur d'Hadrien. Fortification délimitant le nord de l'Empire romain et protégeant des attaques barbares, pictes ou calédoniennes selon le point de vue.

<u>Vers 140-142</u> : Edification du mur d'Antonin. Il devait doubler le mur d'Hadrien mais servait aussi à la division des peuples du nord de l'Empire.

<u>325</u> : Concile de Nicée où l'empereur Constantin choisit la religion chrétienne comme principale religion de l'Empire.

<u>410</u> : L'armée romaine quitte l'île de Bretagne afin d'aider l'empire continental envahi par les Barbares.

Cartes

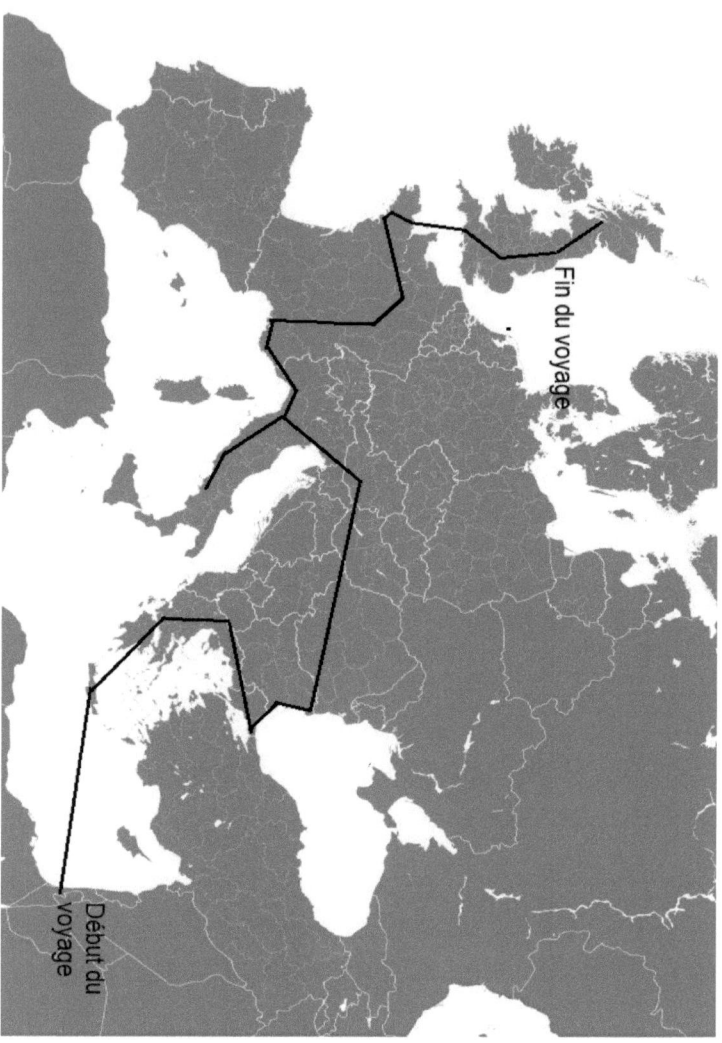

Voyage(s) de la famille d'Arimathie

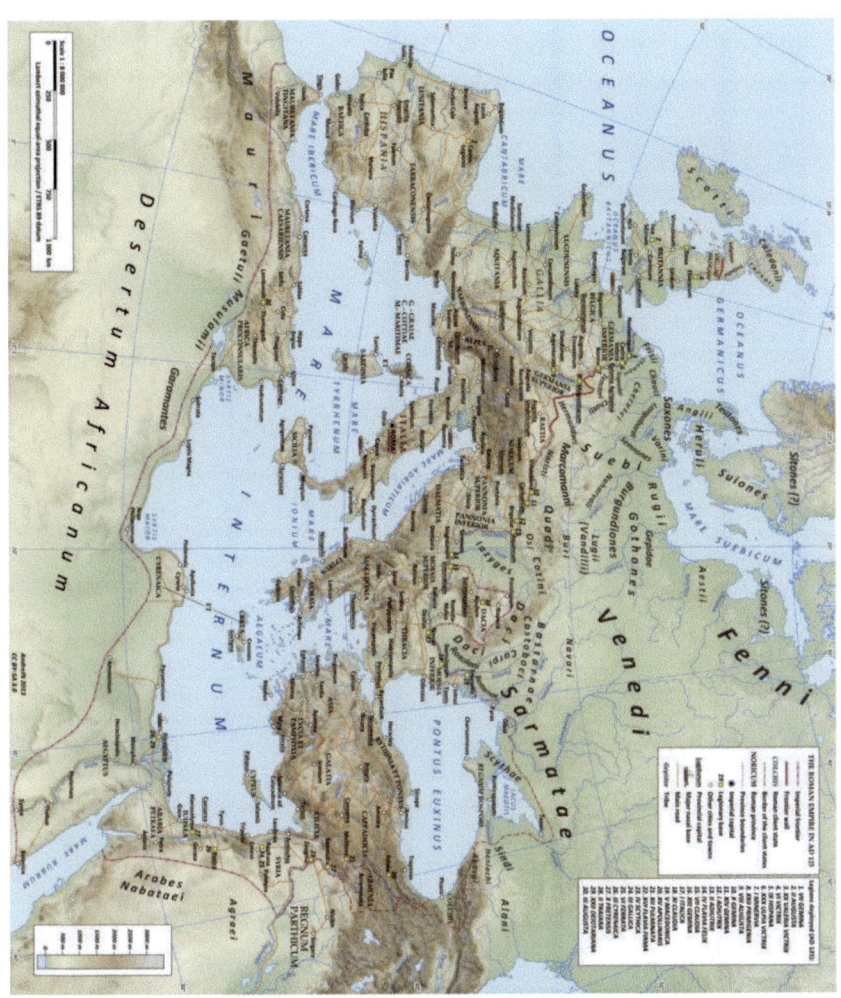

Empire romain en 125

269

Région de Bretagne actuelle

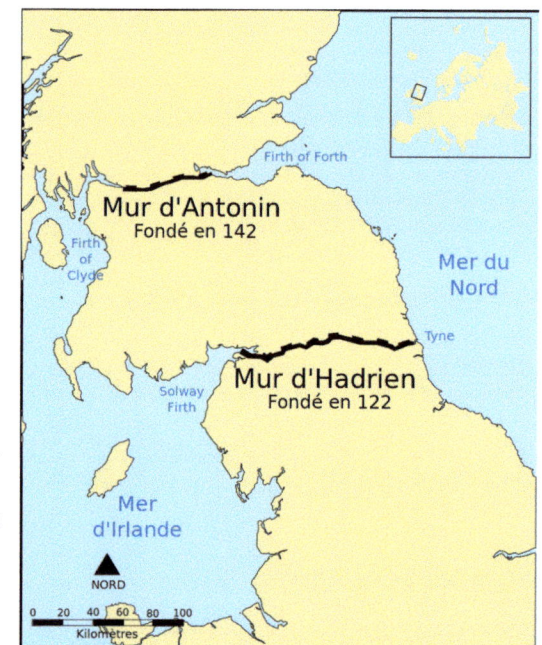

Murs
d'Hadrien
et
d'Antonin

© 2022 de Bouteiller, Mathieu
Édition : BoD – Books on Demand, 12/14 rond-point des
Champs-Élysées, 75008 Paris
Impression : BoD - Books on Demand, Norderstedt, Allemagne
ISBN : 9782322402182
Dépôt légal : Décembre 2021